Lucy Adlington
Das rote Band der Hoffnung

*In Erinnerung an meine Großmutter, geborene E.R. Wild,
und gewidmet der eigentlichen Betty*

LUCY ADLINGTON

DAS ROTE BAND DER HOFFNUNG

Aus dem Englischen
von Knut Krüger

magellan

GRÜN

Wir vier: Rose, Ella, Mina und Carla.
In einem anderen Leben wären wir vielleicht Freundinnen gewesen.
Aber das hier war Birkenau.

Es war wirklich anstrengend, in diesen blöden Schuhen zu laufen. Der Matsch war klebrig wie Sirup. Die Frau hinter mir hatte dasselbe Problem. Einer ihrer Schuhe blieb stecken. Das machte sie langsam. Gut so. Ich wollte als Erste da sein.
Welches Gebäude war nur das richtige? Unmöglich nachzufragen. Alle anderen rannten auch, wie eine Herde stampfender Tiere. Da drüben? Nein, hier! Abrupt blieb ich stehen. Die Frau hinter mir lief in mich hinein. Wir starrten beide auf das Gebäude. Das musste es sein. Sollten wir einfach anklopfen? Waren wir zu spät dran?
Bitte lass mich nicht zu spät kommen.
Ich stellte mich auf die Zehenspitzen und spähte durch ein schmales, hohes Fenster neben der Tür. Ich konnte kaum mehr erkennen als mein eigenes Spiegelbild. Ich kniff mir in die Wangen, um ein bisschen Farbe zu bekommen, und wünschte, ich wäre alt genug für ein bisschen Lippenstift gewesen. Zumindest die Schwellung um mein Auge war etwas zurückgegangen, auch wenn der grünlich gelbe Bluterguss noch immer zu sehen war. Eine wallende Haarmähne hätte das meiste verborgen, doch … man muss mit dem zufrieden sein, was man hat.
»Sind wir zu spät?«, keuchte die andere Frau. »Ich hab einen Schuh im Matsch verloren.«

Kaum hatte ich an die Tür geklopft, wurde sie schon aufgerissen. Wir schraken beide zusammen.

»Ihr seid spät dran«, keifte die junge Frau auf der Türschwelle. Sie musterte uns mit strengem Blick. Ich erwiderte ihn. Erst drei Wochen von zu Hause fort, hatte ich immer noch nicht richtig gelernt, mich vor anderen in den Staub zu werfen, ganz gleich, wie oft ich geschlagen wurde. Vor diesem herrischen Mädchen – kaum älter als ich selbst – musste man sich in Acht nehmen. Mit ihrer messerscharfen Nase hätte man Käse schneiden können. Ich habe Käse immer gemocht. Die bröseligen Sorten, die man für Salat verwendete, oder die cremigen, die wunderbar zu frischem Brot passten; selbst die wirklich strengen Sorten mit grünem Schimmel, die alte Leute zusammen mit Crackern aßen ...

»Steht hier nicht rum!«, herrschte sie uns an. »Reinkommen! Schuhe abputzen! Und nichts anfassen!«

Und drin waren wir. Ich hatte es geschafft. In die Nähwerkstatt, auch hochtrabend als Maßschneiderei bezeichnet. Meine Vorstellung vom Himmel. Als ich hörte, dass hier ein Job frei war, wusste ich sofort, dass ich ihn haben musste.

In der Werkstatt beugten sich ungefähr zwanzig Köpfe über sirrende Maschinen, als seien sie Märchengestalten, die ein Zauber an Ort und Stelle gebannt hatte. Mir fiel sofort auf, wie sauber alle waren. Sie trugen einteilige braune Arbeitsanzüge, die eindeutig schöner waren als dieser sackartige Kittel, der mir ständig von den Schultern rutschte.

Schnittmuster und Garnrollen lagen auf abgeschliffenen weißen Holztischen. In einer Ecke des Raumes stapelten sich Stoffe in den Regalen, die so farbenfroh waren, dass ich zwinkern musste. In einer anderen Ecke standen haufenweise glieder- und kopflose Schneiderpuppen. Ich hörte das dumpfe Geräusch und das Zischen eines schweren Bügeleisens und sah Fusseln aufstieben wie Insekten.

Niemand blickte von seiner Arbeit auf. Alle nähten, als hinge ihr Leben davon ab.

»Schere!«, rief jemand ganz in der Nähe. Die Arbeiterin an der Maschine daneben hielt nicht mal inne. Ihr Fuß trat weiter das Pedal, und sie drehte den Stoff unter der Nadel, während sie die Schere nahm. Ich beobachtete, wie sie von Hand zu Hand ging. Dann durchtrennte sie einen flaschengrünen Stoff aus Tweed.

Das scharfzüngige Mädchen, das die Tür geöffnet hatte, schnippte mir ins Gesicht.

»Aufpassen! Ich bin Mina, und ich hab hier das Sagen, kapiert?«

Ich nickte. Mina war also der Kapo, eine Art Vorarbeiterin mit Privilegien und Macht. Die Frau, die mit mir zusammen gekommen war, zwinkerte und scharrte mit ihrem einen Schuh über den Boden. Sie war schon älter – bestimmt Mitte zwanzig – und so schreckhaft wie ein Kaninchen. Aus Kaninchen machte man gute Handschuhe. Außerdem hatte ich mal Pantoffeln, die mit Kaninchenfell gefüttert waren. Sehr gemütlich. Was mit dem Kaninchen passiert ist, weiß ich nicht. Vermutlich ist es im Kochtopf gelandet.

Schnipp, wurde ich aus meinen Gedanken gerissen. Ich musste mich konzentrieren.

»Jetzt hört gut zu«, zischte Mina. »Ich sag das nur ein einziges Mal ...«

Die Tür öffnete sich erneut. Die Frühlingsbrise wehte ein weiteres Mädchen herein. Sie hatte hochgezogene Schultern und volle Wangen, wie ein Eichhörnchen, das gerade jede Menge Nüsse gehortet hat.

»Entschuldigung ...«

Sie lächelte schüchtern und schaute auf ihre Schuhe. Das tat ich auch. Ihr musste doch klar sein, dass sie nicht zusammenpassten. Der eine war ein blassgrüner Slipper aus Satin mit einer Metallschnalle, der andere ein Halbschuh aus Leder mit abgerissenen Schnürbändern. Wir alle hatten am Anfang mit beliebig zusammengewürfelten Schuhen vorliebnehmen müssen. War es dem kleinen Eichhörnchen nicht mal gelungen, mit jemandem zu tauschen, um ein halbwegs passendes Paar zu bekommen? Ich wusste sofort, dass sie nutzlos sein würde. Außerdem hatte sie einen furchtbaren Akzent. Eingebildet!

»Tut mir leid, wenn ich mich verspätet habe«, sagte sie.

»Sieh mal einer an«, entgegnete Mina. »Da scheinen wir ja eine feine Dame in unserer Mitte zu haben. Wie schön, dass Sie uns heute Gesellschaft leisten, gnädige Frau. Was kann ich für Sie tun?«

»Ich habe gehört, in der Maßschneiderei wäre eine Stelle frei geworden«, erwiderte Eichhörnchen. »Und dass du hier fähige Mitarbeiterinnen brauchst.«

»Ja verdammt! Richtige Schneiderinnen und keine Möchtegernnäherinnen. Du siehst mir aus wie ein verwöhntes Ding, das nur Lavendelkissen besticken will, stimmt's?«

Minas Spott schien an Eichhörnchen abzuprallen. »Ich kann sticken«, sagte sie.

»Du tust, was ich sage!«, entgegnete Mina. »Nummer?«

Eichhörnchen stellte ihre Füße sorgsam nebeneinander. Wie schaffte sie es nur, in ihren erbärmlichen Schuhen so souverän zu wirken? Mit dieser Sorte Mädchen hatte ich eigentlich nichts zu tun. Wahrscheinlich hielt sie mich für zu gewöhnlich, obwohl sie so schlecht gekleidet war. Fühlte sich mir überlegen.

Sie nannte ihre Nummer mit sorgfältiger Aussprache. Hier gab es nur Nummern, keine Namen. Kaninchen und ich gaben ebenfalls unsere Nummern an. Kaninchen stotterte ein bisschen.

Mina schnaufte. »Du!« Sie zeigte auf das Kaninchen. »Was kannst du?«

Die Kaninchenfrau zitterte. »Ich … ich kann nähen.«

»Dummkopf! Natürlich kannst du nähen, sonst wärst du ja nicht hier. Ich ruf doch nicht nach Näherinnen, die nicht nähen können. Was aber keine Ausrede ist, sich vor härterer Arbeit zu drücken. Taugst du zu was?«

»Zu … zu Hause hab ich die Kleider meiner Kinder genäht.« Ihr Gesicht zerknitterte wie ein gebrauchtes Taschentuch.

»Mein Gott, du fängst ja wohl nicht an zu heulen. Ich kann Heulsusen nicht ausstehen. Was ist mit dir?« Mina warf mir einen prüfenden Blick zu. Ich schrumpfte wie ein Stück Chiffon unter einem zu heißen Bügeleisen. »Bist du überhaupt alt genug, um hier zu sein?«, spottete sie.

»Sechzehn«, sagte Eichhörnchen plötzlich. »Sie ist sechzehn, das hat sie mir vorhin gesagt.«

»Ich habe nicht dich gefragt, sondern sie!«

Ich schluckte. Sechzehn war das magische Alter. Wer jünger war, hatte hier nichts zu suchen.

»Das, äh, stimmt. Ich bin sechzehn.«

Na gut, jedenfalls würde ich es bald sein.

Mina schnaubte. »Lass mich raten. Du hast schon Puppenkleider gemacht und kannst gerade mal einen Knopf annähen – wenn du mit den Hausaufgaben fertig bist, versteht sich. Mein Gott, warum muss ich mich bloß mit all diesen Idiotinnen abgeben! Ich brauche hier keine Schulmädchen. Verschwinde!«

»Nein warte. Ich kann dir von Nutzen sein. Ich bin, ähm …«

»… Mamas Liebling? Eine kleine Streberin? Du bist hier fehl am Platz.« Mina wedelte mit ihrem Handrücken, um mich zu verscheuchen.

Das sollte es gewesen sein? Mein erstes richtiges Vorstellungsgespräch? Ich hatte versagt. Ein Fiasko! Ich musste wieder gehen … aber wohin eigentlich? Bestenfalls ließ man mich in der Küche helfen oder in der Wäscherei arbeiten. Schlimmstenfalls schickte man mich in den Steinbruch … oder ließ mich gar nicht mehr arbeiten, was die Katastrophe schlechthin war. *Denk nicht darüber nach. Konzentrier dich, Ella!*

Meine Großmutter, die für jede Gelegenheit ein Motto hat, sagt immer: *Im Zweifelsfall Kopf hoch, Schultern zurück und auf in den Kampf.* Ich richtete mich also zu meiner vollen stattlichen Größe auf, holte tief Luft und sagte: »Ich bin Zuschneiderin!«

Mina warf mir einen überraschten Blick zu. »Du? Eine Zuschneiderin?«

Eine Zuschneiderin war eine Näherin mit besonderen Fähigkeiten, die für den Entwurf und Zuschnitt der späteren Kleider verantwortlich war. Ein Kleidungsstück, das von einer schlechten Zuschneiderin verpfuscht wurde, war endgültig verloren. Eine gute Zuschneiderin hingegen war Gold wert. So hoffte ich zumindest. Gold brauchte ich keins. Ich brauchte nur diese Anstellung, koste es, was es wolle. Sie war schließlich mein Traumberuf – sofern man an einem Ort wie diesem träumen durfte.

Bis zu diesem Moment hatten die anderen Arbeiterinnen uns keine Beachtung geschenkt. Doch jetzt schien es mir so, als hätten sie schon die ganze Zeit zugehört. Ohne einen einzigen Stich zu verpassen, warteten sie gespannt, was als Nächstes passieren würde.

»Ja«, bestätigte ich. »Ich bin geübt im Zuschneiden und in der Anfertigung von Musterentwürfen. Ich entwerfe eigene Modelle. Eines Tages werde ich meinen eigenen Modesalon haben.«

»Eines Tages wirst du ... Ha! Guter Witz!«, spottete Mina.

Die Frau an der nächsten Nähmaschine sprach, ohne die Stecknadeln aus dem Mund zu nehmen. »Wir brauchen eine gute Zuschneiderin, nachdem Rahel krank geworden und fort ist.«

Mina nickte bedächtig. »Das stimmt. Also gut. Du, Prinzessin, bügelst und schrubbst den Boden, damit sich deine zarten Hände an richtige Arbeit gewöhnen.«

»Ich bin keine Prinzessin«, sagte Eichhörnchen.

»Los, beweg dich!«

Mina musterte Kaninchen und mich von Kopf bis Fuß.

»Euch armseligen Gestalten will ich mal eine Chance geben. Aber damit ihr's wisst: Hier ist nur Platz für eine von euch. Nur für eine, verstanden? Und ich schmeiß euch beide raus, wenn ihr meine hohen Erwartungen nicht erfüllt. Ich habe nämlich nur in den besten Häusern gearbeitet.«

»Ich werde dich nicht enttäuschen«, versicherte ich.

Mina schnappte sich etwas von einem Kleiderhaufen und warf es Kaninchen zu. Es war eine Leinenbluse, deren Mintgrün so frisch aussah, als könnte man den Geschmack auf der Zunge spüren.

»Trenn sie auf und mach sie weiter«, befahl Mina. »Die ist für eine Kundin – die Frau eines Offiziers –, die ständig Sahne trinkt und dicker ist, als sie glaubt.«

Sahne ... oh Sahne! Aus der hübschen geblümten Kanne meiner Großmutter über frische Erdbeeren gegossen ...

Ich erhaschte einen Blick auf die Innenseite des Kragens. Fast setzte mein Herz aus. Dort erkannte ich den eleganten Schriftzug eines der renommiertesten Modehäuser der Welt. Einer dieser Orte, an dem ich nicht einmal wagen würde, durch die Fenster zu schauen.

»Und du …«, Mina drückte mir einen Zettel in die Hand. »Carla, eine andere Kundin, hat nach einem Kleid für einen halb offiziellen Anlass gefragt. Ein Konzert oder etwas Ähnliches an diesem Wochenende. Hier sind ihre Maße. Merk sie dir, ich brauch den Zettel zurück. Du kannst die Schneiderpuppe Nummer vier nehmen. Stoff liegt da drüben.«

»Aber was genau …?«

»Such etwas aus, das zu einer Blondine passt. Aber mach dich erst mal selbst am Waschbecken sauber und zieh einen Arbeitsanzug an. Sauberkeit ist hier das oberste Gebot. Keine schmuddeligen Fingerabdrücke auf den Stoffen, weder Blutflecken noch Schmutzränder, verstanden?«

Ich nickte und versuchte verzweifelt, meine Tränen zurückzuhalten.

Mina verzog ihre dünnen Lippen. »Du hältst mich für streng?« Sie verengte die Augen und wies mit dem Kopf ans Ende des Raumes. »Vergiss nicht, wer dahinten steht.«

An der Rückwand lehnte eine dunkle Gestalt und knibbelte an ihren Nagelhäuten. Ich sah kurz hin und gleich wieder weg.

»Also worauf wartest du?«, sagte Mina. »Die erste Anprobe ist um vier.«

»Du willst, dass ich aus dem Nichts ein Kleid anfertige … bis vier Uhr? Das ist …«

»… zu viel verlangt?«, höhnte sie.

»In Ordnung, ich mach das schon.«

»Na los, Schulmädchen. Wirst es bestimmt vermasseln.«

»Ich heiße Ella«, sagte ich.

Mir egal, verriet ihre ausdruckslose Miene.

Das Waschbecken in der Werkstatt war eines dieser massiven Keramikdinger mit grünen Streifen unter den tropfenden Wasserhähnen. Die Seife schäumte kaum, aber sie war besser als nichts – und alles, was ich in den letzten drei Wochen gehabt hatte. Hier gab es sogar ein Handtuch – ein Handtuch! –, um sich die Hände zu trocknen. Das klare Wasser, das aus dem Hahn lief, war ein fast hypnotischer Anblick.

Hinter mir wartete Eichhörnchen, bis sie an der Reihe war. »Sieht aus wie flüssiges Silber, nicht wahr?«

»Pst!«, sagte ich mit finsterem Blick, weil ich mir des dunklen Schattens am anderen Ende des Raumes bewusst war.

Ich nahm mir so viel Zeit, wie ich brauchte. Eichhörnchen konnte warten. Auch wenn ich nicht so vornehm wie sie war, wusste ich doch, wie wichtig Sauberkeit und das äußere Erscheinungsbild waren. Meine Großmutter hatte immer *ts, ts, ts* gemacht, wenn ich als Kind mit schmutzigen Händen und dreckigen Nägeln hereinkam oder wenn sie argwöhnte, es gäbe noch andere schmuddelige Stellen. *Hinter deinen Ohren könntest du Kartoffeln anbauen,* sagte sie, wenn ich mit dem Waschlappen zu nachlässig gewesen war. *Saubere Hände, saubere Arbeit,* war ein weiterer Spruch von ihr. *Wer den Pfennig nicht ehrt, ist des Talers nicht wert,* gefiel ihr ebenfalls, und wenn sich etwas Unschönes ereignete, sagte sie schulterzuckend: *Besser als ein fauler Hering unterm Sofa!*

Aus Hering habe ich mir nie etwas gemacht, das Haus stank dann noch tagelang, und Gräten gab es immer, auch wenn meine Großmutter sagte: *Keine Sorge, absolut grätenfrei.* Man beginnt zu kauen und muss plötzlich würgen, weil einem diese spindeldürren Dinger im Hals stecken bleiben. Dann versucht man, sie irgendwie auf seine Serviette zu spucken, ohne die Empörung der anderen am Tisch zu erregen. Und schließlich legt man das, was man hervorgewürgt hat, neben den Teller und schaut es bis zum Ende des Essens nicht mehr an. Doch man weiß, dass es da ist.

Als ich nach Birkenau gekommen war, hatte ich beschlossen, nur noch das zu sehen, was ich sehen wollte. Jede Sekunde meiner ersten drei Wochen war ein einziger Horror gewesen – viel schlimmer als die Gräten von Heringen. Ich war wie ein Golem – ein Mädchen ohne Seele –, wurde herumgeschoben, wartete, stand oder kauerte mich zusammen. Ich fand keine Worte, um zu fragen, was das für ein Ort war und was hier vor sich ging. Ich wollte die Antworten sowieso nicht hören. Jetzt, in der Nähwerkstatt, fühlte ich mich plötzlich wieder wie ein Mensch. Ich atmete frischere Luft ein. Wollte die übrige Realität nicht an mich herankommen lassen. Ich musste mich nur auf das Hier und Jetzt konzentrieren. Dann konnte ich mir einreden, dass nichts auf der Welt existierte als das Kleid, das ich für meine Kundin Carla anfertigte.

Wie sollte ich anfangen?

Anprobe um vier. Das war unmöglich. Anfertigen der Schnittmuster, zuschneiden, mit Stecknadeln fixieren, zusammenheften, nähen, bügeln und fertigstellen. Ich würde es vermasseln, so wie Mina gesagt hatte. Ich würde versagen.

Denk nicht ans Scheitern, würde meine Großmutter sagen. *Du kannst alles schaffen, was du dir vornimmst. Alles. Außer backen. Du backst lausige Kuchen.*

Wie ich so dastand, der Panik nahe, spürte ich einen Blick auf mir. Es war Eichhörnchen, gegenüber am Bügeltisch. Vielleicht lachte sie über mich. Warum auch nicht?

Ich drehte ihr den Rücken zu und polterte mit meinen blödsinnig großen Schuhen zu den Regalen, in denen die Stoffe lagen ... und vergaß Minas Drohungen auf der Stelle. Es war einfach wundervoll, andere Farben als Braun zu sehen. Nach drei Wochen, in denen ich nichts als Holzbraun, Erd- oder Matschbraun gesehen hatte, ganz zu schweigen von anderen schrecklichen Brauntönen, die ich hier nicht erwähnen will.

Hier gab es ein Meer von Stoffen, die ich durch meine Finger gleiten lassen konnte. Mina hatte erwähnt, dass Carla blond sei. Aus dem Braun von Birkenau kristallisierte sich in meiner Vorstellung allmählich ein Grün heraus, was gut zu blonden Haaren passte. Ich strich über Stoffballen und suchte nach der perfekten Farbe. Es gab moosgrünen Samt, silbrig schimmernde Gaze, die an Gras im Mondlicht denken ließ. Dicht gewebte Baumwolle mit Blumenmuster. Bänder aus glänzendem Satin. Mein Favorit war jedoch eine smaragdgrüne Seide, die dahinfloss wie kühles Wasser unter blühenden Bäumen.

Ich hatte das Kleid, das ich schneidern würde, bereits vor Augen. Meine Hände begannen, Umrisse in die Luft zu zeichnen, meine Fingerspitzen berührten unsichtbare Schultern, die Nähte und den Saum. Ich sah mich um. Ich brauchte verschiedene Dinge. Einen Tisch und Papier, einen Stift, Stecknadeln, eine Schere, eine Nähnadel, Garn, eine Nähmaschine, *Frühstück* – mein Gott, wie hungrig ich war ...

»Entschuldigung.« Ich hielt ein hoch aufgeschossenes, dünnes Mädchen am Ärmel fest, als es an mir vorbeigehen wollte. »Kannst du mir sagen, wo ich ...«

»Pst!« Sie legte sich zwei Finger an die Lippen und machte eine Geste, als würde sie ruckartig einen Reißverschluss zuziehen. Sie hatte irrwitzig gepflegte Hände, wie in einer Nagellack-Reklame, nur ohne Reklame.

Ich öffnete den Mund, um zu fragen, warum reden verboten war, doch dann besann ich mich eines Besseren. Die dunkle Gestalt in der Ecke schien uns weder zu beobachten noch zuzuhören, aber man wusste ja nie ...

Das dünne Mädchen – ich taufte sie Giraffe – gab mir ein Zeichen, ihr durch die Reihen der Arbeiterinnen bis zum hinteren Ende des Tapeziertischs zu folgen. Sie zeigte auf einen freien Stuhl. Drei Frauen saßen bereits dort. Sie rückten zusammen, um mir Platz zu machen. Eine von ihnen war Kaninchen. Sie drehte die mintgrüne Bluse mit nervösen Fingern auf links und besah die Nähte.

Ich setzte mich mit meinem Seidenstoff. Jetzt musste ich ein Schnittmuster anfertigen. Ein Mädchen, das ein Stück entfernt saß, hatte eine Rolle Schnittmusterpapier und einen Bleistiftstummel. Ich holte tief Luft. Stand auf. Signalisierte ihr, dass ich das Papier brauchte. Das Mädchen sträubte sich wie ein Igel. Sie zog das Papier näher an sich heran. Ich packte es mit einer Hand und zog hart. Wir zogen beide. Ich gewann. Ihren Bleistift nahm ich mir auch.

Mina schaute uns zu. Bildete ich mir nur ein, dass sie lächelte? Jedenfalls nickte sie kurz, als wollte sie sagen: *So läuft das hier.*

Ich rollte das braune Papier auseinander. Glänzend auf einer Seite, die andere mit blassen Streifen versehen. Die Sorte Papier, in die wir früher Würstchen eingerollt haben. Wunderbar knackige Würstchen mit ein wenig gehackten Zwiebeln. Bratwürste, die in der Pfanne brutzelten und nach Kräutern schmeckten, weil sie mit Basilikum und Thymian gewürzt waren …

Mein Magen knurrte.

Meine Großmutter hatte für die Schnittmuster immer Zeitungspapier benutzt. Sie konnte in wenigen Sekunden ein Kleid oder einen kompletten Anzug auf den Seiten der Lokalzeitung entwerfen. Dann schnitt sie quer durch die Überschriften, die Anzeigen für medizinische Stärkungsmittel und die Öffnungszeiten des Viehmarkts. Und Großmutters Entwürfe saßen immer gleich wie angegossen. Ich hingegen musste ein bisschen die Augen zusammenkneifen und insgeheim ein wenig herumprobieren. Normalerweise blickte mir Großmutter über die Schulter, wenn ich die Schere ansetzte. Jetzt war ich auf mich allein gestellt. In meinem Kopf tickte eine Uhr. Erste Anprobe um vier ...

Gut, das Schnittmuster war fertig.

»Hey«, flüsterte eine der gekrümmten Frauen gegenüber. Sie war stämmig und hatte ein pickliges Gesicht. Ich nannte sie also Frosch. »Kannst du mir die Papierreste aufheben?«, fragte sie.

Ich sah, wie sie eifrig Knöpfe an einen apfelgrünen Wollmantel annähte. Es war die Sorte von Mantel, die ideal im Frühling war, wenn man zweifelte, wie es sich mit der Temperatur verhielt. Wir hatten einen Apfelbaum im Vorgarten unseres Hauses gehabt. Es schien immer eine Ewigkeit zu dauern, bevor die ersten Knospen austrieben. In manchen Jahren bogen sich die Zweige unter der Last des Obstes, so wie mein Rücken sich beim Nähen krümmte. Dann gab es bei uns karamellisierten Apfelkuchen, knusprig-weiche Apfeltaschen und sogar Apfelwein, dessen Kohlensäure mir einen Schluckauf bescherte. Als der Krieg begann, fällte ein Nachbar den Baum und machte Brennholz daraus. Es hieß, solche wie wir bräuchten keine Bäume.

»Papier!« Frosch riss mich aus meinen Gedanken.

Ich sah mich verstohlen um. Durfte man Papierreste aufheben? Ehe ich wusste, was ich antworten sollte, schnitt die Froschfrau eine Grimasse und drehte sich um.

Ich schluckte und rief »Schere!« mit krächzender Stimme. Dann lauter: »Schere!«

Wie ich es vorhin schon beobachtet hatte, ging eine scharfe Stoffschere langsam von Hand zu Hand. Hier gab es eine ganze Reihe solider Textilscheren mit Doppelgriff, die selbst meine Großmutter für gut befunden hätte.

Ich schluckte erneut. »Stecknadeln?«

Ich hatte bereits Minas Blechdose gesehen, die sie in einer Tasche ihres Arbeitsanzugs verwahrte. Sie kam zu mir, zählte und gab mir zwanzig. Ich erklärte ihr, dass ich mehr brauchte.

»Meine Großmutter sagt, dass man sie bei Seide am besten dicht an dicht setzt, damit der Stoff nicht verrutscht.«

»Du machst das Kleid aus Seide?«, wunderte sich Mina, als hätte ich damit mein eigenes Todesurteil unterschrieben. »Verpfusch es nicht!«

Sie zog die Nase hoch und ging weg. Ich beneidete sie. Dieser Raum war voll mit Leuten, die nach ihrer Pfeife tanzten. Sie hatte ordentliche Schuhe, ein einigermaßen hübsches Kleid unter ihrem Arbeitsanzug und trug sogar Lippenstift. Ihre herausgehobene Position bescherte ihr Macht und Privilegien – genug Macht, um uns andere zu beherrschen. Manche in ihrer Position versuchten, fair zu bleiben. Die meisten wurden jedoch zu Tyrannen, wie diese Kinder auf dem Schulhof, die sich groß und wichtig fühlen, indem sie auf anderen herumtrampeln. Als Tier in freier Wildbahn wäre Mina ein Hai. Wir anderen wären kleine Fische in ihrem Meer.

Kleine Fische werden gefressen. Haie überleben. Man war doch lieber Raubtier als Opfer, oder?

Die Stecknadeln waren nicht die richtige Sorte. Nicht diese ganz dünnen Nadeln, die man meiner Großmutter zufolge für Seide verwenden musste. Ich traute mich also nicht, zu viele zu benutzen, weil ich fürchtete, sie könnten Löcher hinterlassen. Auch die Schere bereitete mir Schwierigkeiten. Eigentlich liebte ich das Geräusch beim Schneiden und die gewisse Spannung, die damit einherging. Doch jetzt spürte ich nichts als Angst. Sobald der Stoff geschnitten ist, kann man es nicht mehr rückgängig machen. Man muss sich absolut sicher sein, entlang welcher Linie die blitzenden Klingen das Gewebe durchtrennen sollen.

Ich legte meine Handflächen auf den Tisch, bis sie zu zittern aufhörten. Ich musste den Schnitt ansetzen, doch meine Beine fühlten sich schwach an. Meine Großmutter machte so etwas gern auf dem Boden, wo mehr Platz war. Doch ich war nicht überzeugt, dass die Fußbodenbretter in dieser Werkstatt sauber genug waren. Stattdessen breitete ich die seidene Stoffbahn auf dem Tisch aus, fixierte das Zuschneidepapier, markierte die Bundfalten und Abnäher … und bereitete mich auf den Schnitt vor …

Wenn du mit dem Schneiden beginnst, benutze die Mitte der Klingen deiner Schere und schneide mit langen, gleichmäßigen Bewegungen. Wenn's denn so einfach wäre. Der Stoff wand sich wie eine Schlange in einer Wiese, die eine Maus fressen wollte. Hier gab es keine Mäuse, weil es auch keine Krümel gab. Für uns gab es auch nichts zu essen. Nur Luft, Fusseln und Staub.

Kaninchen hatte meine Schere im Blick. Verstohlen krochen ihre Hände über die Tischplatte. Ich schnappte sie ihr vor der Nase weg und schnitt imaginäre lose Fäden ab. Kaninchen schluckte und flüsterte: »Bitte, darf ich …?«

Ich tat so, als würde ich sie nicht hören. Ich weiß nicht, warum. Als ich es nicht länger hinauszögern konnte, schob ich die Schere zu ihr hinüber.

»Danke«, formte sie mit den Lippen, als wäre ich die Selbstlosigkeit in Person.

Ich schauderte, als ich sah, wie unbeholfen sie an ihrer Bluse herumdokterte. Über dem Stoff war ein weißer Spitzenkragen, wie blühender Wiesenkerbel über einer Hecke.

Vermutlich war es schon Nachmittag, als ich mit dem Zuschneiden fertig war und das Kleid zusammensteckte. In Birkenau gab es kein Mittagessen, also wusste man auch nicht genau, wann Mittagszeit war. Als ich draußen gearbeitet hatte, wusste ich, dass Mittag war, wenn die Sonne am höchsten stand und die größte Hitze herrschte. Das war die Mitte zwischen Frühstück und Abendessen. In dem uhrlosen Näraum gab es nichts als das dumpfe Geräusch der Scheren, die auf dem Holztisch landeten, das Seufzen der Fäden, die von Nadeln gezogen wurden, sowie das unablässige Sirren der Maschinen. Gelegentlich hörte man ein feines metallisches Geräusch, wenn eine Nadel zu Boden fiel, gefolgt von Minas Ruf: »Nadel!« Die Arbeiterinnen rollten hinter ihrem Rücken die Augen und äfften sie lautlos nach: *Nadel! Nadel! Nadel!*

Die dunkle Gestalt am Ende des Raumes bewegte sich kaum. Wahrscheinlich war sie eingeschlafen.

Plötzlich stand Mina an meiner Schulter. »Schon fertig, Schulmädchen?«

»Alles zusammengesteckt und bereit zum Nähen«, antwortete ich.

Mina zeigte auf eine Nähmaschine. Meine Hände zitterten, als ich die Spule einsetzte und das Garn einfädelte. Erste Anprobe um vier …

Ich trat auf das Pedal, um alles in Bewegung zu setzen. Die Nadel tanzte auf und ab – zu schnell! Der Faden verhedderte sich. Mir schoss das Blut in die Wangen. Aber es war noch kein Schaden entstanden.

Neuer Versuch. Ich überprüfte die Spannung des Fadens, nahm ein paar Anpassungen vor, holte tief Luft und begann.

Das sanfte Rattern der Mechanik war ein vertrautes Geräusch. Ich fühlte mich in die Nähstube meiner Großmutter zurückversetzt. Wäre es doch nur so einfach, dorthin zurückzukehren. Ich hatte meistens auf dem Fußboden gespielt, während meine Oma ihre Kleider schneiderte, fand dort Nadeln und Reste von abgeschnittenem Stoff. Meine Oma nannte ihre Nähmaschine Betty. Betty war alt. Ein richtiges Schmuckstück aus schwarzer Emaille mit goldenen Verzierungen und dem eingravierten Namen meiner Oma. Sie trat das Pedal in ihren Lieblingshausschuhen aus Moleskin, die vorne aufgeschnitten waren, damit ihre geschwollenen Zehen herausschauen konnten. Wenn sie nähte, schien der Stoff der Nadel wie von selbst zu folgen. So traumwandlerisch sicher war ich noch nicht.

Und konnte auch meine Großmutter nicht hierherzaubern.

Eine Träne fiel und hinterließ einen bösen dunklen Tropfen auf der grünen Seide. Ich schniefte. Kein Taschentuch. Das war nicht der richtige Zeitpunkt für Erinnerungen. Besser, ich konzentrierte mich auf die Arbeit, auf jede Naht und jeden Abnäher für sich. Zuerst war das Oberteil dran, dann die Teile des Rocks, die Ärmel und Schulterpolster.

Nach jeder Naht sprang ich auf und lief zu Eichhörnchen am Bügeltisch. Sofortiges Bügeln ist das Geheimnis eines sorgfältig hergestellten Kleidungsstücks – das wusste jede Anfängerin.

Das Bügeleisen hatte ein langes Kabel, das von der Decke baumelte. Ich betete, dass der Seidenstoff nicht verbrennen oder sich zusammenziehen würde, zumal Eichhörnchen nicht genau zu wissen schien, was sie da überhaupt tat. Vielleicht hatte sie in ihrem ganzen Leben noch keine Hausarbeit verrichtet.

Hast du noch nie gebügelt?, formten lautlos meine Lippen, als ich das erste Mal zu ihr kam.

Eichhörnchen lächelte kläglich und schüttelte den Kopf. *Das Bügeleisen ist schwer. Und heiß.* Das entnahm ich ihrer Mimik.

Wer hätte das gedacht?, fragten meine Augen mit gespielter Überraschung.

Eichhörnchen streckte die Hände nach meinem Seidenstoff aus. Dann spuckte sie auf das Bügeleisen, um zu sehen, wie heiß es war. Die Spucke zischte. Sie drehte den

Temperaturregler nach unten. Als sie begann, die einzelnen Teile zu bügeln, tat sie es mit bemerkenswert leichten und effektiven Bewegungen.

Danke, formten meine Lippen.

Sie streckte mir die offene Hand entgegen, als wollte sie eine Bezahlung. Dann kicherte sie, als sie mein Gesicht sah. »War nur Spaß. Ich bin Rose«, flüsterte sie.

Ihren Namen statt einer Nummer zu hören, war so, als würde man das Band lösen, das die Verpackung eines wertvollen Geschenks zusammenhielt.

»Ella.«

»Ich bin nicht wirklich eine Prinzessin.«

»Ich auch nicht.«

»Nur eine Gräfin.« Rose grinste.

Mina räusperte sich. Zurück an die Arbeit.

Alle paar Minuten warf ich Kaninchen einen verstohlenen Blick zu. Während sie nähte, beugte sich ihr ganzer Körper konzentriert über den Tisch. Oh mein Gott – hatte sie das noch nicht bemerkt? Sie hatte die Nähte der Bluse zwar richtig aufgetrennt, die Ärmel jedoch verkehrt herum zusammengesteckt. Sie krümmten sich in die falsche Richtung wie gebrochene Arme.

»Hey!« Ich kannte ihren Namen nicht (und vermutlich würde sie nicht auf Kaninchen reagieren). »Hey, du!« Sie blickte auf.

Dann schoss mir Minas Warnung durch den Kopf: *Hier ist nur Platz für eine von euch.*

Und die musste ich sein. Ich würde mich nicht wie die

anderen draußen durch den Matsch schleppen, eine Namenlose unter vielen. Ich hatte Fähigkeiten. Talente. Ehrgeiz. Hatte ich es da nicht verdient, eine richtige Arbeit zu bekommen und mich zu entwickeln? Großmutter hätte nicht gewollt, dass ich hier zugrunde ging. Sie wollte, dass ich nach Hause zurückkehrte. Ich musste überleben und erfolgreich sein. Kaninchen musste allein klarkommen. Ich wandte also den Blick von der verpfuschten Bluse ab und schüttelte den Kopf: *Es ist nichts.*

Kaninchen fuhr mit ihrer zerstörerischen Arbeit fort. Mein Kleid bekam die richtigen Bügelfalten, dann setzte ich einen seitlichen Reißverschluss ein und nähte von Hand den elegantesten Halsausschnitt aller Zeiten. Mein Kopf sank immer tiefer. Es wäre so einfach, die Augen zu schließen und ein kleines Schläfchen zu machen. Wann hatte ich das letzte Mal richtig geschlafen? Vor über drei Wochen. Vielleicht konnte ich ein klein wenig vor mich hin dösen …

»Hm?« Jemand rüttelte mich wach. Wie lange hatte ich geschlafen? Eine Minute? Hundert Jahre? Ich blickte mich um. Rose, das Eichhörnchen, war gerade an mir vorbeigegangen. *Fast vier,* formten ihre Lippen.

Fast vier. Ich zupfte immer noch die Heftfäden heraus, als Mina sich näherte.

»Na, meine Damen, wie war euer erster und vermutlich letzter Arbeitstag? Zeig mir dein Kleid, Schulmädchen.«

Ich schüttelte es aus und reichte es ihr. Es war ein Fiasko. Ein hässlicher Fetzen, eher Spültuch als Abendkleid. Das schlimmste Kleid, das je das Licht der Welt erblickt hatte. Ich wusste, dass die anderen Arbeiterinnen zuschauten. Ich konnte nicht atmen.

Wortlos musterte Mina jeden Zentimeter der smaragdgrünen Seide. Wortlos hielt sie das Kleid hoch und schüttelte es leicht.

»Sieh mal einer an«, sagte sie schließlich. »Du verstehst dein Handwerk. Sehr gut sogar. Ich hätte es mir denken können, schließlich wurde ich an den besten Häusern ausgebildet.«

Sie schnippte mit den Fingern und ließ sich die Bluse geben. Kaninchens Hände krampften sich so sehr um das Kleidungsstück, dass sie sich kaum davon lösen konnten. Sie entdeckte den schrecklichen Fehler mit den Ärmeln in derselben Sekunde wie Mina.

»Tut mir leid, tut mir leid!«, rief sie panisch. »Ich weiß, dass die Ärmel falsch herum sind … ich kann das ändern … es wird nicht wieder vorkommen, ich schwöre es. Bitte lass mich hierbleiben.«

Minas Stimme war bedrohlich leise. »Ich hab dir doch gesagt, dass ich nur eine von euch gebrauchen kann. Stimmt's, Schulmädchen?«

Das Herz schlug mir bis zum Hals. Ich wollte erklären, dass es nur ein Versehen war, dass die Frau nervös und erschöpft gewesen sei. Doch die Wörter blieben mir in der Kehle stecken. So wie im Traum, wenn man um Hilfe rufen will. Scham stieg in mir auf, doch ich sagte kein Wort.

»Es war ein Versehen«, machte sich eine schüchterne Stimme bemerkbar. »Sie verspricht, dass es nicht wieder vorkommen wird.«

Eichhörnchen tauchte direkt hinter Mina auf, klein, wachsam, bereit davonzulaufen.

Mina ignorierte Rose, als wäre sie tatsächlich nichts anderes als ein quiekendes Nagetier. »Raus hier, du Nichtsnutz!«, schrie sie Kaninchen an. »Oder muss ich dich eigenhändig rauswerfen?« Sie hob die Hand und trat einen Schritt nach vorne. Die dunkle Gestalt an der Rückwand regte sich.

Kalkweiß vor Angst hastete Kaninchen zur Tür und verschwand. Wir alle sahen ihr nach, halbwegs sicher in unserer Zufluchtsstätte.

Als die Tür hinter ihr ins Schloss fiel, stieß Mina einen Seufzer aus, der wohl sagen sollte: *Könnt ihr euch überhaupt vorstellen, wie hart mein Leben ist?*

Dann nahm sie mein grünes Kleid und eilte zu einer Tür am Ende des Raumes. Dahinter musste das Ankleidezimmer sein. Meine Kundin Carla würde das Kleid anprobieren, und dann würde ich wissen, ob ich bleiben durfte oder nicht.

»Was passiert jetzt mit ihr?«, flüsterte ich der Froschfrau zu. »Mit der Frau, die gerade verschwunden ist.«

Ohne von ihrem apfelgrünen Wollmantel aufzublicken, antwortete sie: »Wer weiß das schon. Vielleicht dasselbe wie mit Rahel, der Frau, die du ersetzen willst.«

Ich wartete ab, aber sie sagte nichts mehr, sondern nähte einfach weiter, Stich für Stich. Mina kam aus dem Ankleideraum. Meine Augen folgten ihr, während sie sich langsam und bedrohlich wie ein Hai ihren Weg durch die Reihen der Tische bahnte. Mir entgegen. Ich stand so ruckartig auf, dass mein Stuhl nach hinten fiel.

»Nadeln!«, kommandierte sie.

Meine Hände glitten über die Tischplatte. Mina öffnete ihre Blechdose und ich steckte die zwanzig Nadeln wieder hinein. Danach sammelte sie alle Überreste des Stoffs und des Zuschneidepapiers ein. Die Froschfrau machte ein finsteres Gesicht – keine Papierreste für sie. Ich fragte mich, was sie damit anfangen wollte.

Mina musterte mich von Kopf bis Fuß. Unter ihrem strengen Blick hatte man das Gefühl, die eigene Seele würde mit Stahlwolle geschrubbt. Endlich half sie mir widerstrebend aus der Verlegenheit.

»Die Kundin sagt, das Kleid sei bezaubernd.«

Vor Erleichterung ging ich fast in die Knie.

»Als Belohnung hat sie mir das hier gegeben. Einer der Vorteile, wenn man hier arbeitet: eine Extraration zu essen.« Mina wickelte ein Papier auseinander. Es enthielt eine Scheibe hartes braunes Brot mit einer hauchdünnen Schicht Margarine. Das Doppelte meines üblichen Abendessens.

»Danke, aber ich bin nicht hungrig.« Erstaunlicherweise war ich wirklich zu aufgewühlt, um jetzt etwas essen zu können.

»Lügnerin! Was hast du heute gehabt? Zum Frühstück einen Becher mit braunem Kaffeewasser. Und zum Abendessen wirst du einen Becher dünne Suppe kriegen. Du bist hungrig genug, um dein sinnloses schlechtes Gewissen gegenüber dieser Schlafmütze zu überwinden, die ich rausgeworfen habe. Hungrig genug, um fürs Überleben alles zu tun. Glaub mir, das ist der einzige Weg.«

Sie wusste, dass ich Kaninchens Fehler bemerkt hatte. Sie wusste, warum ich nichts gesagt hatte, und das gefiel ihr.

Direkt vor meiner Nase aß Mina die Scheibe Brot auf und leckte sich die Finger. »Sieh zu und lerne, Ella. Sieh zu und lerne.«

Wenn ich heute Nacht überhaupt geschlafen hatte, dann nur, um von grünen Kleidern zu träumen, die in einer Parade von Anmut und Schönheit an mir vorbeizogen.

Die Leute lachen über Mode. *Es ist doch nur Kleidung*, sagen sie.

Stimmt schon, es ist nur Kleidung. Doch ich bin noch nie jemandem begegnet, der über Mode gespottet hätte und dabei nackt gewesen wäre. Sie alle ziehen sich am Morgen an und wählen eine Garderobe aus, die sagt: *Hey, ich bin ein erfolgreicher Banker ... eine viel beschäftigte Mutter ... eine erschöpfte Lehrerin ... ein hochdekorierter Soldat ... ein aufgeblasener Richter ... eine schnoddrige Bardame ... ein Lkw-Fahrer ... eine Krankenschwester.* Es gäbe noch unendlich viele Beispiele. Unsere Kleidung zeigt, wer wir sind und wer wir sein möchten.

Die Leute mögen sagen: *Warum ist dir Kleidung so wichtig? Es gibt doch ganz andere Dinge, über die man sich Sorgen machen muss, den Krieg zum Beispiel.*

Oh, natürlich habe ich mir Sorgen über den Krieg gemacht. Der Krieg hat alles überschattet. In der realen Welt, nicht an diesem Ort, habe ich Stunden damit zugebracht, vor Läden Schlange zu stehen, deren Regale leer waren. Und noch mehr Stunden im Keller, während Bomber über uns hinwegflogen. Ständig gab es neue Informationen, und mein Großvater trug die Frontlinien des Kriegsverlaufs in einer Karte ein, die er an die Küchenwand heftete. Ich wusste, dass der Krieg kommen würde. Die Leute sprachen monatelang über nichts anderes. Im Geschichtsunterricht hatten wir Kriege durchgenommen. Doch Kriege waren etwas, das anderen Leuten in weit entfernten Orten geschah.

Dann kam der Krieg in mein Land. In meine Stadt.

Es war der Krieg, der mich nach Birkenau brachte – besser bekannt als Auschwitz-Birkenau. Der Ort, von dem es kein Entkommen gab.

Hier machten Menschen die Erfahrung, dass Kleidung doch keine belanglose Sache ist. Nicht wenn man keine hat. Als Erstes nach unserer Ankunft mussten wir unsere Kleider abgeben. Hierzu wurden wir Minuten, nachdem wir aus dem Zug gestiegen waren, in männlich und weiblich aufgeteilt. Sie pferchten uns in einen Raum und sagten, wir sollten uns ausziehen. An Ort und Stelle. Vor aller Augen. Nicht einmal die Unterwäsche durften wir anbehalten.

Unsere Kleidung landete auf großen Haufen. Ohne sie waren wir weder Banker noch Lehrerinnen noch Krankenschwestern, Bardamen, Lkw-Fahrer oder was auch immer. Wir waren eingeschüchtert und entwürdigt.

Nur Kleidung.

Ich erinnerte mich an die weiche Wolle meines Pullovers. Es war mein grüner Lieblingspullover mit kleinen Kirschen drauf, ein Geburtstagsgeschenk meiner Großmutter. Ich rief mir den Schnitt meiner Hose und meiner Socken in Erinnerung. Auch meinen allerersten BH, den ich wie mein Höschen vor fremden Blicken schützte.

Als Nächstes nahmen sie uns die Haare. All unsere Haare. Schoren uns den Kopf mit stumpfen Klingen. Gaben uns Lumpen, die wir um unsere Köpfe wickeln konnten. Ließen uns Schuhe von einem turmhohen Haufen auswählen. Ich fand ein zusammengehörendes Paar. Rose hatte offenbar weniger Glück mit ihrem Satinslipper und ihrem Halbschuh aus Leder.

Sie sagten, wir würden unsere Kleidung nach dem Duschen wiederbekommen. Das war gelogen. Wir bekamen unförmige blau-weiß gestreifte Kittel. So liefen wir umher wie panische Zebras. Wir waren keine Menschen mehr, sondern nur noch Nummern. Sie taten mit uns, was sie wollten.

Mir soll also niemand erzählen, dass Kleidung nichts bedeutet.

»Deine Meinung interessiert hier nicht!«, herrschte Mina mich an, als ich am nächsten Tag zur Arbeit erschien, mit immer noch verschwommenem Blick, weil ich schon vor der Morgendämmerung hatte aufstehen müssen. Ich war so bereit für das Schneidern, und dann sollte ich den Boden des Ankleidezimmers schrubben.

»Ich dachte, ich bin hier als Schneiderin und nicht als Putzfrau war meine Bemerkung.

Die Ohrfeige kam so schnell, dass ich ihr nicht ausweichen konnte. Ein harter Schlag auf die Seite meines Gesichts, die nicht mehr geschwollen war. Ich war so überrascht, dass ich fast ausgeholt hätte, um zurückzuschlagen. Minas Augen blitzten, als sie merkte, was in meinem Kopf vor sich ging. Sie wollte mir zeigen, wer der Boss war. Okay, sie war der Boss.

Ich wusch mich, zog den braunen Arbeitsanzug an und suchte das Putzzeug zusammen. Ich bemerkte, dass Rose nicht am Bügeltisch stand. Ich fragte mich, was mit ihr passiert war. Anscheinend war sie zu weich, um sich in der Werkstatt zu behaupten. Leute wie sie waren zwar nett, hatten aber kein Rückgrat. Nicht dass mich das groß interessiert hätte. Ich war nicht hier, um Freundschaften zu schließen.

Als ich die Tür zum Ankleideraum öffnete, fiel mir erst mal die Kinnlade runter.

Birkenau war so roh und kahl, dass ich nicht damit gerechnet hatte, so schöne Dinge in einem Zimmer vorzufinden.

Auf den Lampenschirmen spannten sich hübsche, mit kleinen Bommeln verzierte Bezüge. Außerdem handelte es sich um richtige Lampen, nicht um nackte Glühbirnen, die von einem Metallkäfig umgeben waren. In einer Ecke stand ein Lehnstuhl. Ein richtiger Lehnstuhl mit geflochtener Sitzfläche und einem grasgrünen Kissen. Und was für ein dickes Kissen das war! Wäre ich eine Katze, hätte ich mich darauf zusammengerollt und nur ein Auge riskiert, wenn mir jemand eine Schale mit Sahne hingestellt hätte.

Solide Baumwollvorhänge versperrten den Blick nach draußen. Eine Tapete mit Pfingstrosenmuster schmückte die Betonwände.

Im Anprobebereich, der sich in der Mitte des Raumes befand, gab es handgewebte Wolldecken und mehrere Schneiderpuppen.

Und das Dekadenteste von allem: ein Spiegel.

Es war ein großartiger, leicht geneigter Ganzkörperspiegel, dessen weiß gestrichener Rahmen goldene Verzierungen hatte. Eine Art Spiegel, wie man sie in den elegantesten Modehäusern finden konnte. Ich sah mich selbst an solch einem Ort. Stellte mir vor, wie ich dort über die weichen Teppiche schlenderte und mich davon überzeugte, wie fabelhaft meine Entwürfe meinen unfassbar reichen Kundinnen standen. Natürlich gab es für meine Kreationen eine lange Warteliste. Untergebene kamen meinen Anweisungen nach. Auf Silbertabletts standen Teekannen und rosa Törtchen mit Zuckerguss.

»Hallo, Ella ...«

Eine Stimme riss mich aus meinen Tagträumen. Als ich mich umdrehte, erhaschte ich einen Blick von mir im Spiegel. Was für eine Vogelscheuche! Hässliche Kleider, idiotische Schuhe, verquollenes Gesicht. Keine Spur von edlen Accessoires, dafür Haushaltshandschuhe aus Flanell, ein gelbes Staubtuch und ein Putzeimer aus Blech. Neben mir im Spiegel erblickte ich das Eichhörnchenmädchen

Rose, die einen Eimer mit kochend heißem Wasser in der Hand hielt. Ihre Ärmel waren nach oben geschoben, ihre zarten Hände fleckig und rot.

»Ich bin zum Fensterputzen eingeteilt!«, sagte sie mit strahlendem Lächeln, als wäre das ein Vergnügen. »Nur an die oberen Scheiben komme ich nicht ran.«

Sie war ziemlich klein gewachsen. Ich hingegen war recht groß für mein Alter, weshalb ich auch für sechzehn durchging. Groß, aber kein bisschen kurvig. Schon vor den Mäuseportionen, die es hier gab, hatte ich Schwierigkeiten, einen BH auszufüllen. Und die Röcke, die wir in der Schule trugen, hatten stets gedroht, mir über meine kerzengeraden Hüften zu rutschen, obwohl ich aß und aß und aß.

Meine Großmutter versicherte mir, dass sich das mit der Zeit schon ändern werde. *Warte, bis du vierzig bist*, sagte sie. *Von da an bin ich auseinandergegangen.*

In Birkenau gab es kaum Frauen, die vierzig oder älter waren. Die, die es waren, sahen aus wie achtzig. Die Jugend war von Vorteil und hielt sich länger. Sofern man nicht zu jung war: mindestens sechzehn, wie es Rose mir gestern gezeigt hatte. Sonst … sonst …

Dann vergaß ich alles, was mit Rose und unaussprechlichen Dingen zusammenhing. Auf einem kleinen Tisch hatte ich mehrere Modezeitschriften erblickt, darunter die »Damenwelt« und die »Deutsche Moden-Zeitung«. Genau dieselben Magazine, die auch meine Zeitschriftenhändlerin zu Hause im Angebot hatte. Die Ladenbesitzerin war eine kleine, geschäftige Hamsterin mit klimpernden goldenen Ohrringen, die von jeder Ausgabe ein Exemplar für mich und meine Großmutter zurücklegte.

Zu Hause verbrachten wir Stunden damit, sie gemeinsam zu lesen und durchzublättern, und vergaßen darüber alles, was mit dem Krieg zu tun hatte.

Die Nähte auf dem Rücken sind zu eng beieinander, konnte meine Großmutter sagen, während sie auf ein Foto tippte. Oder: *Diese Taschen auf dem Kleid hier, das wäre eine Wucht!* Manchmal riefen wir wie aus einem Mund: *Was für eine hässliche Farbe!* Oder: *Was für eine wundervolle Kombination!* Dann machte sie uns einen Kaffee, servierte ihn in ihren zierlichen Mokkatassen – nicht ganz so stark, wie mein Großvater ihn mochte – und fügte für sich einen Schuss aus einer kleinen grünen Flasche hinzu. *Für das gewisse Etwas,* wie sie unumwunden zugab.

Ein paar Wassertropfen spritzten auf die Zeitschriften. Roses Eimer schaukelte hin und her, während sie auf der Kante des Lehnstuhls balancierte.

»Oh, Entschuldigung«, sagte sie leichthin.

Worte ersetzen keine Taten, sagte meine Großmutter.

»Ich kann …«

»Ach wirklich? Danke!« Rose sprang herunter und gab mir den Eimer.

Ich wollte gerade sagen: *Ich kann den Stuhl für dich halten,* doch Rose hatte angenommen, ich sei so großzügig, ihr das Putzen der Fenster abzunehmen. Von wegen! Von unserem sicheren Hafen aus zu beobachten, was sich vor den Fenstern abspielte, war das Letzte, was ich im Sinn gehabt hatte. Ich wusste ohnehin, dass es dort draußen kein bisschen Grün gab. Nichts, was blühte. Ich würde nichts anderes zu sehen bekommen als die hohen Wachtürme und den Stacheldraht. Und Schornsteine. Rauchende Schornsteine.

Als ich fertig war, bedankte sich Rose lächelnd. Ich zuckte die Schultern, gab ihr den Eimer zurück, schob die Teppiche zusammen und dachte immer noch an die wundervollen Fotos in der »Damenwelt«. Sie brachten mich auf so viele neue Ideen. Würde mich Mina wieder nähen lassen, wenn ich gut putzte? Näharbeiten waren die große Liebe meines Lebens. Außerdem erwarteten mich in der Werkstatt weitere Vergünstigungen. Warum war ich gestern nur so dumm gewesen, das Brot abzulehnen. Das Putzen konnte Nähen plus Essen bedeuten. Perfekt.

Ich kniete mich hin und begann, den Boden zu wischen. Schon bald hatte ich eine gute Technik gefunden, indem ich mit beiden Händen abwechselnd große Kreise machte.

»So geht das nicht«, sagte Rose und stellte den Eimer hin. Ihre gepflegte Aussprache versetzte meinem Selbstbewusstsein einen Stoß. Sie machte diesen snobistischen Akzent doch nur nach – oder? –, damit wir anderen uns unbedarft und dumm vorkamen.

Ich warf ihr einen finsteren Blick zu. »Seit wann kennst du dich so gut mit Hausarbeit aus? Hast du nicht gesagt, dass du eine Gräfin bist? Wenn das stimmen würde, dann hättest du eine ganze Armee von Bediensteten, die das für dich erledigen.«

»Nicht gerade eine ganze Armee – aber ein paar.«

»Du bist also reich?«

»War ich mal.«

»Du Glückliche.«

Sie kehrte die Handflächen nach oben, als wollte sie sagen: *Schau, wie glücklich ich bin.* »Ich weiß immer noch besser als du, wie man einen Boden putzt. Sieh mir zu …«

Sie zog ihr ungleiches Paar Schuhe aus und Putzhandschuhe an die Füße.

Dann begann sie mitten im Ankleidezimmer eine Art Stepptanz. Drehte sich nach rechts, dann nach links. Wackelte mit den Hüften und dem Po. Schnippte mit den Fingern und summte leise vor sich hin. Ich kannte die Melodie! Meine Oma sang sie oft beim Nähen und klopfte mit ihren Hausschuhen den Takt dazu.

»Rose!«, warnte ich sie. »Wenn dich jemand hört.«

Sie kicherte. Unglaublich, doch ich kicherte auch. Plötzlich schoss sie los wie eine Schlittschuhläuferin, umkurvte den Ankleidebereich in der Mitte des Raumes, lief hinter dem Spiegel vorbei und kehrte dorthin zurück, wo ich kniete.

»Darf ich um diesen Tanz bitten?«, fragte sie mit einer formvollendeten Verbeugung.

»Bist du verrückt?«, zischte ich.

Sie zuckte ihre schmalen Eichhörnchenschultern. »Ich bin wahrscheinlich die am wenigsten verrückte Person an diesem Ort, meine Liebe. Wie wär's mit einem Walzer?«

Ein Walzer? Hier?

Rose sah mich so kühn und ausgelassen an, dass ich nicht widerstehen konnte. Ich lächelte mit gespielter Künstlichkeit und ließ mich anmutig auf den Tanz mit ihr ein. Nun ja, ganz so anmutig sah ich mit meinen Putzhandschuhen vielleicht auch nicht aus. Ich tat es Rose gleich und zog sie mir über die Füße. Während wir summend und kichernd durch den Ankleideraum glitten, vergaßen wir alles um uns herum. Wir waren Prinzessinnen in einem Märchen! Wir waren glamouröse Göttinnen in einem todschicken Nachtklub! Wir waren Königinnen in einem Schönheitswettbewerb!

Wir waren Mädchen, ganz normale Mädchen, die sich wie Mädchen verhielten.

Wir wurden erwischt.

Schritte auf dem Kiesweg zum Eingang. Dann stand jemand in der Tür. Das Gesicht so ausdruckslos, als wäre es eingefroren. Auch Rose und ich blieben wie angewurzelt stehen. Es war zu spät, um Reue zu zeigen. Zu spät, um von der Bildfläche zu verschwinden. Eine Kundin war erschienen.

Sie war groß gewachsen, hatte dichte blonde Haare und volle Lippen. Mit schweren Schritten betrat sie den Raum. Ihre Stiefel hinterließen Abdrücke auf dem frisch geputzten Boden. Die Bommel am Lampenschirm zitterten. So wie ich.

Ihr Blick fixierte uns wie Schmetterlinge in einem Schaukasten, bevor sie näher kam. Sie legte ihre Handschuhe auf die oberste Zeitschrift und ihren Hut auf den Lehnstuhl. Ihre Reitgerte landete in der Ecke neben der Tür.

Hier waren wir also, in einem Gefangenenlager für Unschuldige, geführt von Verbrechern.

Und hier war eine der Aufseherinnen.

***

Mein ganzes Leben hatte ich von einer eigenen Modeboutique geträumt. Während ich mit anderen Kindern hätte spielen oder zumindest meine Hausaufgaben machen sollen, saß ich im Schneidersitz bei meiner Großmutter auf dem Fußboden und fertigte kleinere Versionen der Kleider an, die gerade an der Nähmaschine entstanden. Meine Puppen diskutierten sogar über das Aussehen der Umkleidekabinen (ich sprach sie mit verschiedenen Stimmen), ehe sie in ihren frühreifen Kleidern posierten.

Jetzt stand ich in einem wirklichen Ankleideraum mit einer echten Kundin. Ich verwandelte mich in ein Kaninchen, so wie die Frau gestern. Doch Kaninchen sind leichte Beute für Hunde, Füchse und Wölfe, vor allem, wenn sie Putzhandschuhe an den Füßen tragen. Schnell zog ich die Handschuhe aus und schlüpfte wieder in meine blöden Holzschuhe.

»Hallo, ich bin Carla«, sagte die Kundin leichthin. Sie hatte einen schweren Akzent, wie eine Kartoffel, wenn sie sprechen könnte. Und war nichts im Vergleich zur reglosen und gelangweilten Aufseherin im Nähraum – die dunkle Gestalt, die uns bewachte. Carla war jung und voller Energie, wie die ausgelassenen Mädchen in meinem Heimatort – so betrachtete ich sie zumindest –, die gerade mit der Schule fertig waren, um ihre erste Arbeitsstelle anzutreten.

»Ich bin etwas früh dran!«, rief sie aus. »Aber ich muss unbedingt noch mal mein neues Kleid anziehen. Habt ihr es gesehen? Es ist aus grüner Seide. Ich liebe es. So elegant. So schick.« Sie sprach es wie »tschick« aus. »Einfach bezaubernd. Die anderen werden vor Neid erblassen, wenn sie mich sehen.«

Sie knöpfte ihre Jacke auf und gab sie mir. Ich nahm sie wortlos entgegen. Wo sollte ich sie nur hinlegen?

Die Tür zur Werkstatt flog auf und Mina brauste herein. Dann blieb sie wie angewurzelt stehen. »Oh, entschuldigen Sie bitte, wertes Fräulein. So früh hatten wir Sie noch gar nicht erwartet.« Sie schnippte mit den Fingern in Roses Richtung. »Los, hol das Kleid!«

Mich zischte sie an: »Zieh die Teppiche gerade!«

Carla plauderte einfach weiter, während sie ihre Kleidung ablegte. »Was für ein herrlicher Frühlingstag. Und es wird immer früher hell, nicht wahr? Ich hasse es, im Dunkeln aufzustehen. Hier!«

Sie gab mir auch ihren Rock.

In Höschen und halterlosen Strümpfen stellte sich Carla in den Ankleidebereich. Bewunderte sich selbst in dem prächtigen Spiegel. Es gab viel zu bewundern an ihr. Im Gegensatz zu mir hatte sie überall genau die richtigen Rundungen. Meine Hüften waren so schmal, dass man sie wie Brotscheiben in den Toaster hätte stecken können.

Rose kam mit ihrem Kleid zurück. Mit *meinem* Kleid. Ich seufzte fast auf, als es über Carlas gehobene Arme glitt und wie Wasser über ihren Bauch und ihren Hintern floss. Es umhüllte ihren Körper exakt so, wie es sollte, und bewegte sich fantastisch mit ihr, während sie sich vor dem Spiegel in alle Richtungen drehte. Meine Großmutter wäre stolz auf meine Kreation gewesen.

Carla strahlte und klatschte in die Hände wie ein Kind in der Konditorei. »Oh, du bist großartig. Wie fein die Nähte sind. Und was für ein Schnitt ... Wie hast du das nur hingekriegt?«

»Ich ...«

Weiter kam ich nicht. Mina warf mir einen scharfen Blick zu – *Stille*.

»Jahrelange Erfahrung«, murmelte Mina. »Eine Kundin mit so einer Figur macht es einem natürlich einfach. Ich wusste, dass Ihnen dieser Stil gefällt. Die Farbe habe ich extra für dieses Frühjahr ausgesucht. Seide ist zwar schwierig zu verarbeiten, aber Sie stimmen mir sicherlich zu, dass sich die Mühe gelohnt hat. Ich habe eine Ausbildung an den besten Häusern genossen.«

Mina schlug den Saum des Rocks um, um zu prüfen, ob er hinten und vorne glatt und regelmäßig war. Etwas fiel zu Boden. Sie schnippte mit den Fingern nach mir. *Nadel!* Ich sank auf die Knie und suchte den Boden ab, mit dem Handrücken, wie meine Großmutter es mir beigebracht hatte – bis ich sie fand. Meine Großmutter hatte noch einen Spruch: *Eine verlorene Nadel ist kein Grund zum Tadel.* Während ich hörte, wie Mina begeistertes Lob für mein Kleid einheimste, hätte ich ihr die Nadel am liebsten in den Arm gestochen. Stattdessen gab ich sie ihr zurück.

»Beim Konzert am Wochenende wird das Kleid bestimmt einen großartigen Eindruck machen«, sagte Carla. »Meine Sache ist das ja nicht mit den vielen Geigen, aber natürlich möchte ich da gut aussehen. Und dank dir werde ich das auch tun.«

»Für den Saum brauche ich noch eine Stunde«, entgegnete Mina, streckte den Rücken und bewunderte *ihre* Arbeit.

»Vielleicht noch eine Kleinigkeit …« Carla hörte auf zu posieren und warf einen prüfenden Blick in den Spiegel.

Mina runzelte die Stirn.

»Ist etwas nicht in Ordnung?«

Am liebsten wäre ich einen Schritt vorgetreten und hätte gesagt: *Und ob hier was nicht in Ordnung ist! Das ist mein Kleid und jetzt erntest du die Lorbeeren dafür!* Und sofern ich den Mut hätte, würde ich hinzufügen: *Außerdem gibt es an dem Kleid nicht das Geringste auszusetzen.*

Carla klatschte erneut in die Hände. »Jetzt hab ich's! Die Schulterkissen sollten noch ein bisschen dicker sein – das wäre das Tüpfelchen auf dem i. Und ein Gürtel würde sich auch gut machen. Ein Gürtel mit Punkten drauf. Ich habe da ein Foto in einer dieser Zeitschriften gesehen, das kannst du dir zum Vorbild nehmen. Und vielleicht eine Schleifenkrawatte über dem Ausschnitt. Oder wäre das zu viel des Guten?«

Wenn meine Großmutter von einer Anprobe nach Hause kam, beschwerte sie sich manchmal, dass ihre Kundinnen weniger Stil und Geschmack hätten als eine Klobürste, aber was konnte man schon dagegen machen? *So-*

lange sie pünktlich zahlen, tut man, was sie verlangen, sagte sie. *Es muss einem ja nicht gefallen,* fügte sie mit gespieltem Schaudern hinzu.

In Birkenau war es offenbar nicht viel anders. Mina nickte zu jedem einzelnen dieser bescheuerten Vorschläge.

Carla schien meinen Gesichtsausdruck richtig zu deuten. Ihre Augen verengten sich, während sie von mir zu Mina schaute. Ihr Blick hatte etwas Verschmitztes, auch wenn sie sich wie eine beschränkte Bauerntochter benahm, die es irgendwie zu Geld und Ansehen gebracht hatte. Ich merkte ihr an, dass sie durchschaut hatte, wer für das Kleid verantwortlich war.

»Einen Moment!«, rief sie. »Vergessen wir das alles! Mach … mach mir einfach eine passende Jacke dazu.« Sie warf mir einen verstohlenen Blick zu, suchte nach meiner Zustimmung. Was immer sie auch sah, ermutigte sie zu einer Bestätigung. »Genau, eine Jacke. Dreiviertelärmel, wie ein Bolero, gefüttert und vielleicht auch bestickt. Für dich mit deinen Fähigkeiten ist das doch ein Klacks. Abgemacht. Jetzt aber schnell. Ich muss wieder zur Arbeit. Die Pflicht ruft!«

Sie zog ihre Uniform an, schlug mit der Reitgerte gegen ihren Stiefel und summte eine Tanzmelodie. Dann lief sie aus der Tür.

»Kein Wort!« Als die Tür ins Schloss fiel, stieß mir Mina sofort ihren knochigen Zeigefinger gegen die Brust.

»Aber …«

»Kein Wort!«

»Sie …«

»Oh, ich verstehe. Du bist beleidigt, weil diese Kuh denkt, dass ich ihr Kleid gemacht habe.«

»Ach, ich …«

»Tu, was du tun musst, um zu überleben, verstanden?« Ich nickte bedächtig. Ich lernte schnell. Wenn ich überlebte, konnte ich eines Tages nach Hause zurückkehren.

»Wann kann ich meiner Großmutter einen Brief schreiben, damit sie weiß, dass es mir gut geht?«, platzte es aus mir heraus. »Sie ist krank, und mein Großvater ist keine große Hilfe bei der Pflege. Ich war auf dem Heimweg von der Schule, als ich gefangen und hierhergebracht wurde. Sie muss außer sich sein vor Sorge.«

Mina seufzte. »Du bist wirklich noch grün hinter den Ohren. Wie lange bist du schon hier?«

»Seit drei Wochen.«

»Kein Wunder, dass du so naiv bist. Ist natürlich erst mal ein Schock, zugegeben.« Sie zog eine Schachtel aus der Tasche ihres Arbeitsanzugs und schüttelte zwei dürre Zigaretten heraus.

»Hier, nimm sie. Und mach den Bolero für Carla.«

»Danke, ich rauche nicht.«

»Naiv, ich sag's ja. In Birkenau werden keine Zigaretten geraucht, die sind hier das Geld. Kauf dir was zu essen oder erkauf dir Freunde, mir egal.«

»Und meine Nachricht …«

»Vergiss es! Die wollen doch nicht, dass jemand von der Existenz dieses Ortes erfährt. Hör auf meinen Rat, Schulmädchen – vergiss deine Familie. Vergiss alles, was da draußen ist. Hier gibt es nur eine Sache, die zählt auf der Welt, und das bist du selbst. Wenn du nicht weiterweißt, dann stell dir eine Frage: Was *würde Mina* tun? Das wird dir helfen.«

Ich starrte auf die zerknautschten Papierröllchen, an deren Ende ein paar Tabakfäden heraushingen. Großvater hatte immer seine eigenen Zigaretten gedreht. Seine Finger waren genauso geschickt wie meine, doch voller brauner Flecken wegen des Tabaks. Er hustete viel, vor allem nachts, und manchmal stibitzte ich mir dann seinen Tabakbeutel und spülte den Tabak die Toilette runter. Am Morgen lachte er über mich, verwuschelte mir die Haare und schickte mich los, neuen Tabak zu kaufen. Ich hasste die Zigaretten. Der Rauch ließ die Kleidung stinken.

»Nun?« Mina blickte mich prüfend an.

Ich nahm die Zigaretten.

Es war nicht alles, was ich an diesem Morgen aus dem Ankleideraum mitnahm.

»Ella ... hey, Ella!«

Ein Flüstern an meinem Ohr. Ich war in meiner eigenen Welt versunken und versuchte angestrengt, dem Revers des Boleros die richtige Form zu geben. Für meine Großmutter wäre das ein Klacks gewesen. Ein Klacks Sahne, ein Klacks Vanillesoße ... mir lief das Wasser im Mund zusammen.

Großmutter war nicht hier. Gott sei Dank.

Es war Rose.

»Was ist?«, flüsterte ich zurück.

»Du musst aufhören, gibt gleich Abendessen.«
Aus ihrem Mund hörte sich das nach einem gedeckten Tisch an, mit gestärktem weißen Tischtuch, Kerzenleuchtern und Leinenservietten, die in silbernen Ringen steckten, nach großen Platten voll dampfender Köstlichkeiten, die nur darauf warteten, von uns verspeist zu werden. Vielleicht war es ja so in ihrem vornehmen Prinzessinnenpalast.

»Kann jetzt nicht«, sagte ich unwillig. »Ich muss das hier noch in Ordnung bringen.«

Rose bewegte sich nicht vom Fleck, was mich ärgerte. Sie griff nach der Jacke und klappte das Revers hin und her. »Wenn du hier zwei kleine Schnitte machst, spannt der Stoff nicht so.«

Ich zwinkerte. Ja klar. Wie dumm von mir, dass ich daran nicht gedacht hatte. »Schere!«, rief ich.

Ich machte die Schnitte. Und endlich quälte mich das Revers nicht mehr.

An den Tischen um mich herum legten die Mädchen und Frauen ihre Arbeit beiseite und gaben die ihnen zugeteilten Nadeln zurück. Sie bewegten sich langsam, rieben sich ihre tauben Schulter- und Nackenmuskeln und stützten ihre Rücken mit den Händen. Es war ein langer Tag gewesen. Doch niemand wollte den trügerischen Anschein von Sicherheit aufgeben und das Gebäude verlassen. Draußen bellten Hunde.

»Aus dem Weg, Prinzessin!«, sagte Mina, die plötzlich aufgetaucht war. Rose machte einen Knicks und gehorchte.

Mina ließ ihre langen Finger über meinen Stoff gleiten. »Nicht schlecht. Die Kundin wollte Verzierungen. Kannst du sticken?«

Konnte ich sticken? Gute Frage. Mina klopfte ungeduldig mit dem Fuß und wartete auf meine Antwort.

Was würde Mina tun?
Lügen.

»Das kann ich sehr gut«, antwortete ich.

»Ausgezeichnet. Mach einen Schmetterling oder Blumen ... etwas, das leicht ist und schnell geht.«

Und weg war sie. Ich seufzte. Sticken konnte ich nicht ausstehen. Elende Fummelei.

Während des Abendessens hielt ich Ausschau nach Rose, konnte sie inmitten der Tausenden und Abertausenden von Frauen in gestreifter Kleidung, die aus Blechnäpfen ihre dünne Suppe schlürften, aber nicht erblicken. Es war höchst unwahrscheinlich, dass ich sie an diesem Abend noch fand, bevor das Licht ausgeschaltet wurde. Das geschah um 21 Uhr. (Der Tag begann um 04:30 Uhr.) Ich war in meinem Block, auf meinem Schlafplatz. Die Barackenblocks waren lang gestreckte Gebäude in erbärmlichem Zustand. In jedem einzelnen wurden etwa fünfhundert von uns zusammengepfercht. Wir quetschten uns auf feuchten Holzpritschen zusammen, die auf drei Etagen verteilt waren, vom Boden bis zur Decke. Jede Pritsche war durch dreckige Strohmatratzen in mehrere Kojen unterteilt. Mindestens sechs teilten sich eine Koje, mindestens zwei eine Matratze. Andere Einrichtungsgegenstände gab es nicht, von den Eimern abgesehen, in die man seine Notdurft verrichtete. Meine übliche Kojennachbarin war heute nicht aufgetaucht. Ich fragte nicht, warum. Auf gewisse Fragen will man keine Antwort haben.

Von unten hörte ich einen Tumult und spähte über die Kante. Die Blockälteste und ihre Kumpaninnen bedrängten Rose. Ich hatte bisher nicht mal gemerkt, dass sie im selben Block war wie ich. Die Ältesten in jedem Barackenblock waren immer noch Gefangene, verhielten sich jedoch wie Aufseherinnen. Wie Mina als Kapo in der Werkstatt hatten auch sie einen herausgehobenen Status. Und diesen Status nutzten sie, um das beste Essen, die besten Kojen und die besten Arbeitsstellen zu bekommen. Unsere Blockälteste war eine stämmige Frau namens Gerda, die ihre fleischigen Arme jeden Tag um eine andere Freundin schlang. Ich hielt mich von ihr fern. Sie hatte eine sehr niedrige Nummer, was bedeutete, dass sie schon mehrere Jahre in Birkenau verbracht haben musste. Wer so lange überlebte, durfte nicht empfindsam sein.

Rose war empfindsam. Gerda & Co. umringten sie am Ofen in der Mitte der Baracke. Sie taten ihr keine Gewalt an, noch nicht, sondern schikanierten sie. Testeten, wie weit sie gehen konnten.

»Hast wohl keinen Schlafplatz, Kleine«, höhnte Gerda. »Jetzt fang bloß nicht an zu heulen. So schade um das hübsche Gesicht ...«

Rose weinte nicht. Sie stand bloß da und ließ alles hilflos über sich ergehen. Hatte sie denn nichts gelernt, seit sie hierhergekommen war? Man durfte sich nicht herumschubsen lassen. Ich wette, dass Mina in ihrer Baracke noch nie schikaniert worden war. Vielleicht war sie neben Kapo ja auch noch die Blockälteste.

Was würde Mina tun?
Rose ignorieren. Sich zu denen gesellen, die sie schikanieren. Sich mit Gerda anfreunden.

Gerda blies Rose ihren Zigarettenqualm ins Gesicht. Ich konnte mir ausmalen, was als Nächstes kam. Die glühende Zigarette an einer empfindlichen Körperstelle. Lieber nicht einmischen. Ich hatte keine Lust, auf Gerdas schwarzer Liste zu landen. Als Blockälteste war sie auch für die täglichen Brotrationen verantwortlich. Außerdem teilte sie Aufgaben und Pflichten zu wie das Schleppen des Suppenkessels ... und des Toiletteneimers.

War es andererseits aber nicht besser, nachts in der Nähe von Rose zu liegen als neben einer völlig Fremden?

»Hey, Rose, komm rauf!« Ich klopfte auf die dünne Strohmatratze meiner Koje.

Roses Lächeln war heller als das Licht der vereinzelten Glühbirnen, die zwischen den Betten baumelten. Sie winkte und gab Gerda & Co. ein Zeichen beiseitezutreten. Sie waren so überrascht, dass sie Rose tatsächlich durchließen.

»Danke schön«, sagte sie, als wären sie alle Gäste einer Stehparty. Obwohl ihre Arme so dünn wie Nudeln waren, schaffte sie es, sich zur dritten Etage hochzuziehen. Gerda hob dabei Roses Rock hoch, um ihr eigenes Gesicht zu wahren. Für einen Moment verlor ich mich in der Vorstellung von Nudeln mit Tomatensoße … die Sorte von Essen, die man so genüsslich in sich hineinschlingt, dass am Ende der ganze Bereich um den Mund herum voller Soße ist …

»Puh, hier oben muss man ja schwindelfrei sein«, sagte Rose, als sie neben mir auf die Planken sank.

»Achtung, dein Kopf!«

Zu spät. Rose stieß sich den Kopf am Deckenbalken, der so niedrig war, dass man hier nicht einmal aufrecht sitzen konnte.

Ich rückte ein Stück zur Seite. »Hier oben ist dafür frische Luft.« Frische Luft bedeutete, dass es bitterkalt war, wenn der Wind durch all die Spalten und Risse drang. »Und die Leute klettern nachts nicht ständig über dich drüber, wenn sie mal aufs Klo müssen. Andererseits hast du einen ziemlich langen Weg im Dunkeln vor dir, wenn du pinkeln musst.«

»Danke, dass du den Platz mit mir teilst«, sagte Rose und rieb sich den Kopf. »Den alten haben mir ein paar Frauen weggenommen. Aber so nobel wie dieser war der auch nicht.«

»Nobel?«

Sie grinste. »Wir beide sind doch hier, oder?«

Roses Gesellschaft stürzte mich allerdings in ein Dilemma. Ich hatte eine von Minas Zigaretten gegen eine Scheibe Brot getauscht. Aber wie konnte ich die hier essen, wenn Rose mir zusah? Vielleicht konnte ich sie mir bis zum

Frühstück aufsparen, sofern ich das Glück hatte, dass sie mir in der Nacht nicht gestohlen oder von den Ratten gefressen wurde. Die Ratten, die über das Dach wieselten, waren fetter als jeder Mensch in den Betten darunter.

Der Hunger war stärker als meine Absichten. Ich zog das Brot aus dem Inneren meiner Kleidung hervor und knibbelte die Rinde ab. Rose schluckte ... ehe sie sich höflich umdrehte. Ich kaute so leise wie möglich. Es nutzte nichts.

»Hier, nimm ein bisschen«, sagte ich.

»Ich? Oh, ich bin total satt«, log sie. »Kann keinen Bissen mehr runterkriegen.«

»Sei nicht dumm.«

»Na gut, wenn du drauf bestehst.«

Wir kauten gemeinsam. Der Unterschied bestand darin, dass ich die Krümel von der Vorderseite meiner Kleidung aufpickte und mir in den Mund steckte. Rose aß vorbildlich und wischte die Krümel weg.

Als Nächstes verdrehte ich meinen Rücken, um es irgendwie zu schaffen, mir die blöden Schuhe auszuziehen. Abgesehen von der Tatsache, dass sie mir offene Blasen bescherten, waren sie das Einzige, das ich als Kissen benutzen konnte.

Rose neigte den Kopf wie ein Eichhörnchen, das prüft, ob eine Nuss essbar war oder nicht. »Hörst du dieses Rascheln?«

»Das sind Ratten.«

Sie schüttelte den Kopf. »Keine Ratten oder Bettwanzen.«

Als ich etwas zur Seite rutschte, um es etwas bequemer zu haben, sagte sie: »Das Rascheln kommt von dir.«

»Stimmt gar nicht.«

»Doch, da raschelt was.«

»Das bildest du dir nur ein.«

Ich runzelte die Stirn. »Rascheln ist ja wohl nicht verboten. Ich kann rascheln, so viel ich will.«

»Absolut. Aber wenn ich herausfinde, dass du eine der Modezeitschriften mitgenommen hast, dann wird das vielleicht auch jemand anders tun.«

Rot vor Verlegenheit zog ich die zusammengerollte »Damenwelt« aus dem Ärmel, wo sie schon den ganzen Tag über gewesen war.

Rose sah mich mit großen Augen an. »Du weißt, was sie machen, wenn sie dich erwischen.«

Ich wusste nicht genau, wie meine Strafe ausfallen würde, aber sicherlich heftig.

»Ach komm, ist doch nur eine Zeitschrift«, verteidigte ich mich.

»Ist aber immer noch Diebstahl.«

»Organisieren heißt das hier.«

»Trotzdem Diebstahl.«

»Ach ja?«

»Hat man dir nicht beigebracht, dass man nicht stehlen darf?«

Fast hätte ich laut gelacht. Natürlich wusste ich, dass man nicht stehlen darf. Wenn mein Großvater mich losschickte, um Tabak zu kaufen, nahm ich außer dem Tabakgeld keinen einzigen Pfennig aus seiner Brieftasche.

Und niemals hätte ich nur ein bisschen Garn aus dem Nähkasten meiner Großmutter stibitzt. Als sie einmal sah, wie ich ihr Portemonnaie in der Hand hielt, hat sie mir sofort die Leviten gelesen, was Respekt vor fremdem Eigentum bedeutet. Dabei hatte ich damit nur spielen wollen, wie ich ihr versicherte. Mit seinen Schnappverschlüssen, dem roten Innenfutter und dem rostigen Reißverschluss war es für mich wie ein großes Krokodil aus Leder gewesen. Krokodile waren stark, schnell und konnten alles verschlingen.

»Sie haben mir alles gestohlen, als ich hierherkam. Das hätten sie auch nicht tun dürfen. Willst du mich etwa verpetzen?«

»Natürlich nicht!«, erwiderte Rose voller Verachtung. Nach einer Pause fragte sie in ihrem hochnäsigen Akzent: »Willst du sie nicht ein bisschen anschauen, ehe du sie zurückgibst?«

»Falls ich sie zurückgebe.«

Ich reichte ihr die Zeitschrift. Sie strich über die Titelseite. »Meine Mutter wollte nie, dass ich mich mit diesem Schund abgebe. Sie meinte, ich solle lieber gute Bücher lesen oder selbst welche schreiben.«

»Deine Mutter hat die ›Damenwelt‹ als Schund bezeichnet? Da sind doch so viele Artikel und Modebesprechungen drin, die Seite mit den Leserbriefen, all die Zeichnungen und Fotos …«

»Ich weiß«, sagte Rose lachend. »Sogar in Farbe, nicht alles so braun wie hier.«

»Licht aus!«, schrie Gerda.

Von Braun zu Schwarz: Dunkelheit. Das war's mit unserer Moderunde. Plötzlich hatte ich schreckliche Angst, als Diebin überführt und von meiner Schlafkoje heruntergerissen zu werden ... ganz zu schweigen davon, was darauf folgen würde. Bisher schien Carla die einzige Aufseherin in Birkenau zu sein, die halbwegs menschlich war.

Ich musste sofort an etwas anderes denken.

Nähen.

»Danke, dass du mir den Tipp mit dem Revers gegeben hast«, flüsterte ich.

»Aber gerne.«

»Wo hast du das gelernt?«

»Ich? Oh, eine Frau kam immer in unseren Palast und hat mir Unterricht gegeben. Als kleines Mädchen habe ich davon geträumt, mal eine eigene Modeboutique zu haben. Oder eine Buchhandlung. Oder einen Zoo ... das änderte sich öfter mal.«

Rose durfte keine Modeboutique haben! Das war mein Plan! Und wie albern von ihr, mir weismachen zu wollen, sie hätte tatsächlich in einem Palast gelebt.

»Ella?«, flüsterte Rose ein paar Minuten später.

»Was?«

»Gute Nacht.«

»Gute Nacht.«

»Schlaf gut ...«

»Wohl kaum.«

Pause.

»Ella ... soll ich dir eine Gutenachtgeschichte erzählen?«

»Nein.«
Erneute Pause.
»Ella …«
Ich drehte mich auf dem muffigen Stroh herum. »Was denn?«
»Ich bin froh, dass du da bist«, kam Roses Stimme aus der Dunkelheit. »Brot ist gut. Eine Freundin zu haben, ist besser.«

Ich konnte nicht schlafen. Was nicht an meinem schlechten Gewissen wegen der Zeitschrift lag, die ich gestohlen beziehungsweise organisiert hatte. Es lag auch nicht nur am Hunger. Nein, ich konnte nicht schlafen, weil Rose schnarchte. Sie schnappte nicht nach Luft, sondern schnarchte leise und regelmäßig vor sich hin wie mein Großvater zu Hause im Nebenzimmer. Ihr gelegentliches Schnauben wäre sogar ganz niedlich gewesen, hätte sie nicht direkt neben mir gelegen.
Was würde Mina tun?
Ihr in die Rippen stoßen.
»Mmh, das kitzelt«, murmelte Rose, ohne aufzuwachen.
So blieb ich wach und dachte an nichts anderes als an das, was ich am nächsten Morgen schneidern würde.

Um 4:30 Uhr schrillte die Trillerpfeife, so wie an jedem Tag. Wir alle kletterten von unseren Pritschen herunter, um uns zum Appell zu versammeln. Jeden Abend und jeden Morgen gab es einen Appell. Alle »Zebras« wurden gezählt, um sicherzugehen, dass sich niemand von uns in der Nacht in Luft aufgelöst hatte, was genauso unmöglich war wie eine Flucht. Die Aufseher hatten Listen. Auf den Listen standen keine Namen. Das hätte bedeutet, dass wir Menschen waren. Auf den Listen standen Nummern. Zebras hatten Nummern.

Zebras hatten auch Abzeichen, die aus farbigem Stoff bestanden, der auf die Häftlingskleidung genäht wurde. Die Abzeichen waren das Sinnbild dafür, warum sie entschieden hatten, uns nicht mehr am normalen Leben teilhaben zu lassen.

Die meisten Wächter hatten ein grünes Dreieck. Das hieß, dass sie angeblich Verbrecher gewesen waren, bevor sie nach Birkenau kamen. Das Abzeichen von Rose war ein rotes Dreieck, was hieß, dass sie ein politischer Häftling war. Das schien mir völlig absurd. Wie konnte so ein verträumtes Dummchen denn eine politische Gefahr bedeuten? Offenbar mochten sie keine Leserinnen von Büchern. Und Angehörige meiner Religion, des Judentums, mochten sie auch nicht. Wer dem falschen Gott huldigte, bekam einen gelben Stern. Er sah so ähnlich aus wie der goldene Stern, den wir in der Schule für gute Hausaufgaben erhalten hatten. Dieser Stern hier bedeutete jedoch, dass man zu den Wertlosesten der Wertlosen gehörte. Die meisten Zebras hatten einen solchen Judenstern. Häftlinge mit Judenstern wurden am schlimmsten von allen behandelt. Wir waren nur halbe Menschen. Nicht einmal das. Für sie waren wir Untermenschen. Abfall.

Ich hasste den Stern. Ich hasste alle Abzeichen und alle Listen. Ich hasste die Art, wie manche Menschen ihre Mitmenschen in eine Schublade mit der Aufschrift »Du bist anders« steckten. Trug man erst mal dieses Etikett, konnten die Leute mit dir machen, was sie wollten. Was absurd ist. Ich war weder ein Abzeichen noch eine Nummer. Ich war Ella!

Am Anfang schien es gar nicht so dramatisch zu sein. Es begann mit kleinen, alltäglichen Dingen. Beim Schulsport wurde man als Letzte ausgewählt. *(Mit Leuten wie euch kann man keinen Mannschaftssport betreiben.)* Man bekam plötzlich schlechtere Noten. *(Ihr habt bestimmt voneinander abgeschrieben, sonst hättet ihr nicht so viele Fragen richtig beantwortet.)* Wenn man sich im Unterricht meldete, wurde man nicht mehr drangenommen. *(Weiß jemand die Antwort? Niemand? Wirklich niemand?)*

Kleine Dinge wurden zu großen Dingen. Im Biologieunterricht musste eines Tages ein Junge vor der Klasse stehen, während sein Kopf vermessen wurde. *Schaut euch seine Gesichtsfarbe an*, höhnte der Lehrer. *Und auch das Messergebnis ist eindeutig. Er gehört einer falschen, eindeutig unterlegenen Rasse an.*

Ich krümmte mich auf meinem Platz zusammen, traute mich jedoch nicht, Widerspruch einzulegen, damit ich nicht ebenfalls vor der Klasse stehen musste.

Bei einer Schülerversammlung wurde eines Morgens bekannt gegeben, dass sich die Schulordnung geändert hatte. *Folgende Schüler haben das Schulhaus sofort zu verlassen ...* Der Direktor hatte eine Liste. Auch mein Name stand darauf. Nie in meinem Leben habe ich mich so gedemütigt gefühlt wie damals, als ich vor den Augen Hunderter von

Schülern aus dem Gebäude schlich. Als ich nach Hause kam, drohte mein Großvater damit, den Kopf des Direktors in eine Toilette zu stecken. Meine Großmutter redete ihm das aus. Stattdessen wechselte ich auf eine andere Schule. Die war nur für Schüler, die auf Listen standen.
Es wurde schlimmer. Versammlungsorte wurden zerstört. Thorarollen verbrannt. Nachbarn nachts in Lastwagen gezerrt, die Gitter statt Fenster hatten.
Achte gar nicht auf diesen Blödsinn, sagte meine Großmutter. *Die versuchen nur, uns zu terrorisieren, und dem darf man nicht nachgeben. An der Art, wie wir sind, ist nichts verkehrt.*
Doch wenn niemand von uns etwas Verkehrtes getan hatte, warum landeten wir dann in einem Gefängnis wie diesem?

Auf einer Liste zu stehen, konnte über Leben und Tod entscheiden, das kam ganz auf die Liste an. Hier in Birkenau war die Hauptsache, auf der Liste der Arbeiterinnen zu stehen. Wer nicht arbeiten konnte, blieb nicht am Leben. So einfach war das.
Selbst wenn man seine Arbeit liebt, ist es eine Qual, morgens aufzustehen, auf welcher Seite des Stacheldrahts man sich auch befand. Beim Appell in einer Reihe zu stehen, war das Allerschlimmste, vor allem in der Dunkelheit vor dem Morgengrauen. Der Appellplatz schien der unwirtlichste Ort auf der ganzen Welt zu sein. Wir Zebras stellten uns in Fünferreihen auf, um von den Aufseherinnen gezählt zu werden. Wenn irgendjemand zu spät kam,

begann der Zählappell von vorne. Wenn jemand fehlte, ebenfalls. Wenn jemand vor Hunger, Kälte oder Erschöpfung (oder wegen all dieser Dinge) zusammenbrach, wurde wieder von vorn gezählt. Gähnende Aufseherinnen standen in Grüppchen zusammen, in schwarze Umhänge gehüllt. An diesem Morgen, dem ersten Morgen, bei dem ich während des Zählappells neben Rose stand, glaubte ich, Carla zu erblicken, war mir jedoch nicht sicher. Sie war ein gutes Stück entfernt und rauchte, neben sich einen großen schwarzen Hund.

Neben mir war Rose. Als gerade keine Aufseherin in der Nähe war, flüsterte sie mir plötzlich zu: »Ich kann sticken. Wenn du willst, nähe ich Efeuranken auf das Revers des Boleros.«

Ich sah sie erstaunt an. »Kannst du das wirklich?«

Rose streckte mir die Zunge raus. Es kam so plötzlich, dass ich fast laut gelacht hätte. Was mein Todesurteil gewesen wäre. Während des Appells durfte nicht gelacht werden (eigentlich auch nicht geredet, doch hier ging es ums Nähen, also konnte ich nicht widerstehen).

»Entschuldige, äh, danke«, flüsterte ich. »Efeu ist eine schöne Idee. Meine Oma hat mal weiße Efeublätter auf ein Hochzeitskleid gestickt. Weil der Efeu sich umeinanderwindet und haften bleibt, soll er wohl die Ehe symbolisieren.«

»Er ist aber auch giftig«, entgegnete Rose mit einem Blitzen in den Augen.

Ich wollte die gestohlene Ausgabe der »Damenwelt« zurückbringen, ganz ehrlich. Nur leider war an diesem Tag schrecklich viel los im Ankleidezimmer. Es gab mehrere Kundinnen, die noch irgendwelche Extrawünsche hinsichtlich ihrer Konzertgarderobe hatten. Irgendwann öffnete sich die Tür zum Ankleidezimmer und ich sah mitten hinein. Einer kleinen, schon etwas älteren Frau wurden Kleider gezeigt, die Giraffe hergestellt hatte, der ich an meinem ersten Arbeitstag begegnet war. Giraffe hieß eigentlich Sarah. Die ältere Frau war keine von uns. Sie trug ein grasgrünes Kleid aus Wollkrepp, konnte also definitiv auch keine Aufseherin sein. Mina schien sie zu vergöttern.

»Wer ist das?«, fragte ich die unansehnliche Frau, die ich als Frosch bezeichnete, obwohl sie Franka hieß. Franka konnte unförmige Kleidungsstücke mit einfachen Nähten herstellen, das war's.

»Du weißt nicht, wer das ist?«, flüsterte sie ungläubig. »Wegen der sind wir doch alle hier, Schätzchen. Das ist Madame H.«

»Wer?«

»Die Frau des Lagerkommandanten. Eine richtige Modeliebhaberin. Zuerst hat sie bei sich zu Hause auf dem Dachboden ein paar Näharbeiten machen lassen – sie wohnt direkt außerhalb von Birkenau –, dann hat sie hier die Schneiderei gegründet, damit sich die Frauen der Offiziere und Aufseherinnen schöne Kleider machen lassen können. Die waren schon eifersüchtig, weil sie immer so schick angezogen ist. Der Junge da vorne ist eins ihrer Kinder.«

Als ich aufblickte, sah ich einen kleinen Jungen. Ich starrte ihn an. Sonst sah man hier nie Kinder. Nie. Er trug ein Hemd und eine sorgsam gebügelte kurze Hose. Seine gekämmten Haare hatten einen Mittelscheitel. Seine Schuhe glänzten.

Der Junge spähte durch die offene Tür zu uns herein. Franka deutete pantomimisch an, dass sie sich erhängen wollte. Der Junge wich zurück und drückte sich an den Rock seiner Mutter.

»Eines Tages wird man sie für das an den Galgen bringen, was sie uns angetan haben«, murmelte Franka. »Vater, Mutter, die ganze verkommene Familie.«

Sie musste meinen Gesichtsausdruck gesehen haben. »Er ist doch nur ein Kind«, sagte ich.

»So wie du, Schätzchen. So wie alle Kinder, die durch den Schornstein gehen – puff!«

Als ich zum ersten Mal den Ausdruck hörte, dass Menschen *durch den Schornstein gingen*, dachte ich, es würden Leute dort hochgeschickt, um sie zu fegen und sauber zu machen. Doch so gern ich auch weiterhin daran geglaubt hätte, es gab einfach zu viel Rauch und zu viel Asche. Zu viele Leute, die kamen und einfach verschwanden.

Denk nicht darüber nach. Denk an die Kleider.

Ich hielt mich am Bild von Madame H. fest, der wichtigsten Kundin des Universums. Ich führte mir ihr Gesicht vor Augen, ihren Teint und ihre Figur. In diesem Moment beschloss ich, dass ich eines Tages Kleider für sie schneidern würde. Als Schneiderin brauchte man renommierte Kunden. Sonst würde man irgendwann jeden einkleiden, der durch die Tür kam.

Die Tür zum Ankleidezimmer schloss sich ganz. Die Zeitschrift jetzt zurückzulegen, wäre viel zu riskant gewesen. Und ich dachte, wenn niemand sie vermisste, konnte ich sie genauso gut behalten. Warum auch nicht? Was ich tat, ging Rose nichts an. Überhaupt nichts. Es war mir auch egal, was sie davon hielt.

Ich erinnerte mich, dass Franka an meinem ersten Tag hier nach Papierresten gefragt hatte. Als die Aufseherin an der Rückwand nicht schaute, riss ich vorsichtig eine Seite mit Werbeanzeigen heraus. Sie warben für Dinge, die ich fast vergessen hatte. Parfüm. Seife. Hochhackige Schuhe.

Das ließ mich daran denken, wie mich meine Großmutter unmittelbar vor Beginn des neuen Schuljahrs mal zum Einkaufen mitgenommen hatte. Sie trug solide, an den Seiten ein wenig abgenutzte Blockabsätze und ich die langweiligen Schuhe, die ich stets zur Schule anzog. Was mich jedoch nicht davon abhielt, die glitzernden Damenschuhe anzugaffen, die mit Strass und Pailletten besetzt waren.

Eine Schwalbe macht noch keinen Sommer, brummte sie. Was auch immer sie damit meinte.

Ich hörte verlockende Gerüchte über einen gewissen Laden in Birkenau, der auch als Warenhaus bezeichnet wurde. Sie sagten, er sei das reinste Schlaraffenland. Das war schwer zu glauben, wenn man immer nur Baracken und Stacheldraht sah, bis Sarah eines Tages mit Paketen und Einkaufstaschen beladen in die Werkstatt kam.

»An diesem Ort gibt's einfach alles«, erklärte sie, nachdem sie sich vergewissert hatte, dass Mina nicht da war, die sie für ihr loses Mundwerk geohrfeigt hätte.

»Alles auf der Welt!«

Als Mina gerade jemand anderen schikanierte, hielt ich Franka unter dem Tisch die rausgerissene Seite mit den Werbeanzeigen hin.

»Willst du immer noch Papier haben?«, raunte ich ihr fast lautlos zu.

Franka blickte zur Decke und mimte ein riesiges Dankeschön. Ich hoffte, sie störte sich nicht daran, dass es nur Werbung war.

Doch dieser undankbare Tollpatsch schaute nicht einmal hin, womit die Seite bedruckt war. Sie riss sie einfach in vier Stücke, stemmte sich vom Stuhl hoch und trug alles so stolz vor sich her, als wäre es eine Auszeichnung, die sie bekommen hatte. Als sie von der Toilette kam, war das Papier verschwunden.

So viel zum Thema Großzügigkeit.

GELB

Eine Erinnerung: Rose sprang von ihrem Bett und rief: »Leben, Leben, Leben!« Sie streckte ihre Arme in die Luft und wirbelte so lange im Kreis, bis uns vom Zuschauen schwindlig wurde. »Ich liebe das Leben! Ich liebe das Atmen! Ich liebe das Brot! Ich will alle küssen und jeden von euch heiraten!«
Gerda kaute nachdenklich auf ihrer Abendration Brot herum. »Die ist komplett durchgedreht, das steht fest.«

Der Matsch des Frühlings wurde zum Staub des Sommers. Es herrschte eine unbändige Hitze. Wir schmorten im eigenen Saft.

Ich hatte die letzten Tage des Schuljahrs vor den Sommerferien immer gehasst. Oft beugten wir uns mit aufgekrempelten Ärmeln über die Tische, und die Kleider klebten an unseren schweißnassen Rücken, während uns wie zum Hohn die Sonne von draußen briet. Dann kam die Befreiung – das letzte Läuten der Schulglocke! In einem Wirrwarr aus Büchern, Glück und Fahrrädern taumelten wir auf die Straße – Wochen grenzenloser Freiheit entgegen.

Aus Birkenau befreite uns niemand. Jeden Morgen wurden wir von der Trillerpfeife geweckt und formierten uns in Fünferreihen zum Morgenappell. Im Sommer spürte man die Hitze schon bei Anbruch des Tages. Wir kochten in unseren dünnen Kitteln, mit nichts als einem Dreieck aus Baumwolle auf unseren kurz geschorenen Köpfen. Die Aufseher schlichen um uns herum. Sie waren wie Krähen, die auf einem Stoppelfeld nach Insekten pickten. Sie überprüften, ob unsere Nummern stimmten, ob unsere Abzeichen richtig aufgenäht waren und dass wir fit genug aussahen, um arbeiten zu können. Und wie Krähen hielten sie Ausschau nach jemandem, der aus der Reihe tanzte. Nach Zebras, die bestraft werden mussten. Die Aufseher stürzten sich auf jeden, der aus der Masse herausstach. Ich sah, wie eine Frau bewusstlos geschlagen wurde, weil sie es gewagt hatte, ihre abstehenden Haare mit ein wenig Spucke glatt zu streichen.

Eines Tages ging Carla mit ihrem Hund namens Pippa an mir vorbei. Der Hund strebte keuchend vorwärts. Ein Ruck mit der Leine und Pippa blieb stehen. Carla ignorierte mich. Für sie war ich nur ein weiteres Zebra.

Erst gestern war sie in den Ankleideraum gestürzt und hatte mit ihrer Sonnenbräune geprahlt. Ich hatte ihr ein zitronengelbes Sommerkleid genäht, für das Mina einmal mehr die Lorbeeren eingeheimst hatte. Carla wusste, dass Mina log, da war ich ganz sicher. »Glaubst du, dass Mina mir einen Badeanzug schneidern könnte?«

»Das kann sie bestimmt«, antwortete ich ernst.

Zu diesem Zeitpunkt durfte ich schon allein mit den Kundinnen im Ankleidezimmer bleiben – ich musste nicht mehr den Boden putzen und auch keine Handlangerdienste mehr leisten! Ich nähte, bis meine Hände sich zusammenkrampften und mein Blick verschwamm. Es war härter als alles, was ich in meinem Leben bisher getan hatte. Eigentlich hatte mein Karriereplan vorgesehen, alles zu Hause von meiner Großmutter zu lernen und nebenher so viel Geld anzusparen, dass ich eines Tages eine Hochschule besuchen konnte, um meine Fähigkeiten zu vervollkommnen. Danach wollte ich in der Textilbranche bei null anfangen, mich hocharbeiten und irgendwann meine eigene Boutique eröffnen.

Dass ich hier war, brachte bereits alles durcheinander. Was nicht hieß, dass ich hier nichts lernte. Mina war überraschend hilfsbereit, was das Erlernen gewisser Schneidertricks anging.

»Ich bin an den besten Häusern ausgebildet worden«, sagte sie ein ums andere Mal.

Trotzdem wollte Carla, dass ich ihre Kleider anfertigte, nicht Mina.

Eines Tages im Ankleidezimmer, wegen der Hitze bis auf das Höschen ausgezogen, blätterte Carla durch die aktuelle »Damenwelt«.

»Ich muss an meiner Sonnenbräune arbeiten, brauche irgendwas mit einer kurzen Hose. Im Warenhaus hab ich einfach nichts gefunden, was mich wirklich angesprochen hätte«, sagte sie mit einem Stöhnen. Gemeinsam betrachteten wir die fröhlichen Mädchen, die in Badeanzügen und Strandkleidern posierten. »So ähnlich wie das mit den Punkten ganz rechts«, schlug Carla vor.

»Aber noch schöner«, ergänzte ich.

»Dann wäre ich in Birkenau der Star am Swimmingpool.«

»Es gibt in Birkenau einen Swimmingpool?«, platzte es aus mir heraus.

»Nicht für solche wie dich«, gab sie spitz zurück. »Nur für normale Leute.«

Sie zog ein silbernes Zigarettenetui aus ihrer Jackentasche und öffnete es mit einer kurzen Handbewegung, als wäre sie ein Filmstar in einem Casino. Fünf Zigaretten lagen darin. Ich starrte sie an, während mir immer noch ihre Worte durch den Kopf gingen: *Nicht für solche wie dich.*

Wie konnte sie es wagen? WIE KONNTE SIE ES WAGEN? Ich stand direkt neben ihr, atmete dieselbe Luft ein, schwitzte in derselben Hitze, und sie fand, dass ich nicht zu den *normalen Leuten* gehörte? Sie trug elegante Kleider und ich einen gestreiften Häftlingskittel aus billigstem Stoff. Was würde passieren, wenn wir die Sachen tauschten? Wer würden wir dann sein?

Meine Empörung ließ nach. Selbst in anderer Kleidung würden wir komplett verschieden sein. Carla war ein Mensch. Ich nicht mehr.

Lange vor Beginn des Krieges hatten die Nationalsozialisten bereits Listen von Leuten erstellt, deren Existenz sie buchstäblich auslöschen wollten. Zunächst eine Liste von Leuten, die anders dachten. Dann von Leuten mit geistigen oder körperlichen Behinderungen. Leute mit anderem Glauben und anderer Hautfarbe.

Wer auf der Liste stand, war kein Mensch mehr. Deine bloße Existenz konnte dich auf diese Liste bringen. Was in der Regel hieß, dass man kurz darauf tot war oder nach Birkenau kam. Das Ergebnis war dasselbe.

Carla hielt mir das offene Zigarettenetui entgegen. Die Geste war eindeutig – *nimm eine!*

Was würde Rose tun?
Carlas gedankenlose Großzügigkeit ignorieren.

Was würde Mina tun?
Am Leben bleiben.

Ich nahm alle fünf Zigaretten.

***

Auf dem Appellplatz schlenderte Carla weiter. Meine Fünferreihe konnte aufatmen. An den heißesten Tagen standen die Aufseherinnen meistens im Schatten und überließen es den Kapos, die Häftlinge zu zählen. Stimmten die Zahlen nicht, konnte das stundenlang dauern. Währenddessen brutzelten wir wie Spiegeleier in der Pfanne.

Rose stand jeden Tag neben mir, ihren Blick auf einen unsichtbaren Punkt in der Ferne gerichtet. Ich stellte mir vor, Becher mit Zitronensorbet zu essen, ganze Eimer davon. Ich badete in Zitronensorbet. So lenkte ich mich von dem ab, was um mich herum geschah. Ich wollte nichts sehen, nichts hören, nichts riechen. So ertrug ich das alles irgendwie.

Eines Morgens, als wir vom Appellplatz zur Werkstatt liefen, bemerkte ich, dass Rose nichts auf dem Kopf trug. Ihr lächerlich ungleiches Paar Schuhe war schon schlimm genug, doch ohne Kopfbedeckung herumzulaufen, war reiner Wahnsinn.

Ich packte sie am Arm und hielt sie fest.

»Dein Kopftuch! Du hast es verloren! Du musst besser auf deine Sachen aufpassen!«

Rose war wirklich ein hoffnungsloser Fall. Sie hatte bereits ihren Löffel verloren. Wir alle hatten nur eine Schale und einen Löffel bekommen. Ohne das konnten wir nicht essen. Jetzt musste Rose ihre Suppe direkt aus der Schale schlürfen, doch sie sagte, das mache ihr nichts aus.

»Das spart den Abwasch«, scherzte sie, als wäre in der Baracke irgendwas sauber gemacht worden.

»In deinem Palast hattest du bestimmt jede Menge Silberlöffel«, zog ich sie auf.

»Ja, die Bediensteten hatten viel zu polieren«, bestätigte Rose. »Wir hatten sogar ein Extrabesteck, um Ananas zu essen. Das war der Stolz unserer Haushälterin. Ich liebe Ananas, du auch? Hart und stachelig von außen, aber von innen ... oh, das gelbe Fruchtfleisch und der köstliche Saft ... als würde man pures Glück trinken.«

Ich leckte mir über die rissigen Lippen. Ich hatte noch nie Ananassaft getrunken.

»Aber wo ist dein Kopftuch geblieben? Hast du es dir stehlen lassen?«

»Nein! Da war doch diese Frau beim Appell ... Hast du sie nicht gesehen? Sie stand direkt vor uns.«

»Ich hab niemand gesehen ... ach, die Frau, die in Ohnmacht gefallen ist?« Ich erinnerte mich vage an die knochige Frau vor mir, der einfach die Beine eingeknickt waren und die man wieder hochgezogen hatte. »Die alte Frau?«

»Ich hab ihr das Kopftuch gegeben.«

»Bist du verrückt? Hast du etwa einen Sonnenstich?

Wenn du noch keinen hast, wirst du bald einen kriegen. Das war dein Kopftuch. Warum hast du es weggegeben?«

»Weil sie es gebraucht hat.«

»Das tust du auch! Mina bringt dich um, wenn du nicht ordentlich angezogen bist. Wer ist diese alte Frau überhaupt?«

Rose zuckte die Schultern wie ein verschrecktes kleines Eichhörnchen. »Ich weiß nicht. Irgendjemand. Sie sah so einsam und traurig aus. Ihre Augen ganz erloschen. Sie hat gezittert, als ich das Tuch um ihren Kopf gewickelt habe. Sie hat nicht mal Danke gesagt.«

»Wie undankbar von ihr.«

Rose schüttelte den Kopf. »Sie war einfach nicht in der Lage dazu. Sie hätte meine oder deine Mutter sein können. Wärst du nicht froh, Ella, wenn du wüsstest, dass sich jemand um sie kümmert?«

Das brachte mich zum Schweigen.

Die ältere Frau haben wir nie wiedergesehen.

Ich mochte es, die Welt in der Werkstatt auf Distanz zu halten. Dort schrumpfte sie auf ein paar Stiche zusammen. Ich beugte mich über meine Arbeit, sodass nur die Wirbel meines Rückgrats zu sehen waren. Ich war so dünn geworden, dass ich sie durch den groben Stoff meines gestreiften Kittels spüren konnte. Nadel rein, Nadel raus, Faden ziehen. So würde ich bis zum Ende des Krieges überleben. Danach würde ich meinen Laden aufmachen und nie wieder etwas Hässliches zu Gesicht bekommen.

Einmal, ein einziges Mal öffneten wir im Frühsommer

die Fenster, um ein wenig frische Luft hereinzulassen. Unsere Hände waren feucht, die Stoffe lappig und die Nähmaschinen fast glühend heiß, wenn die Sonne direkt in den Raum schien. Die Aufseherin am Ende des Raumes hatte große Schweißflecken auf ihrer Uniform.

Franka, der Frosch, ging zu den Fenstern. Sie waren so hoch, dass man nicht ohne Weiteres hinaus- oder hereinschauen konnte. Die Fensterrahmen hatten sich in der Wärme verzogen. Franka schlug ein paarmal mit dem Handballen gegen eines. Dann flog es auf. Die anderen Fenster waren noch störrischer. Schließlich sah man ein paar Rechtecke blauen Himmels.

Wie von einem gemeinsamen Zauber ergriffen, drehten alle ihre Köpfe, schlossen die Augen und öffneten ihre Münder.

»Da möchte man am liebsten gleich abhauen«, murmelte Rose.

Bei geöffneten Fenstern warteten wir vergeblich auf ein bisschen Frische. Stattdessen wehte der Staub herein. Nach Tagen ohne Regen war der Matsch draußen getrocknet, voller Risse und Krümel. Bei der leichtesten Brise stiegen ockerfarbene Staubpartikel in feinen Spiralen nach oben und krochen nun über die Fensterbretter.

»Mach sie lieber wieder zu«, sagte ich zu Franka. »Hier darf nichts schmutzig werden, das weißt du.«

»Ist mir scheißegal«, brummte Franka. »Ich muss atmen.« Sie streckte sich, war aber immer noch ziemlich klein. Sie starrte mich an. Ich starrte zurück und ballte die Fäuste.

Ich weiß nicht, was passiert wäre, hätten wir von draußen nicht plötzlich Hundegebell und Pistolenschüsse gehört. Franka zuckte zusammen ... und schloss schnell die Fenster.

Ich hasste den Moment, in dem wir unsere Arbeitsmaterialien zurückgeben mussten. »Nadeln!«, rief Mina. Dann legten wir unsere Arbeit zur Seite, verließen die Werkstatt und mischten uns unter die Zebraherde im grauenhaften Birkenau.

Im Lager gab es nur gerade Linien. Die Baracken standen in langen Reihen, so weit das Auge reichte. Wo die Reihen endeten, begann der Stacheldraht. Zwischen den Gebäuden taumelten Zebras umher und sanken vor Erschöpfung zu Boden. Manche glichen lebenden Gespenstern. Ihre Körper waren fast durchscheinend, während die letzte Lebensenergie sie verließ.

Nach der Arbeit zog ich Rose mit mir durch die Menge, um einen guten Platz in der Suppenschlange zu ergattern. Zu weit vorne gab es bloß salziges Wasser. Zu weit hinten nur noch die braunen Reste, die vom Boden des Kessels gekratzt wurden, schlimmstenfalls gar nichts mehr. Irgendwo in der Mitte war es am besten. Dann konnte man vielleicht sogar ein Stück Kartoffelschale abbekommen.

Die Suppe meiner Großmutter war so dick, dass der Löffel darin fast stecken blieb. Einmal nahm mein Großvater Messer und Gabel in die Hand und tat so, als müsste er sie schneiden.

Ich hoffte, dass Großvater mit dem Einkaufen klarkam

und dafür sorgte, dass Großmutter sich ordentlich ernährte. Seit dem Frühjahr war sie etwas geschwächt gewesen, doch vielleicht ging es ihr inzwischen wieder besser. Nichts hielt sie allzu lange von der Arbeit ab. Vielleicht war es mein Opa auch irgendwann leid geworden, sich sein eigenes Essen machen zu müssen, und hatte sie aus dem Bett direkt in die Küche gezogen. Wahrscheinlich hatte sie ihm mit dem Pfannenwender eins auf den Kopf gegeben, ihn als alten Narren bezeichnet und dann wieder das Kommando geführt.

Das Leben ist zu kurz, um krank zu sein, sagte sie immer.

Eines Abends in diesem Sommer gab es nichts zu essen. Unsere Portionen waren generell so winzig, dass man hätte glauben können, dass es darauf jetzt auch nicht ankäme. Doch es war die reine Qual. Ich war drauf und dran, auf einem Stück Seide herumzukauen, um überhaupt irgendwas im Mund zu haben.

An diesem Hungertag hatte ich vom ständigen Blinzeln stechende Kopfschmerzen. Ich nähte winzige Falten in die Unterwäsche einer der Offiziersfrauen. Rose war ebenfalls niedergeschlagen, weil sie sich die Hand am Bügeleisen verbrannt hatte und keine Salbe da war. Ich hätte es vorgezogen, wenn sie geweint oder sich beklagt hätte. Doch sie machte einfach weiter und tat so, als wäre nichts geschehen.

Zumindest hatte sie ein neues Kopftuch – im Tausch gegen zwei von Carlas Zigaretten – bekommen. Die Zigaretten kamen aus meinem Bestand. Eine faire Bezahlung für den Efeu, den Rose gestickt hatte. Ich bewahrte meine wenigen Schätze in einem kleinen Stoffbeutel auf der Innenseite meines Kittels auf. Solange ich nicht durchsucht wurde, konnte mir nichts passieren.

Wie auch immer, wir wollten die Werkstatt gerade verlassen, als eine Aufseherin hereinmarschierte und schrie: »Alle hinsetzen! Niemand verlässt den Raum!«

»Wir verpassen das Abendessen«, traute ich mich einzuwerfen. Die anderen murmelten zustimmend.

»Dann gibt es eben nichts zu essen. Ihr sollt euch hinsetzen!«, wies Mina mich zurecht. »Und du, Prinzessin, gehst weg vom Fenster!«

Rose stand auf Zehenspitzen und versuchte hinauszublicken. Sie erbleichte.

»Da … da sind Leute an den Gleisen«, sagte sie. »Mehr als sonst.«

Ich schauderte. Ich wollte nicht an die Bahnstation erinnert werden, wo Züge aus dem gesamten Kontinent ankamen … wo das normale Leben endete. Die Gleise waren für mich gleichbedeutend mit Hunden, Schreien, Aufsehern und Koffern. Männer wurden von ihren Frauen weggerissen, Frauen von ihren Babys. Ich war herumgestoßen worden und hatte mich so hilflos gefühlt wie ein treibendes Blatt auf einem schmutzigen Fluss.

An der Rampe waren wir aufgeteilt worden in rechts und links. Arbeit oder Schornstein. Leben oder Tod.

»Genau«, sagte Mina. »Draußen herrscht Chaos. Und ich will nicht, dass versehentlich eine von euch … in die falsche Richtung geschickt wird.«

Die Aufseherin nickte, verließ den Raum und schloss die Tür hinter sich ab.

Dann hörten wir sie, die dumpfen Schritte Hunderter, nein, Tausender von Leuten.

Gerüchten zufolge waren es täglich zehntausend Menschen, die auf ihrer Reise ohne Wiederkehr hier ankamen. Zehntausend jeden Tag. Ich konnte mir das nicht vorstellen. Das waren mehr Menschen, als in meinem Heimatort lebten. Diese ungeheure Zahl, an jedem einzelnen Tag, oft spät in der Nacht.

Manche blieben im Lager. Der Rest von ihnen … ich wollte nicht daran denken, was mit dem Rest passierte, solange ich nicht darunter war. *Lass mich nicht dabei sein!* Ich nähte schneller als je zuvor, als würde mich jeder Stich fester ans Leben binden.

Das Problem bestand darin, dass Birkenau aus allen Nähten platzte. Drei, sogar vier von uns mussten sich jetzt eine Strohmatratze teilen. Eine Decke zu zweit. Es gab zu wenig Arbeit. Die Züge kamen Tag und Nacht. Das helle Pfeifen der Lokomotiven nahm kein Ende. Es erinnerte mich an meine eigene Fahrt nach Birkenau, die durch unbekannte Landschaften geführt hatte. Vierundzwanzig Stunden am Tag wurde man durchgeschüttelt, in Erwartung des Ungewissen.

Abends drängten neue Zebras in die Baracken, zwinkernd und weinend. Sie kamen aus jedem Winkel des Kontinents, sprachen verschiedenste Sprachen und zeigten, wie weit Deutschland inzwischen den Krieg getrieben hatte. Irgendwie machten wir uns alle einen Reim darauf.

Unsere einzige Gemeinsamkeit war der Umstand, dass die Nationalsozialisten uns den Krieg erklärt hatten. Und es gab immer noch ein paar Länder, die in der Lage waren zurückzuschlagen. Unsere künftigen Befreier, wie wir hofften. Würden wir den Krieg gewinnen? Die Antwort hing davon ab, wen man fragte. Unsere Aufseher prahlten stets mit neuen Siegen und neuen Eroberungen. Doch wir hielten uns durch Gerüchte aufrecht, dass unsere Befreier nicht aufgaben.

In der Zwischenzeit bekamen alle neuen Zebras ihre Nummer und ihr Abzeichen – rote Dreiecke, grüne Dreiecke und so viele gelbe Sterne, dass es eine Galaxie an Kombinationen gab.

Indem ich ihnen zuhörte, wurde mir klar, welch winzigen Teil der Welt ich bisher gesehen hatte. Meine Heimatstadt lag viele Hundert Kilometer nordöstlich von hier. Die Häftlinge sprachen von Städten, die nach pfeffrigen Eintöpfen rochen, oder von südlichen Inseln, die unter blauem Himmel in ewiger Sonne badeten. Es gab Zebras, die so weit aus dem Westen kamen, wie man überhaupt kommen konnte, ohne ins Meer zu stürzen – so wie Sarah. Sie waren unglaublich stolz und hatten ihren eigenen Stil. Nach dem Krieg würde ich gern Kleider für sie anfertigen. Zebras aus dem Osten waren handfester, so wie Franka. Gute Arbeiterinnen.

Doch so verschieden wir auch waren, alle Neuankömmlinge wurden mit Fragen belagert, was in der realen Welt vor sich ging: *Wo kommst du her? Wie ist die Kriegslage? Wann werden wir befreit werden?*

Das alles war gut und schön. Ich erkundigte mich jedoch lieber, inwieweit die Mode sich veränderte. Wurden die Säume länger oder kürzer? Waren die Ärmel gebauscht oder flach? Die Röcke glatt oder plissiert? Ich verbrachte eine halbe Ewigkeit damit, in meinem Kopf neue Kleider zu entwerfen, während Rose eines Abends mit einer stämmigen Frau aus ihrer eigenen Heimatgegend verschwand – einem Ort voller Felder und Wälder, Musik und Schönheit, soweit ich Roses Beschreibungen entnehmen konnte. Bei Rose wusste man nie genau, was Fantasie und was Realität war.

Obwohl wir also der reinste Ameisenhaufen waren, kamen immer mehr Leute hinzu. Nennt mich einen Feigling, aber ich konnte die trampelnden Schritte außerhalb der Werkstatt an diesem Sommerabend nicht ertragen.

Wir waren alle angespannt, während wir darauf warteten, dass die Massen vorbeizogen. Finger trommelten auf die Tischplatte. Füße zuckten. Die Stimmung war zum Zerreißen gespannt ...

Stampf, stampf, stampf. Ein Gewirr von Stimmen. Schreiende Babys.

Als Sarah die Babys hörte, sprang sie auf. Die wunderschöne, elegante Sarah mit ihren langen Beinen und Wimpern – die Giraffe. Sie war erst seit einem Jahr verheiratet gewesen, als sie festgenommen wurde, weil sie auf einer Liste stand. Ihr Mann und ihr Baby hatten auch auf der

Liste gestanden. Manchmal hörten wir, wie sie der Nähmaschine sanfte Wiegenlieder vorsang. Die Aufseherin an der Rückwand des Raumes summte leise mit ... Dann ging sie zu Sarah und schlug ihr ins Gesicht, damit sie den Mund hielt. Jetzt waren Sarahs Wimpern feucht vor Tränen.

»Mein Baby«, schluchzte sie. »Mein armes kleines Baby!«
Mina wirbelte herum. »Wer hat das gesagt?«
Sarah verschluckte sich an ihren Tränen und fing an zu husten. Plötzlich meldete sich Rose mit lauter Stimme zu Wort: »Kennt ihr eigentlich die Geschichte von der Königin und den Zitronentörtchen?«

Was für ein perfekter kleiner, irrwitziger Zwischenruf! Als hätte jemand kühles, erfrischendes Wasser auf uns gespritzt. Alle Blicke richteten sich auf Rose, die mit glitzernden Eichhörnchenaugen auf der Ecke eines Tisches saß.

Rose wartete.

Mina nickte. »Red weiter ...«

Ich kannte das bereits von Rose. Wenn man das Gefühl hatte, sich mit der ganzen Welt anlegen zu wollen, schüttelte sie plötzlich eine ihrer fantastischen Geschichten aus dem Ärmel. Erzählte von einem Mädchen, das so stark die Stirn runzelte, dass sich die Windrichtung änderte, oder von einem Monster, das so laut schrie, dass der Mond vom Himmel fiel.

Zum ersten Mal war das abends in der Baracke gewesen. Rose und ich mussten enger zusammenrücken, weil eine weitere Frau zu uns in die Koje gekommen war.

»Ich vermisse die Bücher so sehr«, seufzte Rose. »Manchmal hat meine Mutter mir was vorgelesen, wenn sie nicht selbst gerade geschrieben hat. Ich hab auch mit der Taschenlampe unter der Bettdecke gelesen. So werden die Geschichten noch spannender. Und du? Was ist dein absolutes Lieblingsbuch?«

Diese Frage verblüffte mich. »Bei uns gab es kaum Bücher. Mein Großvater hat Zeitung gelesen, vor allem wegen des Kreuzworträtsels und der Karikaturen. Und meine Großmutter hatte die ›Damenwelt‹, wie du dir denken kannst.«

»Ihr hattet keine Bücher?« Rose setzte sich so ruckartig auf, dass sie sich den Kopf am Dachbalken stieß. Die Ratten rannten davon. »Wie kannst du denn leben, ohne zu lesen?«

»Bis jetzt ging's ganz gut«, antwortete ich lachend. »Das sind doch sowieso nur ausgedachte Geschichten.«

»Sagt wer? Ich glaube, sie sind eine andere Art, um die Wirklichkeit zu erzählen. Ach, Ella, du hast ja keine Ahnung, was du bisher verpasst hast! Geschichten sind wie Essen und Trinken und das wahre Leben. Hast du denn noch nie die Geschichte von dem Mädchen gehört, das sich ein Kleid aus Sternenstaub gemacht hat?«

»Ein Kleid aus Sternenstaub? Wie soll das denn gehen?«

»Also, hör zu«, sagte Rose. »Es war einmal ...«

An Schlafen war also erst mal nicht zu denken, bis Rose ihre Geschichte schließlich mit einem »So lebte sie glücklich ...« beendete.

Die Geschichten gingen Rose nie aus. Wie eine Seidenraupe webte sie einen Kokon aus Geschichten und konnte Stroh zu Gold spinnen wie im Märchen.

Hab ich dir schon mal erzählt ...?, war der übliche Anfang, gefolgt von einer atemberaubenden Kaskade irrwitziger Begebenheiten. Ihr Leben als Gräfin in einem Palast mit goldenen Eierbechern. In Roses Geschichten tanzten die Menschen im Schein von hundert Kerzenleuchtern bis zum Morgengrauen, um danach in Betten zu schlafen, so groß wie Boote, unter Bettdecken, die mit feinsten Daunen gefüttert waren. An den Wänden dieses Palasts reihten sich Bücherregale aneinander, und seine Türme und Spitzen berührten den Mond, wenn er niedrig am Himmel stand.

»Und ich wette, Einhörner trabten durch den Park, und aus den Springbrunnen sprudelte Limonade«, fügte ich ironisch hinzu.

Rose sah mich ernst an. »Sei nicht albern«, sagte sie.

An diesem Sommerabend dauerte Roses Geschichte drei Stunden lang, während wir in der Werkstatt eingesperrt waren.

Von draußen drang das regelmäßige Trampeln der Schuhe, Stiefel und Sandalen zu uns herein. Stampf, stampf, stampf. Und hier drinnen waren wir in einer Welt gefangen, in der Königinnen Törtchen backten und Zitronenbäume sprechen konnten. Ich kann mich nicht mal genau erinnern, was sonst noch passierte. Irgendwann haben Monster die Königin entführt, obwohl ihre Hände voller Mehl waren. Ich weiß, dass die Zitronentörtchen nach Sonne und Tränen schmeckten und die Ringe der Königin darin versteckt waren, damit die Monster sie nicht finden konnten. Doch irgendwann fanden sie die Ringe und schleppten die Königin zu ihrem Lager, das ein trostloser Ort war, an dem es weder Gras noch Bäume gab.

»Hört sich ganz nach hier an«, sagte Franka.

Doch so traurig war die Geschichte auch wieder nicht. Irgendwann wurde Franka vor Lachen so durchgeschüttelt, dass sie rief: »Hör auf oder ich mach mir in die Hose!« An einer anderen Stelle verbarg Mina ihr Lächeln hinter der Hand. Es war das erste Mal, dass sie sich so menschlich verhielt wie alle anderen auch. Selbst die Aufseherin am Ende des Raumes lauschte und schmunzelte an lustigen Stellen.

Es war wie ein Schock, als Rose ihre Erzählung plötzlich mit einem »Und das ist das Ende der Geschichte« beendete.

»Nein, nein, nein!«, protestierten alle.

»Pst!«, zischte Sarah. »Hört mal.«

Stille.

Die Aufseherin ging zur Tür und öffnete sie einen Spaltbreit.

»In Ordnung!«, rief sie. »Geht! Alle raus hier!«

Wir rannten zum Appellplatz und mussten dabei den Hinterlassenschaften der Neuankömmlinge ausweichen.

Vollgerotzte gelbe Taschentücher. Eine bunte Vogelfeder, wahrscheinlich von einem Hut. Und dort, bereits von Staub bedeckt, ein winziger Babyschuh.

Als wir an diesem Abend in Fünferreihen auf dem Appellplatz standen, um gezählt zu werden, war Birkenau in Rauch gehüllt. Ich schmeckte die Asche auf meinen Lippen und zum ersten Mal hatte ich keinen Hunger.

»Rose …?«, fragte ich ins Dunkel. In der Baracke war es in dieser Nacht noch stickiger und voller als sonst. Das Stroh, auf dem wir schliefen, war heiß und kratzig. »Rose, bist du wach?«

»Nein«, flüsterte sie. »Du?«

»Sch!«, machte das Klappergestell auf meiner anderen Seite. Rose und ich rückten ganz nah zusammen, damit unsere Worte direkt von Mund zu Ohr gehen konnten.

»Deine Geschichte war toll heute«, sagte ich leise. »Du solltest Schriftstellerin werden.«

»Meine Mutter ist eine«, entgegnete Rose. »Sogar eine sehr gute und berühmte. Deswegen wurde unsere Familie auch festgenommen. Sie hatte keine Angst, Bücher zu veröffentlichen, in denen die Wahrheit stand.«

Ich hatte keine Chance, mich zu erkundigen, wo ihre Familie eingesperrt war. Rose sprach sofort weiter.

»Wäre ich doch nur halb so gut wie sie, das wäre fantastisch. Und bei dir?«

»Ob ich gut schreiben kann? Überhaupt nicht. Aber ich kann nähen.«

»Nein, was mit deiner Mutter ist, meine ich.«

»Oh, da gibt es nicht viel zu sagen.«

»Bestimmt gibt es das.«

Tatsächlich hatte ich kaum Erinnerungen an meine Mutter. »Sie musste wieder zur Arbeit gehen, als ich noch ein Baby war. Sie hat in einer großen Fabrik gearbeitet, in der Anzüge genäht wurden. Niemand hat darüber geredet, aber ich glaube, mein Vater war da ein hohes Tier. Ich habe ihn nie kennengelernt. Sie waren nicht verheiratet. Stell dir vor, die haben da Maschinen, die durch zwanzig Lagen Stoff schneiden können.«

»Deine Mutter ...«, brachte mir Rose sanft in Erinnerung.

»Meine Großmutter hat mich aufgezogen. Die Fabrik wurde in eine andere Stadt verlegt. Die Arbeiter mussten mitgehen oder sie verloren ihre Stelle. Am Anfang hat uns meine Mutter alle paar Wochen besucht. Dann alle paar Monate. Schließlich hat sie nur noch Geld geschickt. Als der Krieg anfing, hat die Fabrik nur noch Uniformen hergestellt, und sie hat keinen Lohn mehr bekommen. Und dann ... du weißt schon.« Ich zuckte im Dunkeln die Schultern.

Von Müttern verstand ich nicht viel.

Zwei dünne Arme legten sich um mich.

»Wofür ist das?«, flüsterte ich.

Rose drückte kurz zu. »Wollte nur sehen, wie weit ich mit meinen Armen um dich rumkomme.«

Später in der Nacht begann eine Frau, die weiter unten lag, zu schluchzen. Erst leise, dann immer hemmungsloser. »Warum ich, warum ich, warum ich?«, jammerte sie. »Was habe ich denn getan?«

»Sei still!«, rief Gerda von ihrer Privatkoje am Ende der Baracke aus.

»Ich will aber nicht still sein!«, schrie die Frau. »Ich will nach Hause! Zu meinem Mann und meinen Kindern! Was wollen sie von uns? Was haben wir getan?«

»Jetzt halt den Mund!«, brüllte Gerda.

Doch die Frau beruhigte sich nicht. Sie schrie und schrie und schrie, bis ich dachte, meine Ohren platzen. Im Dunkeln streckte Rose die Hand nach mir aus und fand meine.

Gerda riss der Geduldsfaden. Sie lief zu der Frau, zerrte sie von ihrer Pritsche und schüttelte sie. »Es geht nicht um dich!«, rief sie. »Es hat nichts mit dir zu tun! Es geht um SIE. SIE suchen jemand, den SIE hassen können. Den SIE töten können. Für SIE sind wir alle Kriminelle.«

»Ich nicht!«, platzte es in beleidigtem Ton aus Rose heraus.

»Ich auch nicht!«, schaltete sich ein kräftiges Mädchen ein, die zwei Kojen weiter lag. Sie hatte ein grünes Dreieck an ihrer Jacke, und die Liste der Verbrechen, die sie begangen hatte, war angeblich länger als eine Klopapierrolle.

»Ich hab Äpfel geklaut«, kam eine knarzige Stimme von unten. »Obwohl sie so sauer wie Essig waren und man Bauchschmerzen davon kriegte.«

Gerda verschränkte die Arme. »Ihr Dummköpfe! Davon rede ich doch gar nicht. Es geht nicht darum, ob ihr einen Lippenstift geklaut habt. Und wenn ihr eine alte Dame um ihre Rente betrogen oder meinetwegen eure Mutter zerstückelt habt. Was immer wir auch getan haben, wir sind hier nicht wegen richtigen Verbrechen.«

In der Baracke wurde es totenstill. Kein raschelndes Stroh war zu hören.

Gerda gefiel es, ein Publikum zu haben. »Habt ihr noch immer nicht kapiert, dass es ihnen egal ist, wer wir sind oder was wir getan haben? Wir sind hier, weil wir sind, *wer* wir sind. Weil wir existieren. Für die sind wir keine Menschen. Und du, kleine Rosi, mit deinen guten Manieren und dem ganzen Krempel, glaubst du etwa, die werden eine Tasse Tee mit dir trinken? Da kannst du auch gleich die Ratten fragen, mit welchem Besteck du deine Scheißsuppe essen sollst.«

»Pfui, wie eklig«, sagte Rose. Ob sie Gerdas derbe Sprache oder die Ratten meinte, war nicht klar.

»Eklig?« Gerda spuckte das Wort förmlich aus. »Die lassen uns alle krepieren.«

»Sie wollen doch nicht, dass wir alle sterben«, wandte ich ein.

»Nicht solange wir noch zu irgendwas zu gebrauchen sind, kleine Schneiderin. Was ist, wenn sie irgendwann genug von den schicken Klamotten haben? Glaubst du etwa, dass dich dann ein Seidentuch rettet? Dann gehst du durch den Schornstein wie alle anderen auch.«

»Sei still!«, rief ich sofort und hielt mir die Ohren zu. »Sei still, sei still, sei still! Kein Wort mehr über Schornsteine!«

Das Nächste, was ich mitbekam, war, dass Gerda mich

von meiner Pritsche zog und ich krachend auf dem Boden aufschlug. Ich hatte mich kaum aufgerappelt, als sie mir mit der Faust ins Gesicht schlug und schrie: »Ich bin hier der Boss! Und ich bin die Einzige, die anderen den Mund verbietet! Kapiert?«

Sie ließ von mir ab. Ich lag gekrümmt auf dem Boden wie ein weggeworfenes Stück Stoff. Gerda schaute auf mich herab und seufzte. Der Zorn schien aus ihr herauszusickern wie der Urin aus dem Toiletteneimer in der Ecke. Ich zitterte, als sie mir auf die Beine half und mich zu meiner Pritsche zurückstieß. Dann wandte sie sich an die Frau, die mit dem ganzen Aufruhr begonnen hatte.

»Damit das endlich in eure Köpfe geht: Die Irren, die uns hier eingesperrt haben, sind so voller Hass, dass sie ihn an irgendjemand abreagieren müssen. Egal an wem. Und wenn es nicht die Rasse oder Religion ist, dann ist es was anderes. Jetzt sind wir gerade dran. Im nächsten Krieg werden es irgendwelche anderen armen Teufel sein …«

»Ich will nach Hause«, schluchzte die arme Frau verzweifelt.

»Und ich möchte in diesem Dreckloch am liebsten jeden mit bloßen Händen erwürgen«, fauchte Gerda, deren Hände so groß wie Essteller waren. »Wir können hier nur weiterleben, hörst du? Nur wenn wir nicht sterben, sind wir ihnen überlegen. Also halt den Mund und leb weiter, du blöde Kuh. Und lass die anderen schlafen.«

Ich vergaß allmählich, dass eine Welt außerhalb von Birkenau existierte. Eine Welt, in der Menschen mit Zügen an schöne Orte fuhren, wo es Einkaufsläden oder das Meer gab. Wo man gut angezogen war, in seinem eigenen Bett schlief und mit seiner Familie zu Abend aß. Ein ganz normales Leben führte.

Rose sagte, Geschichten seien wie das Leben selbst. Ich wusste es besser. Die Arbeit war das Leben. Was immer auch Mina von mir verlangte, ich tat es. Sosehr die Zeit auch drängte, so wählerisch die Kundin auch war, ich erfüllte ihr stets jeden Wunsch. Im Gegenzug erhielt ich die besten Aufträge, Zigaretten und eine Extraration Brot. Hin und wieder sogar ein Lob.

Ich lernte viel. Manchmal allein durchs Zuschauen, manchmal indem ich Hilfe bei einem Kleidungsstück bekam. Die anderen Schneiderinnen waren nicht so unfreundlich, wie ich anfangs gedacht hatte, und teilten ihr Wissen und ihre Fertigkeiten gern. Nach und nach erfuhr ich auch ihre Lebensgeschichten aus der Zeit vor Birkenau.

Franka beispielsweise hatte in einem großen Industrieunternehmen gearbeitet, bevor sie hierhergekommen war. Ich hatte ihr seit Längerem angemerkt, wie abgehärtet sie durch schwere Arbeit war. Für sie war es geradezu ein Vergnügen, in einer kleinen Werkstatt zu sitzen und jede Woche andere Kleider zusammennähen zu dürfen. Von den Toilettenräumen hielt sie allerdings nicht viel und bat mich weiterhin um Klopapier, wie sie sich ausdrückte.

Sarah war einst die Starschneiderin eines Unternehmens für Hochzeitskleider gewesen. Sie versorgte uns mit

Geschichten über launische Bräute und deren furchtbare Mütter. »Beide zufriedenzustellen, war unmöglich«, sagte sie. »Doch wenn die Braut schließlich strahlte, war das den ganzen Ärger wert, zumindest fast.«

Mir fiel auf, dass Sarah immer wieder die Stelle an ihrem Finger berührte, an der ihr Ehering gesteckt haben musste. Bei unserer Ankunft hatten sie uns sämtlichen Schmuck und alle Wertgegenstände weggenommen. Ich hatte nur das kleine goldene Medaillon gehabt, das meine Oma mir zu meinem letzten Geburtstag geschenkt hatte. Darin standen mein Name und mein Geburtsdatum. Ob ich es wohl jemals wiedersehen würde?

»Hast du dein eigenes Hochzeitskleid genäht?«, fragte ich Sarah.

Sie lächelte. »Hab ich. Es war ein Alltagskleid aus karamellfarbenem Krepp. Als ich schwanger war, hab ich einen Strampler für ihn draus gemacht.« Ihr Gesicht fiel in sich zusammen.

Im Hochsommer bekam ich meine eigene Nähmaschine, die niemand außer mir benutzen durfte. Mir wurden sogar eigene Nadeln anvertraut – Nadeln! Wenn Mina im Ankleidezimmer zu tun hatte, war ich die Chefin im Nähraum. Die anderen Schneiderinnen mussten mir Folge leisten. Ich sorgte dafür, dass Rose sticken konnte, statt die ganze Zeit bügeln und putzen zu müssen. Doch sie schien für dieses Privileg nicht besonders dankbar zu sein.

»Komm schon«, sagte ich. »Wir sind jetzt fast die Stars hier. Niemand kann so gut sticken wie du, also hast du deine Beförderung auch verdient. Der Löwenzahn, den du neulich auf das Nachthemd gestickt hast, der war so süß.«

»Ich mag Löwenzahn«, sagte Rose. »Nur nicht an meinem ersten Tag hier. Da musste ich Löwenzahn und Brennnesseln pflücken, um daraus Suppe zu kochen. Meine ganze Haut hat gebrannt. Auf dem Palastgelände war eine Wiese voller Löwenzahn und Butterblumen. Weißt du, dass man sich die Butterblumen auch unters Kinn halten kann, um herauszufinden, ob man Butter mag oder nicht?«

»Was? Warum sollte man das tun? Jeder mag Butter. Meine Großmutter backt den besten Butterkuchen aller Zeiten, aber jetzt lenk mich nicht länger ab. Carla will eine neue Sommerbluse mit Gänseblümchen auf dem Kragen haben. Sie gibt mir Zigaretten, wenn ihr die Bluse gefällt. Mit denen könnte ich dir endlich ein passendes Paar Schuhe besorgen statt der blöden Dinger, die du immer trägst.«

Rose betrachtete ihre Satinslipper und ihren Lederhalbschuh.

»Ich hab mich an sie gewöhnt«, entgegnete sie. »Der eine Schuh gibt mir das Gefühl, eine feine Dame zu sein, der andere ist schön robust. Es gibt da eine Geschichte ...«

»Wie kannst du nur immer aus allem eine Geschichte machen?«

»Und wie kannst du Geschenke von einer Aufseherin annehmen?«

»Sie ist eine Kundin«, korrigierte ich, was nichts daran änderte, dass Carla in der Regel in ihrer vollständigen Uniform plus Reitgerte im Ankleidezimmer erschien. Manchmal brachte sie sogar Pippa mit und befestigte die Hundeleine an einem Stuhlbein. Pippa fletschte ihre gelben Zähne und beobachtete im Liegen jede meiner Bewegungen. Die Hunde hier waren darauf abgerichtet, Zebras anzugreifen.

»Ach komm, Rose. Jetzt guck mich nicht so an! Carla ist nett auf ihre eigene beschränkte Art. Die ist wie eine große Sau, die ihre eigenen Ferkel platt drückt.«

Rose lächelte und hakte sich bei mir ein. Ich ließ es zu. Wir waren draußen und standen in der Kaffeewasserschlange und zu zweit waren wir sicherer als allein.

»Vergleichst du Menschen eigentlich immer mit Tieren?«, fragte sie. »Du hast hier schon einen ganzen Zoo geschaffen: Carla, das Schwein, Franka, der Frosch, und Mina, der Hai.«

»Verrat ihnen bloß nicht ihre Spitznamen!«

»Natürlich nicht. Aber was ist mit mir? Welches Tier bin ich?«

»Nimm's nicht persönlich.«

»Welches Tier?«

»Ein Eichhörnchen.«

»Ein Eichhörnchen?«, rief sie. »So siehst du mich also? Ängstlich, scheu und nervös?«

»Eichhörnchen sind doch niedlich. Ihr süßer buschiger Schwanz und diese Art, ihren Kopf auf die Seite zu legen, wenn sie dich anschauen. Ich mag Eichhörnchen. Welches Tier wärst du denn lieber? Vermutlich ein Schwan, oder? Irgendwas Großes und Erhabenes, das zu einer Gräfin passt, die in einem Palast mit goldenen Eierlöffeln gelebt hat.«

»Schwäne können ganz schön zubeißen«, sagte Rose lächelnd und zwickte mich mit ihren Fingern.

Ich wehrte sie kichernd ab. »Hör auf, bitte!« Es irritierte mich fast, wie sie mich zum Lachen brachte. Ich musste mich auf andere Dinge konzentrieren – weiterzukommen und nach Hause zurückzukehren.

Die Leute in der Schlange starrten uns an, als hätten wir den Verstand verloren. Wir hörten auf zu kichern. Plötzlich kam es uns nicht mehr natürlich vor.

»Und welches Tier bist du?«, forderte Rose mich heraus.

»Oh, keine Ahnung. Da hab ich noch nie drüber nachgedacht.« *Schlange, Piranha, Spinne, Skorpion*, ging mir durch den Kopf.

Erneut neigte Rose ihren Kopf wie ein Eichhörnchen. »Ich glaube, ich weiß, welches Tier du bist.«

Ich traute mich nicht zu fragen.

Tag für Tag nähen. Nacht für Nacht reden, dann schlafen und träumen.

Träume von zu Hause. Von einem frisch gedeckten Frühstückstisch. Von knusprigem Toast mit einer dicken Schicht Butter. Von leuchtend gelben Eidottern. Von der getupften Teekanne.

Ich wachte stets auf, ehe ich irgendwas zu essen bekam.

Eine Botin kam eines Abends nach dem Appell zur Baracke. Sie war so klein und dünn wie ein Vögelchen. Vielleicht ein

Spatz. Sie sagte etwas zu Gerda. Gerda rief meine Nummer. Ich kletterte von meiner Pritsche und versuchte, meine Angst zu verbergen. Das konnte nichts Gutes bedeuten.

»Bis gleich«, sagte Rose fröhlich, als würde ich nur eben einen Liter Milch kaufen gehen.

Und weg war ich mit dem Spatz. Natürlich liefen wir beide. Die Hauptstraße hinunter. Vorbei an den unendlichen Reihen der Baracken. Bis wir einen gepflasterten Hof erreichten, auf dem ein großes Gebäude mit richtigen Fenstern und breiten Stoffbahnen stand, die verdächtig nach Vorhängen aussahen.

Vor der Tür legte Spatz ihre Finger an die Lippen und gab mir ein Zeichen, dass ich zuerst eintreten sollte.

Auch ich machte eine eindeutige Geste: *Vergiss es!*

Sie seufzte und drückte die Tür auf. Ich wartete einen Moment, ehe ich ihr folgte, als hätte ich noch eine Wahl. Ehrlich gesagt, hätte ich mir vor Angst fast in die Hose gemacht (dabei hatte ich den ganzen Sommer über mehr geschwitzt als getrunken, sodass ich kaum in der Lage war zu pinkeln).

Drinnen jede Menge geschlossene Türen. Der Zitronengeruch von Desinfektionsmitteln. Das Murmeln gedämpfter Stimmen. Vor einer Tür ein Paar Stiefel. Spatz ging den Flur hinunter. Sie klopfte an eine Tür … und war so schnell verschwunden, als wäre sie wirklich ein Vogel, der einfach davongeflogen war. Mein Herz pochte.

Die Tür öffnete sich.

»Steh hier nicht rum. Schnell, komm rein. Und schließ die Tür hinter dir. Tritt dir die Füße ab und setz dich hin.

Was meinst du? Ist nicht viel, aber immerhin eine Art Zuhause.«

Es war die Baracke der Aufseherinnen. Ich war in Carlas Zimmer.

In dem gelben Sommerkleid, das ich ihr geschneidert hatte, sah Carla jung und frisch aus. Sie streckte die Zehen wie eine Balletttänzerin, damit ich ihre Sandalen bewundern konnte.

»Sind die nicht süß? Eines der Mädels hat sie im Warenhaus gesehen, und ich wusste, dass die wie geschaffen für mich sind. Auch genau meine Größe zum Glück.«

Eines der Mädels – eine andere Aufseherin.

Carla lachte nervös. »Keine Sorge, es ist alles in Ordnung. Ich krieg schon keinen Ärger, solange wir leise sind und dich niemand sieht. Setz dich auf den Stuhl, wenn du willst. Lass mich nur eben das Kissen wegnehmen. Oder auf mein Bett. Dieses Bett hier. Nicht das da drüben, das gehört Grete. Sie hat gerade Dienst. Wahrscheinlich hast du sie schon mal gesehen. Das ist die mit den krausen Haaren. Sieht schrecklich aus. Das kommt vom ständigen Schwimmen. Ich sag ihr immer, dass sie zu viele Muskeln kriegt, aber sie hört nicht auf mich.«

Ich hatte Grete bei der Arbeit gesehen. Sie hatte einen abgenutzten Holzknüppel. Doch jetzt war nicht der richtige Zeitpunkt, um Carla zu erzählen, dass wir Zebras ihr den Spitznamen Knochenschleifer verpasst hatten – nach einem schrecklichen Monster in einer von Roses Geschichten.

Carla saß auf dem Bett. Die Matratzenfedern knarrten. Ich nahm den Stuhl. Sie klopfte auf die grau-braune Patchworkdecke.

»Ich dachte, die würde dir gefallen. Schau, sie besteht aus ganz verschiedenen Kleiderresten.«

Sie sah aus wie ein Mischmasch aus den Krawatten, die mein Großvater nicht ausstehen konnte. Meine Großmutter hatte zu Hause eine Patchworkdecke, die viel hübscher war, mit Streifen und fröhlichen Blumen. Sie war wie ein Bilderbuch ihres Lebens. Großmutter würde sagen: *Kannst du dich an das Kleid erinnern, das ich hier verwendet habe? Das hast du getragen, als wir das Picknick am Fluss gemacht und Butterkuchen gegessen haben. Und weißt du noch, dieses Stück? Das stammt von der alten Weste deines Großvaters, die er immer zur Arbeit angezogen hat. Meistens hatte er sie schief zugeknöpft. Weißt du noch …? Weißt du noch …?*

Das Bett knirschte erneut, als Carla sich vorbeugte. Ich sah ein paar Puderflecken in ihrem Gesicht. »Was ist los? Alles in Ordnung mit dir?«

Ich nickte … und zuckte zusammen, als Carla mir plötzlich ihr Handgelenk unter die Nase hielt.

»Riech mal! Dieses Parfüm heißt ›Blaue Stunde‹. Hier ist die Flasche.« Sie sprang auf und ging zu einer Kommode, auf der Postkarten und Fotos lagen. Sie nahm ein Fläschchen aus geschliffenem Glas mit einer glänzenden kleinen Metallkappe. »Ich hab irgendwo gelesen, dass die glamourösesten Frauen ein bisschen Parfüm in die Luft sprühen und dann durch die Duftwolke gehen. Hier, nimm mal.«

Ich hielt ihr vorsichtig mein Handgelenk hin.

»Mein Gott, bist du dünn! Ich wünschte, ich könnte mehr Diät halten. Aber ich muss wohl mit diesen Kurven leben«, sagte sie.

Feine Tröpfchen von »Blaue Stunde« benetzten meine Haut. Ich roch eine schneidende Kultiviertheit und das weiche Fell von Pelzkrägen. Kühle Getränke in hauchdünnen Gläsern. Hohe Absätze und schimmernde Seide. Unter diese vordergründigen Düfte mischten sich allmählich subtilere Aromen. Blütenblätter, die zu Boden schwebten. Ich dachte an einen märchenhaften Ort, den Rose die Stadt der Lichter genannt hatte. Ein Ort, der vor Stil und Eleganz nur so funkelte. Nach dem Krieg würden wir beide jeden Tag Parfüm tragen, um den Gestank von Birkenau loszuwerden. Aber nicht diesen Duft. In Carlas kleinem Zimmer war er so stark, dass ich fast würgen musste. Wie eine Katze, die ein Haarknäuel wieder hervorwürgt.

»Und, kannst du's erraten?«, fragte Carla.

Was erraten?

In der Mitte des Raumes wirbelte sie herum. »Heute ist mein Geburtstag! Ich hab sogar meine Haare machen lassen. Der Friseursalon hier ist fabelhaft. Ich werde heute neunzehn – bin also langsam eine alte Schachtel! Schau, die Postkarten sind von Mama und Papa und meinem kleinen Bruder Paul. Meine alte Turnlehrerin hat auch geschrieben, dieser Drachen. Und dann Frank, der Junge aus meinem Dorf, aber der mochte mich lieber als ich ihn … und die hier ist von Tante Luise und Onkel Hermann, die einen Bauernhof weiter wohnen. Die haben auch den Kuchen geschickt. Du hast doch bestimmt Lust auf ein

Stück, oder? Also ich schon. Magst du Schokolade? Das ist eine Biskuittorte mit Buttercreme und Schokoglasur. Guck mal, es sind sogar Kerzen drauf.«

Carla zündete sie an. Sie schürzte die Lippen (die aus gegebenem Anlass knallrot waren) und blies die Kerzen aus.

»So ... ich hab mir auch was gewünscht.«

Schön für dich, dachte ich. In mir selbst hatten sich auch einige Wünsche aufgestaut: *Ich wünschte, ich könnte nach Hause gehen. Ich wünschte, ich wäre die berühmteste Schneiderin der Welt.* Und vor allem: *Schneid endlich die Torte an, Carla!*

Der letzte Wunsch ging rasch in Erfüllung. Carla gab mir ein dickes Stück dieser Herrlichkeit, aus dem die Buttercreme an den Seiten herausquoll.

»Macht dir doch nichts aus, mit den Fingern zu essen, oder?«, fragte sie. »Wir sind ja unter uns und Kuchengabeln sind hier eher selten, haha.«

Ich probierte einen kleinen Bissen. Zucker!! Meine Geschmacksknospen explodierten fast, es war wie ein Schock der Glückseligkeit.

»Ich hab auch Geschenke bekommen«, nuschelte Carla mit vollem Mund. »Brauchst gar nicht so schuldbewusst zu gucken. Von dir hab ich natürlich kein Geschenk erwartet. Egal, von Mama und Papa hab ich neue Kämme und Haarbürsten bekommen, obwohl ich ihnen gesagt hab, dass ich die nicht brauche. Hier im Warenhaus gibt's so was doch tonnenweise. Und die hier lagen auch dabei, ha! Ich wusste, dass dir das gefallen würde. Die ›Damenwelt‹, alle Ausgaben der letzten drei Monate. Sogar Schnittmuster für einen Badeanzug und ein Strandkleid sind dabei …«

Carla breitete die Zeitschriften auf dem Bett aus und begann, darin zu blättern. In ihrem gekünstelt vornehmen Bauernakzent kommentierte sie Seite für Seite: »Sieht das nicht göttlich aus … pfui, wie scheußlich … oh, das hier *liebe* ich … niemand, der bei Verstand ist, würde *so was* in der Öffentlichkeit tragen!«

Mir war ein bisschen übel. Es lag am Zucker … dem Parfüm … ihrer ewig plappernden Stimme. Auf die Patchworkdecke zu kotzen, war bestimmt keine gute Idee.

Carla zeigte mit ihrem klebrigen Finger auf eine Kreation. »Das hier könntest du für mich machen. Was meinst du? Ist das zu protzig? Zu auffallend? Ich dachte, wenn es Herbst wird, würde das gut zu einer hübschen Strickjacke aus dem Warenhaus passen. Weißt du, ich hätte nie gedacht, dass solche wie du so gut nähen können. Nach dem Krieg werde ich eine Modeboutique eröffnen. Ich entwerfe die Kleider und führe sie vor und du kannst sie anfertigen.«

Fast musste ich wieder würgen bei dieser Vorstellung.

Carla setzte zum nächsten Monolog an, stand auf und nahm ein Foto von der Kommode. »Das ist Rudi, einer der Hunde vom Hof meiner Eltern. Ist er nicht wunderschön? Leider durfte ich ihn nicht hierher mitbringen, aber jetzt hab ich ja Pippa. Ein Hund ist der beste Freund eines Mädchens, stimmt's? Diese Wiese, auf der Rudi und ich stehen, die ist zu dieser Jahreszeit voller Gänseblümchen und Butterblumen – zwischen den Hecken ist alles gelb. Hast du schon mal die Blüten eines Gänseblümchens abgezupft, um herauszufinden, ob dein Schwarm dich liebt? Er liebt mich ... er liebt mich nicht ... er liebt mich ...«

Ihr Gesicht war mir so nah, dass ich kleine Klümpchen der Mascara auf ihren Wimpern sehen konnte. Ich dachte an Pippa, die Leuten bestimmt eher den Kopf abbiss, als Blüten von Gänseblümchen zu zupfen. Ich stellte meinen Teller hin.

»Du willst doch nicht schon gehen? So schnell? Warte, ich wickele dir noch ein Stück Torte in eine Serviette ein. Ich kann die sowieso nicht alleine aufessen – jedenfalls nicht, wenn ich noch weiter in dieses Kleid passen will, haha. Die anderen Mädels kriegen nix. Sind sowieso keine richtigen Freundinnen, weißt du? Nicht mal Grete. Die haben überhaupt keinen Sinn für Mode und schöne Dinge, nicht so wie ich. Du verstehst das. Ich weiß, dass du ...«

Ich schaffte es bis zur Tür.

»Pass auf, dass dich niemand sieht«, sagte Carla, die plötzlich Angst zu haben schien. »Geh!«

Ich hatte die ganze Zeit kein einziges Wort gesprochen.

Wieder zurück in der Baracke rollte ich mich in einer Ecke unserer Koje zusammen. Die Reste des Tortenstücks befanden sich in der Stoffserviette zwischen Rose und mir. Es war wie ein Wunder.

»Ich hab gedacht, dass Kuchen und Birkenau nicht in derselben Welt vorkommen können«, sagte Rose.

»Ich weiß. Es ist verrückt. Was im Himmel hat Carla nur darauf gebracht, mich zu ihrem Geburtstag einzuladen? Sollte das ein gemeiner Scherz sein? Und dann bietet sie mir auch noch ein Stück Kuchen an.«

»Sie versucht, mit dir befreundet zu sein. Natürlich sollte sie dich nicht so ausnutzen, aber sie scheint einsam zu sein.«

»Einsam? Du hast ja nicht gehört, wie sie mit all ihren Geschenken angegeben hat und dass sie im Warenhaus kriegen kann, was sie will, und dass die anderen Aufseherinnen sie nicht verstehen.«

»Sag ich doch, sie ist einsam.«

»Och, das tut mir aber leid! Na ja, Hauptsache, wir haben ein bisschen Kuchen gekriegt. Nimm, ist zum Teilen da. Natürlich nicht mit der ganzen Baracke«, fügte ich schnell hinzu, weil ich wusste, wie krankhaft großzügig Rose war.

Rose berührte die Torte und leckte sich mit der Zungenspitze die Finger ab. Sie schloss die Augen.

»Oh Gott, was hab ich süße Sachen vermisst!«

Ich war fasziniert, wie sehr Rose die Geschmackssensation genoss. Sie lächelte und nahm etwas mehr auf ihre Finger. An ihrer Unterlippe haftete ein bisschen Buttercreme. Am liebsten hätte ich sie weggeleckt.

So viel Luxus waren wir nicht gewohnt. Es dauerte nicht lange, bis wir Bauchkrämpfe bekamen, aber die waren es absolut wert.

Am nächsten Tag wusch ich die Serviette im Waschbecken der Werkstatt, und Rose bügelte sie zu einem hübschen kleinen Viereck. Ich sah Carla, als ich zum Abendappell lief, und wollte ihr die Serviette wiedergeben. Ich war ihr schon so nah, dass ich sie fast angesprochen hätte. Doch dann bellte Pippa, und Carla marschierte mit gehobenem Kinn und der Reitgerte in der Hand an mir vorbei. Ich war nur ein ganz normales namenloses Zebra, nicht wichtig genug, um beachtet zu werden.

Wenige Tage später stand Mina in der Mitte des Nähraumes und klatschte in die Hände, um unsere Aufmerksamkeit zu erlangen. Da wussten wir, dass es einen besonderen Anlass geben musste, weil wir sonst nie die Arbeit ruhen lassen durften.

Ich schaute zu Rose hinüber. Sie lächelte mich vom Bügeltisch aus an, wo sie gerade eine Bahn bestickten Musselin behutsam bügelte. Ich lächelte zurück. Sie tat so, als wäre sie für einen Moment unaufmerksam und hätte den Stoff verbrannt. Ich riss erschrocken die Augen auf. Sie rollte die Augen: *War nur Spaß.*

»Eine wichtige Mitteilung!«, erklärte Mina. »Ich habe gerade mit niemand Geringerem als der Frau des Kommandanten gesprochen. Persönlich, in ihrem Haus.«

Sofort setzte ein Murmeln ein. Der Kommandant und seine Familie hatten gleich außerhalb des Lagers eine Villa. Manchmal mussten Zebras dort arbeiten – eine angenehme Tätigkeit, wie ich gehört hatte.

Mina genoss sichtlich unsere Neugier.

»Wie ihr wisst, wählt die gnädige Frau die schönsten Kleider aus, die nach Birkenau kommen. Unsere Aufgabe ist es, diese weiter zu verbessern und zu veredeln. Nun sieht es so aus, als würde Birkenau im Rahmen einer Inspektion bald sehr hohen Besuch erhalten. Zu diesem Anlass braucht die gnädige Frau ein ganz besonderes Kleid. Unter dem, was ich ihr gezeigt habe, war nicht das Richtige dabei. Also hat sie mich beauftragt, hier etwas anfertigen zu lassen. Ein Abendkleid, das einer Frau ihres Standes gerecht wird …«

Ich hörte gar nicht mehr richtig hin. In Gedanken war ich bereits mit dem Entwurf beschäftigt. Ein Kleid für einen Sommerabend. Nicht zu auffällig oder gewagt, sondern stilvoll. Die Frau des Kommandanten war schon etwas in die Jahre gekommen und Mutter. Vielleicht etwas in Gelb, einem sanften Goldgelb. Fließender Satin …

»Ella?«

Ich zwinkerte. »Äh, ja?«

Mina runzelte die Stirn. »Hörst du überhaupt zu? Ich hab gesagt, dass du Frankas Arbeit an den gelben Schlafanzügen übernimmst, damit sie sich um das Abendkleid kümmern kann.«

»Auf keinen Fall!«, platzte es aus mir heraus. »Ich werde dieses Kleid machen! Franka ist am besten, wenn es um alltägliche Sachen geht … nichts für ungut, Franka!«

»Schönen Dank auch«, entgegnete Franka mit finsterem Blick.

Ich war nicht zu bremsen. »Tut mir leid, aber ich habe schon ein bestimmtes Kleid im Kopf. Ärmel bis zu den

Ellbogen, schulterbetont, Abnäher unter der Brust, ein bisschen gerafft an der Taille, frei fließender Stoff bis zum Boden …«

Ich weiß nicht, woher ich den Mut nahm, immer weiterzureden. Vielleicht hatte ich den alten Spruch meiner Großmutter im Sinn: *Schüchterne Kinder müssen sich mit leeren Händen begnügen.*

Franka und ich standen uns gegenüber wie zwei Boxerinnen im Ring vor einem entscheidenden Kampf. Allerdings ging es hier um viel mehr. Minas Augen blitzten, während sie uns beobachtete. Plötzlich kam mir der Gedanke, dass sie es genau darauf angelegt hatte. Dass sie prüfen wollte, wie weit ich gehen würde, um mich zu behaupten.

Bis zum Ende.

Würde ich Frankas Arbeit schlechtmachen? Ja. Mir die beste Nähmaschine und die besten Werkzeuge unter den Nagel reißen? Ja. Ihre Arbeit sabotieren? Vielleicht. Falls es sein musste.

»Nun gut.« Mina kräuselte bedrohlich ihre Oberlippe. »Dann zeigt mir beide, was ihr könnt.«

»Du wirst es nicht bereuen, dich für mein Kleid zu entscheiden«, sagte ich. »Ich kann sofort anfangen. Ich brauche nur die Maße der gnädigen Frau, eine Schneiderpuppe und fünf Meter gelben Satin – kein blasses Gelb, sondern einen ganz besonderen Farbton …«

Ich glaube, dass Rose in diesem Moment ein leises Lachen ausstieß. Später, in der Suppenschlange, fragte ich sie, warum sie gelacht hatte.

»Weil du du bist«, antwortete sie grinsend. »Mina sagt dir, dass du ein Kleid anfertigen sollst, und in deinem Kopf ist es schon fertig. Du bist wirklich eine geborene Modeschöpferin, weißt du das?«

»Du kannst lachen, so viel du willst, Rose, aber das Kleid wird hinreißend. Außerdem weiß ich auch schon, wie ich es verzieren werde. Du kannst eine seidene Sonnenblume darauf sticken, genau hier oben, sodass die Blütenblätter über die Schulter und die Nähte des einen Ärmels reichen. Dabei sollte die Seide Schattierungen haben wie ein Ölgemälde. Für das Innere der Blume werden wir Perlen nehmen, mehrere Hundert, dicht gedrängt ...«

»Puh, jetzt warte mal einen Moment, Frau Superschneiderin. Du meinst das doch nicht im Ernst, oder?«

»Glaubst du etwa, ich krieg das mit den Schattierungen der Seide nicht hin? Oder willst du nicht mit Perlen sticken?«

»Es hat nichts mit der Seide oder mit den Perlen zu tun. Es geht um das ganze verdammte Kleid. Franka wurde zuerst ausgesucht, also misch dich da nicht ein.«

Ich wurde jäh aus meinen Träumen gerissen. Das Kleid, das ich im Kopf hatte, umfloss nicht mehr seine Trägerin, sondern glitt zu Boden und blieb dort liegen.

»Warum sollte ich das nicht tun? Wer weiß, wie mein Lohn dafür ausfallen wird? Vielleicht könnten wir eine bessere Koje in der Baracke bekommen, eine Decke für jede von uns, wäre das nicht schön?«

»Mag eine Katze Sahne? Darum geht's doch nicht, Ella. Denk dran, für wen du das Kleid anfertigst.«

»Ich weiß, für die Frau des Kommandanten. Sie hat die Schneiderei ja erst ins Leben gerufen. Sie ist sehr qualitätsbewusst – nur das Beste vom Besten –, und wenn die anderen Offiziersfrauen sie schließlich in *meinem* Kleid sehen, werden sie mich belagern, damit ich ihnen auch welche nähe.«

Rose zog mich ein Stück zur Seite. »Du verstehst wirklich nicht, worum es geht, oder? Siehst du denn nicht, was hier gespielt wird?«

»Hier geht es darum, erfolgreich zu sein. Und versuch nicht, mir das auszureden, Rose. Ich soll dieses Kleid anfertigen und ich werde es tun. Ende der Geschichte.«

»Geschichten sind nie wirklich zu Ende«, erwiderte Rose so störrisch wie ein Esel. »Es gibt immer ein nächstes Kapitel und eine Fortsetzung.«

»Im nächsten Kapitel dieser Geschichte«, schnappte ich, »hältst du deine Nase aus Dingen heraus, die dich nichts angehen. Es ist mir egal, ob ich für die Frau des Kommandanten arbeite. Ich werde dieses Kleid machen, ob dir das gefällt oder nicht.«

»Es gefällt mir nicht.«

»Danke, ich hab's kapiert.«

»Du scheinst aber vergessen zu haben, was hier eigentlich vor sich geht und wer dafür verantwortlich ist.«

»Als hättest du eine Ahnung davon, was hier vor sich geht. Du lebst doch nur in der heilen Welt deiner Geschichten.«

»Ich sehe sehr genau, dass wir uns auf dem schmalen Grat der Kollaboration bewegen.«

Mir fiel die Kinnlade runter. »Du nennst mich eine Kollaborateurin? Das ist ein schrecklicher Vorwurf! Du bist doch nur neidisch, weil du nicht mal in der Lage bist, dir ein anständiges Paar Schuhe zu besorgen, ganz zu schweigen davon, Kleider für andere Leute zu nähen. Ohne mich würdest du nicht mal eine Extraration Brot bekommen!«

Ich war so wütend, dass ich gar nicht wusste, wie mir geschah. So gestritten hatten wir uns nie zuvor. Aber Rose ließ einfach nicht locker.

Sie versuchte es mit einer anderen Taktik. »Schau, Ella, wenn du mehr Brot willst, dann nimm einfach die Hälfte von meinem. Das macht mir nichts aus. Dann brauchst du die Extraration fürs Nähen nicht mehr.«

Rose konnte mich echt zur Verzweiflung bringen. Sie verstand überhaupt nicht, worum es mir ging. Am liebsten wäre ich einfach davongelaufen, wenn ich damit nicht den Platz in der Schlange verloren hätte.

***

Birkenau im Sommer, das waren Tage voll glühender Hitze und Nächte voll beißendem Rauch. Zebras gingen ein und waren so dünn wie Papier. Auch ich war ausgedörrt und ausgehungert, und die Asche in der Luft machte mich krank. Dennoch gelang es mir irgendwie, den Staub und den Gestank auf Distanz zu halten. In Gedanken schritt ich durch den Stacheldraht, überwand die elektrischen Zäune und entkam den fliegenden Kugeln. Das alles war nicht wichtig, denn ob es Rose nun gefiel oder nicht – ich würde dieses Kleid nähen!

Das Großartigste von allem war, dass Mina mich zum Einkaufen ins Warenhaus schickte. Als Friedensangebot fragte ich Rose, ob sie mich begleiten wolle. Doch sie schmollte anscheinend immer noch, weil sie mit einem Stöhnen entgegnete: »Ich geh nicht gern einkaufen.«

»Ach, bitte komm mit, Rose. Es tut mir leid, wenn du immer noch sauer auf mich bist. Du musst dir diesen Ort ansehen. Da gibt es haufenweise schöne Sachen.«

»Ich hab hier einen Haufen Arbeit«, erwiderte sie.

»Komm schon«, drängte ich. »Mina hat eine ewig lange Liste geschrieben und ich kann nicht alles alleine tragen.«

»Frag doch Sarah.«

»Die ist heute krank.«

Sarah war jetzt fast jeden Tag krank. Aus einer graziösen Giraffe war eine Narzisse geworden, die den Kopf hängen ließ, weil sie schon zu lange kein Wasser mehr bekommen hatte. Ich vermutete, dass es eine ernste Krankheit und nicht nur die Sehnsucht nach ihrem Mann und ihrem Baby war.

»Das kann doch nicht sein, dass du nicht gern einkaufen gehst.«

»Du weißt ja nicht, zu wie vielen Modenschauen meine Mutter mich mitgeschleppt hat.«

»Du warst bei Modenschauen?«

»Zweimal im Jahr, immer wenn eine neue Kollektion rauskam. Versteh mich nicht falsch, die Kleider waren wunderschön. Ich hätte sie förmlich verschlingen können.«

»Tja, leider kann man Kleider nicht essen.«

»Oh, die Kleider in der Stadt der Lichter schmeckten köstlich. Nur die Leute dort haben mir Magenschmerzen verursacht. All die gekünstelten Luftküsse und gepuderten Gesichter und langen Fingernägel. Wirklich schrecklich.«

»Genau solche hochnäsigen Kundinnen lasse ich besonders viel zahlen, wenn ich mein Kleidergeschäft eröffnet habe.«

»Ach, die berühmte Ella-Modeboutique …«

»Wart's nur ab. Ein Chauffeur wird mich zu allen bedeutenden Großhändlern für die edelsten Stoffe fahren.«

Rose hakte sich bei mir ein. »Ich fahr dich, wenn du mich eine Schirmmütze tragen lässt. Steigen Sie ein, gnädige Frau, und genießen Sie die Fahrt.«

»Du kommst also mit ins Warenhaus?«

Zögerlich sagte sie Ja. Und schon ging's los.

»Oh, ich hatte mir das … ganz anders vorgestellt.«

»Glamouröser?«, spottete Rose. »Vielleicht mit Drehtür, einem riesigen Schaufenster und gigantischen Topfpflanzen?«

»So was in der Art.«

Das angebliche Schlaraffenland war in Wahrheit eine Aneinanderreihung von etwa dreißig Baracken am nördlichen Ende Birkenaus, nicht weit von einer Ansammlung vertrockneter Birken entfernt.

Wir betraten die nächstbeste Tür zum sogenannten »kleinen Laden«, ohne zu wissen, was uns hier erwartete. Sarah hatte nicht gelogen, als sie sagte, dass hier nahezu alles gelagert wurde. Drinnen war es brechend voll. Wächter und Zebras drängten sich dicht an dicht, nahmen Waren aus den Regalen und trugen Pakete.

Der Laden wurde von einer Frau namens Schmidt geführt. Frau Schmidt musste eine der prominentesten Gefangenen des Lagers sein. Angeblich hatte sie früher mal einen Puff betrieben. Rose fragte, was das sei. Ich tat so, als wüsste ich es, könnte ihr es hier aber nicht sagen.

Frau Schmidt sah ganz und gar nicht wie wir anderen Zebras aus. Sie trug ein elegant geschnittenes dunkles Leinenkleid und schlichte Schuhe mit Absätzen. Ihre schütteren Haare schienen frisch gewaschen und frisiert zu sein. Lackierte Nägel. Sie war eine Mischung aus Habicht und Schlange. Eine Giftschlange.

Als sie uns entdeckte, kräuselte sie die Lippen. Fast hätte ich erwartet, eine kleine gespaltene Zunge dazwischen hervorschießen zu sehen.

»Ah, Minas Mädchen aus der Näherei. Willkommen.«

In Frau Schmidts Stimme war so viel Wärme wie in einem Eisberg.

»Hier ist gerade der Teufel los«, erklärte Schlange. »Jeden Tag kommen mindestens zehntausend neue Pakete an. Meine Mädels haben alle Hände voll mit dem Sortieren zu tun. Ich kann euch so gerade mal jemand zur Seite stellen. Aber kommt bloß nicht auf dumme Gedanken. Diebstahl wird hier nicht geduldet.«

Während sie sprach, tippte Schlange mit ihren lackierten Fingernägeln auf ein paar Parfümflaschen, die vor ihr auf dem Tisch standen. Auch Carlas Lieblingsparfüm »Blaue Stunde« war dabei. Draußen im wahren Leben wäre jede dieser Flaschen ein Vermögen wert gewesen. Ich war drauf und dran, die Kappen abzuziehen, um den Duft in mich aufzunehmen.

Schlange rief ein kleines, rundliches Mädchen, das eine weiße Bluse und einen schwarzen Rock trug. »Nimm die beiden mit in den großen Laden. Und schau nach, was für Nachthemden da sind. Wir haben gerade eine riesige Nachfrage nach Sommervarianten.«

Unsere Begleiterin war so blass, als wäre sie schon ewig nicht mehr in der Sonne gewesen. Sie trug eine Brille mit dicken Gläsern, hatte hängende Schultern und große weiße Hände. Als ich sah, wie sie sich an einem großen Kleiderhaufen zu schaffen machte, wusste ich, an welches Tier sie mich erinnerte. An einen Maulwurf.

»Manche Gefangenen hier dürfen normale Kleidung tragen«, flüsterte ich Rose zu. »Sehnst du dich nicht auch danach?«

Ohne uns eines Blickes zu würdigen, trippelte Maulwurf vom »kleinen« in den »großen Laden« – neunundzwanzig Baracken, vollgestopft mit der persönlichen Habe anderer Menschen. Koffer, Schuhe, Brillen, Seife, Kinderwagen, Spielzeug, Wolldecken, Parfüm ... Ich sah eine Kiste voller Kämme und Bürsten. In einigen steckten immer noch Haare. Mein eigener geschorener Kopf juckte.

Zebras schoben Rollwagen vor sich her, auf denen sich weitere Koffer und Kisten türmten, die alle sorgsam verschnürt waren. Kräftig aussehende Frauen, die draußen im Hof die Ware sortierten, trugen sogar weiße Hemden und schwarze Hosen wie ganz normale Leute.

Hier mussten mehrere Tausend Häftlinge arbeiten – die seltsamsten Ladengehilfen, die man sich vorstellen konnte.

»Stell dir vor, eine riesige Schatztruhe zu haben, in der alles ist, was du haben willst«, sagte ich zu Rose.

»Das hier ist jedenfalls keine Schatztruhe, sondern das Lager eines Monsters«, entgegnete sie verächtlich. »Alles gestohlen und gebunkert.«

»Hey, du könntest dir zumindest ein neues Paar Schuhe zulegen. Ich meine, ein richtiges Paar.«

Rose zuckte die Schultern. Wir folgten Maulwurf.

Jede Baracke des »großen Ladens« war wie unsere eigene Baracke, nur länger, breiter und höher, aber mit den gleichen Stützbalken für die Decke. Maulwurf führte uns zu einer, die mich die Nase rümpfen ließ. Zwar roch es nirgends in Birkenau gut, doch hier war nichts als Schimmel und stinkende Feuchtigkeit. Ein Geruch nach Verlust und Verlorenheit. Mir wurde übel. Mit so etwas hätte ich nie und nimmer gerechnet.

Der Mittelgang der Baracke war so schmal, dass dort gerade mal zwei Leute nebeneinander gehen konnten. Auf jedem Zentimeter des Bodens stapelten sich Koffer und erhoben sich Berge getragener Sachen, die teils umzukippen drohten. Ich sah herausschauende Ärmel und Hosenbeine, BH-Träger und alte Socken.

»Das ist alles Kleidung«, flüsterte Rose in dem gedämpften Ton, der normalerweise Tempeln und Museen oder allen Themen vorbehalten war, die mit Sex zu tun hatten.

»Berge von Kleidung!«

Maulwurf blickte sich seufzend um. »Zehntausend Koffer am Tag. Das ist zu viel. Wir schaffen das einfach nicht. Alle Koffer müssen geöffnet und die Sachen sortiert werden. Kleider, Wertgegenstände, verderbliche Waren. Manchmal sind die Lebensmittel schon verschimmelt. Welch eine Verschwendung.«

»Wo kommen die denn alle her?«, platzte es aus mir heraus. Doch im nächsten Augenblick wünschte ich mir, die Worte zurücknehmen zu können. *Stell keine Fragen, auf die du keine Antwort haben willst, Ella.*

Maulwurf schaute mich an, als hätte ich kein Gehirn.

Rose warf mir einen kurzen Blick zu und fragte schnell: »Was macht ihr mit all den Sachen, nachdem sie sortiert wurden?«

»Was nicht in Birkenau bleibt, wird desinfiziert und in die Städte zurückgeschickt. Für die Opfer von Bombenangriffen oder zum Verkauf«, sagte sie mit gepresster Stimme. »Jedes Kleidungsstück muss zunächst nach Wertgegenständen abgesucht werden. Geld und Schmuck sind oft im Saum eingenäht oder verstecken sich unter den Schulterpolstern. Die Kleider kommen hier alle auf die großen Haufen in der Mitte der Baracke. Die Aufseherinnen passen genau auf, dass sich niemand selbst bedient.

Gestern wurde ein Mädchen erschossen, das sich einen Ring nehmen wollte. Sie sagte, es wäre der Ehering ihrer Mutter gewesen ...«

Ihre Stimme verstummte für einen Moment, ehe sie mit der Beschreibung des Warenhauses fortfuhr.

»Alles, was die Identität der Besitzer verrät, muss entfernt werden. Die neuen Besitzer brauchen ja nicht zu erfahren, wer die Sachen vor ihnen hatte. Auch alle Markenschilder werden vorsichtig herausgetrennt und verbrannt. Außer es handelt sich um ganz edle Marken natürlich. Die kommen dann zu euch in die Schneiderei.«

Ich war wie gebannt vom Anblick der Zebras, die jedes Kleidungsstück untersuchten, das auf einem bestimmten Haufen landete. Ihre Hände glitten über den Stoff. Scheren klapperten, wenn etwas herauszuschneiden war. Münzen landeten klimpernd auf einem Tablett. Geldscheine raschelten. Gold blitzte. Langsam, widerstrebend und schwerfällig stellte ich eine Verbindung zwischen der hochqualitativen Kleidung, die wir in der Näherei umarbeiteten, und all den Koffern her, die hier geleert wurden.

Zehntausend Koffer am Tag. Zehntausend Menschen. Sie kamen an jedem Tag und kehrten nie wieder zurück.

Mein Herz schlug schneller. Mein Blick wandte sich von den Kleiderbergen ab und heftete sich an kleine Details. An die winzigen Rüschen an einem Kinderpulli. An die Schweißflecken unter den Achseln eines alten Hemds. Ich sah gebrochene Knöpfe, löchrige Strümpfe und geflickte Westen.

Es gab auch edlere Dinge – BH-Träger aus Satin und

glitzernde Röcke. Ich erblickte seidene Schlafanzüge und kleine Säckchen mit Lavendelblüten, die von schimmernden Bändern zusammengehalten wurden. Ich sah, wie diese Dinge beiseitegelegt wurden, ebenso ein strassbesetzter Stöckelschuh und ein silbernes Zigarettenetui. Es gab Nachthemden und Abendkleider, Badeanzüge und Herrenanzüge, Golfschuhe und Tennisshorts.

An was für einen Ort hatten die Menschen nur gedacht, als sie ihre Koffer gepackt haben?

Als hätte sich irgendwer einen Ort wie Birkenau vorstellen können.

Ein Gedanke ergriff allmählich Besitz von mir. Jemand sollte von hier entkommen, um dem Rest der Welt zu berichten, was in Birkenau vor sich ging. Andere Menschen, die auf Listen standen, mussten erfahren, was sie hier erwartete, wenn sie aus dem Zug stiegen. Meiner Großmutter musste gesagt werden: STEIG NICHT IN DIESEN ZUG!

»Ella?«

Rose berührte meine Hand. Ich wurde aus meiner Trance gerissen und trottete hinter ihr und Maulwurf her. In meinem Mund ein übler Geschmack.

»Glaubst du …«, begann ich, als wir weiterliefen. »Glaubst du, dass auch unsere Sachen auf diesen Haufen sind? Ich will nicht, dass fremde Leute meinen Schulranzen durchsuchen und meine Hausarbeiten lesen. Und was ist mit unserer Kleidung passiert? Ich hatte einen wunderschönen Pullover dabei, den meine Großmutter gestrickt hat.

Meinst du, den trägt jetzt ein anderes Mädchen? Wenn ja, dann denkt sie bestimmt ständig darüber nach, wer ihn vor ihr anhatte und wie er hierhergekommen ist.«
Rose antwortete nicht.
Ich habe Rose nie gefragt, ob sie überhaupt Zeit zum Packen gehabt hatte. Wann immer ich sie auf die Umstände ihrer Festnahme ansprach, wimmelte sie mich mit irgendwelchen Märchengeschichten ab: wie die Monster sie in einen Kerker geworfen hatten und sie in einem hölzernen Drachen nach Birkenau gekommen war, der sie genau über dem Lager abgeworfen hatte.
Wir gingen zwischen Abteilen umher, in denen sich die Sachen bis zur Decke türmten.

Ich hatte gehört, dass den meisten Leuten ein paar Minuten oder sogar Stunden geblieben waren, um ihre Sachen für die Zugfahrt zu packen. Ich hingegen war die Straße runtergelaufen – natürlich im Rinnstein, weil ich auf einer Liste stand, was bedeutete, dass ich den Bürgersteig nicht benutzen durfte. Ich war auf dem Weg nach Hause, schwang meine Schultasche und überlegte, was wohl in der neuen »Damenwelt« stehen würde. Im nächsten Moment hielt ein Lastwagen mit vergittertem Rückfenster neben mir und ich wurde von brüllenden Polizisten in das Fahrzeug gezerrt. Ich schrie um Hilfe, doch die anderen Leute auf der Straße taten so, als würden sie mich nicht hören. Die Türen des Lastwagens wurden zugeschlagen. In meiner persönlichen Geschichte markiert dies den Übergang von der alten in eine völlig neue Welt.

Ich fragte mich, was in meinem Koffer gelandet wäre, hätte ich mein ganzes Leben dorthinein packen müssen. Was zum Anziehen natürlich, Seife und mein Nähzeug. Und so viel zu essen wie möglich!

»Bücher«, rief Rose unwillkürlich aus, als sie eine ganze Reihe davon erblickte.

Aber wer war denn so blöd, Bücher mitzuschleppen, wenn man stattdessen Kleider und was zu futtern mitnehmen konnte? Jemand wie Rose vermutlich. Sie trat einen Schritt nach vorne, ganz und gar verzaubert.

Maulwurf zog sie am Arm. »Die kannst du nicht haben. Ihr seid doch wegen Stoff gekommen.«

Ich holte die Einkaufsliste hervor, die Mina geschrieben hatte. Maulwurf warf einen Blick darauf. »Hier entlang.«

***

In einer anderen Baracke, unter einem Wust von Stoffresten, fand ich genau, was ich suchte. Ich wusste, dass der Stoff perfekt für das Kleid unserer wichtigsten Kundin sein würde. Es war ein schwerer, fließender Satin, der matt schimmerte wie das Sonnenlicht auf einem Weizenfeld. Er war in verschiedene Teile auseinandergeschnitten worden. Angespannt strich ich sie gerade und überprüfte ihre Größe. Zog an ein paar beliebigen Fäden. Es handelte sich zweifellos um die Überreste eines großen Kleids – vielleicht eines eleganten Abendkleids –, das hier zur Wiederverwendung bereitlag. Wer mochte es einst getragen haben?

Allzu lange wollte ich darüber allerdings nicht nachdenken.

»Was meinst du, Rose? Rose?«

Sie war verschwunden.

Ich geriet in Panik. Für einen kurzen, schrecklichen Moment stellte ich mir vor, wie Rose unter einem riesigen Berg von Stofffetzen und Kleiderteilen begraben lag. In Gedanken zog ich schon an einem Arm, musste jedoch feststellen, dass es nur ein leerer Ärmel oder ein Hosenbein gewesen war.

Dann sah ich sie.

Vollkommen in ein Buch vertieft.

Doch sie las nicht selbst. Das tat jemand anders – ein Aufseher.

Es war ein junger Kerl mit einem flaumigen Schnurrbart auf der Oberlippe und einer Hand, die sich um die Pistole in seinem Gürtel schloss. Offenbar war er schon seit einiger Zeit mit dem Buch beschäftigt. Er war ungefähr in der Mitte angelangt und führte seinen Stummelfinger beim Lesen an den Wörtern entlang. Roses Augen folgten diesem Finger, als wären jede Menge Gold- und Diamantringe daran. Ich konnte an dem Buch nichts Besonderes finden.

Ich zischte ihren Namen, doch Rose hörte mich nicht.

Zunächst merkte der Aufseher gar nicht, dass Rose direkt hinter ihm stand. Als er es tat, legte sich seine Stirn irritiert in Falten, doch er starrte sie nur schweigend an.

»Ist es ein gutes Buch?«, fragte Rose höflich, als wäre er

irgendein Junge, dem sie zufällig in der Stadtbibliothek begegnet war.

Der Aufseher zwinkerte. »Äh, das hier? Ja, es ist gut. Wirklich sehr gut.«

»So eines, das man nicht mehr weglegen kann?«

»Ja genau.«

Rose nickte. »Finde ich auch. Ich bin allerdings befangen. Meine Mutter hat es geschrieben.«

Der Aufseher starrte sie so entgeistert an, dass ich dachte, seine Augen würden jeden Moment aus den Höhlen fallen. Eine aggressive Röte stieg ihm vom Kragen bis zu den Haarwurzeln. Er las den Namen der Autorin auf dem Buchrücken, ehe sein Blick zu Rose zurückkehrte. Ohne ein Wort klappte er das Buch zu, ging zum Ofen und warf es in die Flammen. Das Papier wurde zu Asche. Der Aufseher wischte sich seine Hände an der Uniform ab, als wären sie besudelt worden. Wenn er auch seine Augen und sein Gehirn von diesem Buch hätte reinigen können, er hätte es sicher getan.

Ich schlich auf Zehenspitzen zu ihr, drehte die versteinerte Rose herum und führte sie aus der Baracke.

»Beeilt euch!«, sagte Maulwurf. Wir stolperten hinter ihr her.

Die Bilder bedrängten uns. Ein Raum voller Brillen – Tausende runder Gläser, die ins Nichts starrten. Ein riesiges Wirrwarr an Schuhen – Halbschuhe, Fußballschuhe, Tanzschuhe, Ballettschuhe. Neue und alte Schuhe, helle und dunkle. Riesenschuhe. Babyschuhe.

Auch meine Schuhe?
Es würde einem das Herz brechen, näher darüber nachzudenken.
Bloß fremde Schuhe.

Jetzt gab es keine Flucht vor der Wahrheit mehr. Kein Wegschauen. Keine Ablenkungsmanöver. Das Warenhaus war keine wertvolle Schatztruhe. Kein luxuriöses Einkaufserlebnis. Es war ein schrecklicher Friedhof gestohlener Besitztümer. Wir alle waren mit Kleidern und Koffern hierhergekommen. Alles hatten sie uns weggenommen. So waren wir noch verletzlicher geworden. Wem alles genommen wird, der hat nur noch seinen nackten Körper, der geschlagen, geschunden und versklavt werden konnte ... oder Schlimmeres.

Alle Kleidung und sämtliches Gepäck wurden gesammelt, sortiert, gereinigt und wiederverwendet. Wie grauenhaft effizient.

Rose hatte recht gehabt.

Das hier war das Lager eines Monsters, geführt von Monstern, die aussahen wie normale Menschen in Anzügen und Uniformen. Statt eines Märchenschlosses oder eines Kerkers hatten sie eine Fabrik gebaut. Eine Fabrik, die Menschen in Geister verwandelte und aus ihrem Besitz Profit schlug.

Ich nicht. Mir konnte das nicht passieren! Auch wenn ich meine Schultasche und meinen Pullover mit den Kirschen drauf nicht mehr hatte, war ich immer noch Ella. Aus mir würde kein Geist werden, der als Rauch aus dem Schornstein stieg.

Beim Verlassen der Baracke stolperte Rose über einen schmalen braunen Koffer. Er klappte auf und eine Welle von Fotos schoss heraus. Rose rutschte aus und landete auf ihrem Hintern, umgeben von einer Flut von Bildern. Sommerferien, Babys, Hochzeiten, Einschulungen ...

Unbekannte Augen blickten uns vom Boden aus an, als wollten sie sagen: *Wer seid ihr? Warum stehen wir nicht mehr auf dem Kaminsims oder auf dem Nachttisch? Warum liegen wir nicht mehr in der Brieftasche?* Als ich Rose auf die Beine half, trampelten wir unwillkürlich auf den vielen Gesichtern herum. Ich hörte, wie Rose »Entschuldigung« murmelte, als wären es richtige Leute. Was sie einst auch waren.

Ich hielt sie fest und sah ihr in die Augen.

»So dürfen wir nicht enden«, erklärte ich. »Unsichtbar wie Gespenster. Uns gibt es doch immer noch, auch wenn sie uns unsere Schuhe, Kleidung und Bücher weggenommen haben. Wir müssen so lebendig wie möglich bleiben, wie Gerda gesagt hat. Weißt du, was ich meine?«

Roses Blick flackerte nicht. »Wir werden leben«, sagte sie.

Ich nahm mir vor, nicht mehr an das Warenhaus zu denken. Alle Gedanken an Staub, Durst und Fliegen zu verdrängen. Mich ganz aufs Nähen zu konzentrieren, statt zu den Schornsteinen aufzublicken.

Um dem Albtraum zu entfliehen, umgab ich mich mit

einer Welt aus Stoffen und Stichen. Ich machte das Kleid meiner Träume. Draußen war das Geräusch von Zügen und Hunden, der Gestank der Latrinen und Schlimmeres. Drinnen war ich mit der Magie meiner Arbeit. Ich hatte blitzende Scheren, glänzende Nadeln und schimmernde Fäden.

Ich stellte eine Schneiderpuppe auf und steckte die genauen Maße meiner Kundin ab. Auf der anderen Seite des Nähraumes tat Franka das Gleiche. Ich machte mir keine Sorgen, da Franka einen billig aussehenden Chiffon in der Farbe von Babykotze ausgewählt hatte.

Rose bügelte meine Seide mit bewundernswerter Behutsamkeit. Ich wunderte mich darüber, dass sie immer noch für das Bügeln zuständig war, sogar freiwillig. Ich redete mit Mina, damit Rose mehr nähen konnte, doch Rose erklärte, das Bügeln mache ihr nichts aus.

Mina nahm mich beiseite und sagte: »Du musst begreifen, dass Rose nicht so ist wie wir. Wir wissen, was wir tun müssen, um zu überleben. Rose ist immer noch damit beschäftigt, ganz sie selbst zu bleiben.«

Ich wollte etwas zu Roses Verteidigung vorbringen, doch mir fiel nichts ein.

Mina nickte. »Ohne dich würde Rose keine fünf Minuten überleben. Du wirst es schaffen, hier irgendwie heil rauszukommen, wenn du einen kühlen Kopf behältst. Bei Rose ... bin ich da nicht so sicher.«

Jede in der Werkstatt wusste inzwischen, wie gut Rose mit der Nadel umgehen konnte. Ihre Finger konnten seidene

Fäden in Schwäne, Sterne und blühende Gärten verwandeln. Sie stickte all das, was wir in Birkenau nie zu sehen bekamen – Marienkäfer, Bienen und Schmetterlinge. Sie stickte gelbe Entenküken auf ein Kinderkleid, das Sarah für die Tochter eines ranghohen Offiziers herstellte. Die kleinen Entlein sahen so munter aus, dass man hätte glauben können, sie würden sich jederzeit vom Kleid lösen, um in den nächsten Tümpel hineinzuwatscheln. Nur gab es in Birkenau kein Wasser, zumindest nicht für die Zebras. Unsere Lippen waren rissig vor Durst. Was aus den Hähnen kam, konnte man nicht trinken.

Als Sarah die Entenküken sah, verbarg sie ihr Gesicht in dem kleinen Kleid und begann zu weinen.

»Sch…«, flüsterte ich. »Mina ist mit einer Kundin nebenan. Sie darf dich nicht hören.«

»Ich vermiss mein Baby so«, schluchzte sie.

»Ist doch klar«, sagte Franka. »Wir alle vermissen jemand, nicht wahr, Mädels? Jetzt wisch dein Gesicht ab und mach deine Arbeit fertig.«

»Passt auf!«, warnte Rose.

Die Tür zum Ankleidezimmer hatte sich einen Spaltbreit geöffnet. Ich sah Minas Finger auf der Klinke. Sie redete mit einer Kundin.

»Das Kinderkleid? Das mit den Entenküken? Ich lasse es sofort holen … Kinder wachsen ja so schnell in dem Alter … und sie spricht schon so gut?«

Rose stellte sich vor Sarah, damit Mina ihr Gesicht nicht erkennen konnte.

»Schnell, gib mir das Kleid«, flüsterte ich Sarah zu. »Du

weißt, was passiert, wenn sie dich so sehen ... dann fliegst du hier sofort raus.«

»Gib ihr das Kleid«, sagte Franka.

»Komm schon, Sarah«, drängte Rose.

Sarah schluchzte immer lauter und ich konnte nichts dagegen tun.

Was würde Mina tun?

Ihr eine runterhauen.

Ich gab ihr eine heftige Ohrfeige.

Das sah man manchmal in Spielfilmen, wenn Leute hysterisch wurden. Ich hätte nie gedacht, dass es wirklich funktionierte – zumal wir in Birkenau ständig geschlagen wurden. Doch zu meinem Erstaunen holte Sarah tief Luft ... stieß sie aus ... und fiel in sich zusammen.

Als Mina den Raum betrat, war es so leise, dass man das Fallen einer Stecknadel hätte hören können – falls so was erlaubt gewesen wäre. Zu diesem Zeitpunkt saß Sarah wieder an ihrer Nähmaschine und säumte die Vorhänge für die Offizierswohnungen. Das Kleid mit den Entenküken soll, wie wir später erfuhren, bei seiner Trägerin große Begeisterung ausgelöst haben.

Doch Rose stickte nicht nur Küken auf Kinderkleider, sondern arbeitete auch an der Sonnenblume für meine Kreation. Sie schnitt deren Umrisse aus dem seidigen Stoff und unterfütterte sie mit einer Schicht Watte und einer Schicht Baumwolle. Dann markierte sie den Verlauf der Blüten und Blätter mit weißen Heftfäden. Als Nächstes wickelte sie so viel Garn von der Spule, die Mina ihr zugeteilt hatte, wie sie brauchte, und machte sich ans Werk. Ich liebte es, ihr zuzuschauen. So versunken war sie in ihre Arbeit.

»Sticken ist wirklich schöner als alles andere«, sagte sie später, als wir zusammengerollt in unserer Koje lagen. »Dabei kriege ich die besten Ideen. Meine Mutter meint immer, dass ihr die besten Geschichten beim Backen in der Küche einfallen. Tragödien machen den Zitronenkuchen bitter und Komödien verleihen ihren herzhaften Gerichten den richtigen Pep.«

»Ich dachte, du wärst in einem Palast voller Diener aufgewachsen.«

»Bin ich auch. Wenn Mama in der Küche war, hat's jedes Mal geraucht wie kurz vor einem Vulkanausbruch. Du hättest mal hören sollen, wie sie mit den Töpfen geklappert und sich beklagt hat: Die Leute sollten wissen, wo sie hingehören. Ihr Verhalten hat's allerdings nicht besser gemacht. Sie war leicht abzulenken und hat den Abwasch immer für jemand anders stehen lassen.«

»Für dich?«

»Oh nein. Ich habe in meinem Leben noch keinen einzigen Topf abgewaschen, bis ich hier meinen Blechnapf zum ersten Mal ausgespült habe. Ich habe immer nur den Geschichten meiner Mama gelauscht und die Schüssel mit dem Kuchenteig abgeleckt.«

»Wenn sie neue Kleider entworfen hat, lag meine Oma immer so lange in der Badewanne, bis das Wasser kalt wurde. Die Toilette war im selben Zimmer wie die Badewanne. Wenn meine Oma sehr inspiriert war, kamen mein

Opa und ich ewig nicht aufs Klo.« Ich seufzte. »Kannst du dir vorstellen, je wieder ein eigenes Bad zu haben?«

»Aber natürlich«, antwortete Rose sofort. »Mit einer riesigen Badewanne voller Schaum, der über die Ränder quillt, und einem richtig guten Buch und jeder Menge flauschigen Handtüchern.«

»Du liest in der Badewanne?«

»Du nicht?«

»Findest du Lesen noch schöner als Sticken?«

Rose zögerte. »Muss ich mich da entscheiden?«

»Wenn du nach dem Krieg in meiner Boutique arbeiten willst, dann schon.«

»Oh, ist das etwa eine Einladung, an diesem Ort der Wunder mitwirken zu dürfen?«

»Ja!« Ich zappelte fast vor Freude, wenn ich nur daran dachte. »Wäre das nicht großartig? Mein eigener Modeladen. Ich weiß, dass ich noch viel lernen muss. Vielleicht könnten uns noch andere Mädchen aus dem Nähraum unterstützen. Sarah ist ziemlich gut und die Igelin auch …«

»Wer?«

»Na, dieses Mädchen mit den Stoppelhaaren, das nie lächelt.«

»Oh, du meinst Birgit. Die kann nicht lächeln.«

»Warum nicht?«

»Das Übliche. Weil sie der Königin der Eisriesen geschworen hat, ein Jahr und einen Tag lang nicht zu lächeln.«

»Was?«

Rose seufzte. »Sie ist verlegen, weil sie so schiefe Zähne hat. Die hat ihr eine Aufseherin eingetreten.«

»Oh. Wir müssen unbedingt rausfinden, ob sie eine Arbeit will, wenn wir hier rauskommen.«

»Und hast du schon eine Idee, wo sich deine legendäre Boutique befinden soll?«

»An irgendeiner schönen Straße – nicht zu ruhig, aber auch nicht zu hektisch. Große, prächtig gestaltete Schaufenster und eine bimmelnde Türglocke, wenn eine Kundin den Laden betritt.«

»Dicke Teppiche und Vasen mit frischen Blumen und hübsche Vorhänge vor den Umkleidekabinen?«

»Genau!«

»Klingt gar nicht mal schlecht«, sagte Rose.

Ich hörte abrupt auf, die Läuse zu zerquetschen, die in den Falten unserer Kleider lebten.

»Nicht mal schlecht? Das wird unvergleichlich werden.«

»Besser als Brot und Butter?«

»Genauso gut wie Brot und Butter. Im Ernst, wir werden schicke Kleider und weiße Rüschenblusen tragen … und uns die Haare nach der neusten Mode hochstecken.«

»Das macht der Friseur nebenan.«

»Es gibt einen Friseur nebenan?«

»Na klar.«

»Ich hatte eigentlich auf einen Hutladen gehofft.«

»Der ist zwei Türen weiter«, entgegnete Rose wie aus der Pistole geschossen, »direkt neben der Buchhandlung. Und auf der anderen Straßenseite eine Bäckerei, die auf Schokoladenkuchen spezialisiert ist.«

»Oh Gott«, drang eine Stimme von unten herauf. »Hat hier jemand Schokolade gesagt?«

»Pst«, kam es von woanders. »Und wenn Gerda uns hört?«

»Die hört sowieso alles!«, dröhnte Gerdas Stimme durch die Baracke. »Wenn hier irgendjemand Schokolade hat, dann gebe ich ihr jetzt drei Sekunden Zeit ...«

Rose flüsterte weiter: »Ich habe schon den perfekten Ort für uns im Kopf. Unsere Kundinnen können zu Fuß oder mit dem Auto kommen. So oder so ist in der Gegend nicht zu viel los. Auf der anderen Straßenseite befindet sich ein Park mit einem großen Springbrunnen, den die Kleinen im Sommer als Planschbecken benutzen können. Außerdem gibt es da einen Eisstand und einen magischen Apfelbaum, dessen Blüten im Frühling durch die Luft wirbeln.«

Eiscreme war eine fast schmerzhafte Erinnerung. Ich liebte cremiges Vanilleeis und genoss die kleinen Kristalle, die sich manchmal daran befanden. Die Kälte des schmelzenden Eises auf meiner Zunge ...

»Bei dir hört sich immer alles so echt an«, sagte ich. »Also in deinen Geschichten.«

»Vielleicht sind sie ja auch echt«, erwiderte Rose. »Vielleicht kenne ich diesen Ort wirklich.«

»Und wo soll der sein? Irgendwo hier in der Nähe?«

»Ha! So weit von hier entfernt wie die Sonne und der Mond. Es ist der schillerndste Ort der Welt. Eine Stadt voller Kunst und Mode ...«

»... und Schokolade.«

»Ja, definitiv auch Schokolade. Eine Stadt, in der es so viele Laternen gibt, dass sie auch Stadt der Lichter genannt wird. Dort wird unsere Boutique sein, mit unseren Namen in goldener Schrift über dem Fenster – ›Rose & Ella‹.«

»›Ella & Rose‹«, korrigierte ich sanft, aber bestimmt.

Auf ein Hoch folgt meistens ein Tief. Am nächsten Tag hätte ich irgendjemanden oder irgendwas in Stücke reißen können.

»Was ist denn los?«, fragte Rose.

»Ist das nicht offensichtlich? Das Kleid ist ein totales Desaster. Ich hab das Toile aus Baumwolle angefertigt und es schien in Ordnung zu sein. Dann hab ich den Stoff zusammengeheftet und es sieht furchtbar aus. Das Schlimmste, was ich je gemacht habe.«

Ein Toile ist der Name für ein Probeteil, das aus einem anderen Material besteht als der endgültige Stoff. So kann man testen, ob der Schnitt richtig ist. Mein Toile sah gut aus, also habe ich den gelben Satin genauso verarbeitet – eine Katastrophe!

Ich stöhnte. »Franka wird gewinnen, und wenn ich Glück habe, lässt mich Mina in Zukunft noch Kissen nähen.«

»Was war denn falsch?«, fragte Rose.

»Einfach alles.«

»Ah, jetzt weiß ich Bescheid.«

»Mach dich nicht über mich lustig.«

»Dann sag mir, was wir ändern müssen. Ist es die Größe?«

»Nein, ich hab mich genau an die Maße gehalten.«
»Der Schnitt?«
»Nein, der stimmt auch. Es sei denn, er gefällt ihr nicht.«
»Die Farbe?«
Ich ging fast in die Luft. »Wie kommst du denn da drauf? Die Farbe ist wunderschön. Jetzt hör auf, mich zu kritisieren. Unter den gegebenen Umständen ist es ein Wunder, dass es überhaupt so gut geworden ist. Mina war keine Hilfe. Die hat die ganze Zeit nur skeptisch geschaut und gefragt, wann ich fertig bin.«
»Es ist also doch gut geworden?«
(Warum lächelte sie mich so an?) »Nicht gut genug.«
»Natürlich ist es gut genug und das nächste wird noch besser sein. So läuft das eben – du kriegst immer mehr Erfahrung und wirst besser und besser.«
»Warum kann ich nicht jetzt schon besser sein? Das ist die wichtigste Sache der Welt für mich, Rose. Wenn ich keine gute Schneiderin sein kann, was bin ich dann? Nichts!«
Rose zog mich an sich. »Du bist eine gute Freundin«, flüsterte sie mir ins Ohr. Dann küsste sie mich auf die Wange. Die Stelle, wo sie mich geküsst hatte, prickelte noch Stunden später.

Rose beendete ihre Sonnenblume, während ich noch mit dem Kleid kämpfte. Die Blume explodierte geradezu vor leuchtenden Blättern im Satin-Stich, die so realistisch aussahen, dass ich sie am liebsten rausgerissen und aufgegessen hätte.

»Ich weiß, dass du die Blume an der Schulter haben wolltest«, sagte sie, »aber ich glaube, an der Hüfte würde sie noch besser sitzen – genau dort, wo der Stoff gerafft wird.«

»Nein, es muss die Schulter sein ...« Ich hielt die Blume dorthin und danach an die Hüfte. Und ärgerlicherweise hatte Rose recht. An der Schulter sah sie protzig aus, an der Hüfte einfach perfekt.

Rose warf mir einen fragenden Blick zu. »Findest du sie schön genug?«

»Schön?« Ich hätte mich fast verschluckt. »Sie ist nicht schön, sondern wundervoll. Die beste Stickarbeit, die ich je gesehen habe.«

Wie konnte sie ihr Talent nur so vergeuden? In diesem Moment wusste ich nicht genau, ob ich sie schütteln oder ...

Mein Herz pochte heftig und ich biss mir auf die Lippe.

... küssen sollte.

Es war nicht meine Schuld, dass sich die Fertigstellung verzögerte. Meine Nähmaschine war sabotiert worden.

Das geschah zu einem sehr kritischen Zeitpunkt. Ich arbeitete hoch konzentriert mit gesenktem Kopf, als im Nähraum plötzlich ein ziemlicher Tumult entstand. Ein Mann kam herein. Ein männliches Wesen. Das andere Geschlecht.

Was eine elektrisierende Wirkung hatte. Die Luft knisterte. Ich sah, wie sich Birgit über ihren Kopf strich, als wäre dort eine verführerische Mähne statt der kurzen Igelhaare. Franka kniff sich in die Wangen, um ein bisschen Farbe darauf hervorzuzaubern. Selbst Mina machte einen nervösen Eindruck, weil die Hormone sich ihrer Befehlsgewalt entzogen.

In Birkenau wurden männliche und weibliche Zebras meist strikt voneinander getrennt gehalten. Die einzigen Männer, die wir auf dieser Seite des Stacheldrahts sahen, waren Aufseher und Offiziere. Doch jetzt stand ein männlicher Häftling vor uns. Jemand, der uns an Väter, Söhne, Brüder, Ehemänner und Geliebte erinnerte. Nicht dass ich je einen Freund gehabt hätte. Meine Großmutter hätte der bloße Gedanke, es könnte da einen Bewerber geben, große Sorgen gemacht. *Für so etwas bist du noch viel zu jung*, hätte sie gesagt. Außerdem ermahnte sie mich stets, mich von Jungs fernzuhalten, vor allem von solchen, die einem weiche Knie bereiteten.

Dies war ein junger Mann, der vielleicht ein paar Jahre älter war als ich. In Birkenau, wo alle Zebras alt wirkten, war das schwer zu sagen. Doch aus irgendeinem Grund wirkte die blau-grau gestreifte Häftlingskleidung bei ihm sauber und frisch. Er trug einen Werkzeugkasten und seine Hände zeugten von manueller Arbeit. In einer von Roses märchenhaften Geschichten wäre er der siebte Sohn des siebten Sohns – arm, aber glücklich, und dazu auserkoren, das Herz der Prinzessin zu gewinnen.

Er hatte ein hübsches Gesicht. Leuchtende Augen. Die Stoppeln, die unter seiner Kappe hervorschauten, waren hellbraun wie die eines Dackels. Ich lächelte in mich hinein. Ein weiteres Tier für meinen Zoo, wie Rose sich ausdrückte. Er war ein Hund. Ein gutmütiger Hund. Nicht eine dieser Bestien, mit denen die Wächter patrouillierten. Einer dieser Hunde, die einen Stock apportieren oder eine alte Socke unter dem Bett hervorziehen, um damit zu spielen.

Zum Spielen hatte ich keine Zeit.

»Was macht der hier?«, fragte ich Rose, als sie bei mir vorbeikam, um zu schauen, wie weit ich war.

»Gibt wohl was zu reparieren«, antwortete sie. »Jetzt sag bloß nicht, dass du dich auch schon in ihn verguckt hast.«

»Haha. Ich muss mich ranhalten. Franka näht schon die Ärmel an ihr Babykotzekleid.«

Ich war vollkommen im gelben Satin versunken, als ich neben mir die warme Gegenwart einer Gestalt spürte.

»Ist was kaputt?«, fragte Hund und stellte seinen Werkzeugkasten ab. Seine Stimme war tief und angenehm. Weiche Knie bekam ich nicht, außerdem saß ich sowieso schon.

»Meine Nähmaschine ist in Ordnung«, sagte ich und rückte ein paar Zentimeter weiter weg von seiner Wärme.

»Wirklich? Darf ich sie mir mal ansehen?«

»Aber nicht, dass der Stoff schmutzig wird.«

Ich zog den Stoff heraus, während er die Maschine von allen Seiten begutachtete.

»Du hast Glück, dass sie immer noch funktioniert«, erklärte er mit besorgter Stimme.

»Wirklich?«

»Die Fadenspannung ist viel zu hoch eingestellt und die Spulen sind verrostet. Eigentlich sollte sie jede Woche geölt werden. Oder täglich, wenn sie ständig benutzt wird … was wahrscheinlich auf alle Maschinen hier zutrifft.«

Vor Panik bekam ich ein heißes Gesicht. Die Maschine durfte jetzt nicht kaputtgehen.

»Kann man das reparieren?«

»Aber klar.« Er beugte sich näher zu mir und tat so, als würde er sich an der Zugfeder zu schaffen machen. Seine Stimme flüsterte in mein Ohr: »Ich kann dafür sorgen, dass sie nie mehr funktioniert. Dann können sich die Schweine ihre Modeklamotten in die Haare schmieren und meinetwegen nackt rumlaufen. Stimmt doch, oder?«

»S… Sabotage?«

Er legte zwei Finger an seine Kopfbedeckung wie zu einem militärischen Gruß und flüsterte: »Richtig erkannt. Dauert nicht mal eine Minute.«

Ich spähte zur Aufseherin an der Rückwand, die eine Zeitschrift las.

»Ich bin Henryk«, raunte der Mann mir zu. »Wie heißt du?«

Mein Name? Seit wann wollten fremde Jungs meinen Namen wissen? Seit wann wurde hier nach einem Namen statt nach einer Nummer gefragt?

»Vergiss es. Tu nichts an der Maschine. Ich meine, mach sie nicht kaputt. Ich will, dass sie funktioniert.«

Henryk hob erstaunt eine Braue.

Ich hob beide und sah ihn an. »Ich bin eine Schneiderin

und muss dieses Kleid fertigkriegen. Das wird das schönste Kleidungsstück, das ich je zusammengenäht habe.«

Henryk machte eine ironische kleine Verbeugung. »Oh, Verzeihung. Ich dachte, auch du wärst eine Sklavenarbeiterin, die gezwungen wird, schöne Kleider für Massenmörder zu schneidern.«

»Ich bin keine Sklavin!«

»Ach, wirst du etwa dafür bezahlt? Kannst du hier aufhören, wann immer du willst?«

»Nein.«

»Dann bist du eine Sklavin.«

Ich schüttelte den Kopf. »Du kannst uns Sklaven nennen ... doch in meinem Innern bin ich Ella. Und ich nähe.«

Der spöttische Ausdruck in Henryks Gesicht verschwand. »Gut für dich!«, sagte er leise. »Das meine ich ernst. Du hast eine kämpferische Einstellung. Sie können uns ins Gefängnis werfen, aber sie können uns nicht brechen, stimmt's?«

Mina schaute in unsere Richtung, darauf trainiert, noch die kleinste atmosphärische Änderung wahrzunehmen. Henryk widmete sich sofort dem Innenleben der Maschine und tat so, als würde er einen Fehler beheben, den es nicht gab. Bevor er ging, drückte er meine Hand.

»Bleib stark, Ella. Es heißt, dass der Krieg bald vorbei ist ... wir kämpfen zurück. Unsere Befreier sind auf dem Vormarsch und kommen jeden Tag näher.«

Jetzt schlug mein Herz wirklich schneller. »Wir gewinnen? Woher weißt du das alles? Kannst du hier Nachrichten raus- und reinschmuggeln? Ich will meiner Großmutter schreiben, dass es mir gut geht.« Hundert Fragen lagen mir auf der Zunge.

»Warum möchtest du es ihr nicht selbst sagen?«

»Wir werden so schnell befreit?«

Henryk beugte sich näher an mich heran. »Vielleicht gibt es einen Weg, dich selbst zu befreien.«

»Eine Flucht?«

Henryk ließ seinen Werkzeugkasten scheppern und legte sich den Zeigefinger an die Lippen. »Bis bald, Ella!«

Ich sah ihm nach, während er zwischen den Tischen verschwand. Was für ein Glück er hatte, sich als Handwerker frei bewegen zu können. Vermutlich hatten ihm einflussreiche Leute geholfen, so eine Position zu bekommen. Wenn sie ihm trauten, durfte ich das dann auch? Oder sollte ich lieber auf der Hut sein?

»Du nicht auch, oder?« Sarah stieß mich kurz in die Seite, als sie an mir vorbeiging.

Ich zuckte zusammen. »Ich?«

»Gefällt er dir?« Sie kniff mich in die Wange und lief weiter, ehe Mina aus der Haut fahren konnte.

Als ich die Arbeit wieder aufnehmen wollte, bemerkte ich, dass Henryk genau das getan hatte, was ich nicht wollte. Meine Nähmaschine war kaputt.

***

Mina sagte, ich sollte Frankas Kleid bei der Frau des Kommandanten abliefern.

»Aber meins ist auch fertig!«, protestierte ich. Was der Wahrheit entsprach, weil ich alles in rasender Handarbeit zusammengenäht hatte. Henryk, der Saboteur, konnte mir den Buckel runterrutschen – ich hatte es geschafft! Der Saum des Kleids war schön gleichmäßig, Nähte und Ausschnitt sahen perfekt aus. Während ich hingebungsvoll daran gearbeitet hatte, hatte ich sogar kurz vergessen, für wen dieses Kleid bestimmt war.

»Sei still und nimm es«, antwortete Mina und verzog ihren Mund zu einem schiefen Lächeln. Damit schnappte sie sich das Sonnenblumenkleid aus meinen Händen und drückte mir stattdessen eine große, flache Schachtel in die Hand.

Alle anderen beneideten mich darum, dass ich das Lager für kurze Zeit verlassen durfte. Jedenfalls den Teil des Lagers, den wir alle zu gut kannten. Mein Herz pochte heftig, wenn ich an Henryks Worte dachte. Doch eine Flucht war unmöglich, solange ich wie ein Zebra aussah und eine Aufseherin mich begleitete.

Die Aufseherin erschien pünktlich. Es war niemand anderes als Carla.

»Schöner Tag für einen Spaziergang«, sagte sie mit einem Zwinkern. »Fuß, Pippa, bei Fuß!« Der Hund hatte eine Zebraherde entdeckt und zerrte heftig an der Leine.

Auch ich ging *bei Fuß*, obwohl ich keine Leine trug, zumindest keine wirkliche. Von den Wachtürmen aus, die mit Maschinengewehren bestückt waren, hatte man freie Sicht auf die Straße, die aus dem Lager hinausführte. Die Sonne schien auf die Stacheldrahtzäune. Aufseherinnen und Kapos waren überall. Nirgends konnte man sich dem Anblick der elenden Arbeitsgruppen entziehen, die in der prallen Sonne Steine schleppten oder Gräben aushoben. Das wäre auch meine Arbeit gewesen, hätten sie nicht meine Nummer gerufen, damit ich mich in der Näherei meldete. Jede einzelne Arbeiterin war ein Skelett in gestreifter Häftlingskleidung. Einst waren sie alle Frauen gewesen.

Die Straße war ein langer, vertrockneter Streifen, dessen Staub von den Reifen der Lastwagen und den scharrenden Füßen aufgewirbelt wurde. Meine Arme schmerzten. Ich trug die Pappschachtel mit beiden Armen, damit das Kleid darin nicht verrutschte. Obwohl ich schreckliche Angst hatte, sie fallen zu lassen, fantasierte ich davon, Frankas altbackenes Kleid in den Dreck zu werfen, um der Frau des Kommandanten mein eigenes überreichen zu können.

Dennoch war es ein gutes Gefühl, sich außerhalb des Lagers zu befinden. Die Luft wirkte irgendwie frischer als hinter den Stacheldrahtzäunen, auch wenn sie immer noch nach Benzin, Rauch und Asche roch. Ich schaute über die gelben Stoppelfelder hinweg. In der Ferne ein brauner Fleck, der langsam näher kam. Der nächste Zug. Ein gellender Pfiff. Pippa bellte.

Der seltsamste Anblick für mich waren all die männlichen Arbeiter. Ich war es so gewohnt, nur unter Frauen zu sein, doch die Männer waren genauso erschöpft und ausgemergelt wie wir. Für einen Moment glaubte ich, Henryk, den freundlichen Hund, erkannt zu haben. Dann sah ich jedoch, dass es ein anderer junger Mann war, der nicht einmal Ähnlichkeit mit ihm hatte. Ich musste daran denken, was Henryk mir über die Möglichkeit einer Flucht zugeflüstert hatte. Stellte mir vor, einfach aus meinen schrecklichen Holzschuhen zu schlüpfen und auf die Felder hinauszulaufen ... frei!

Carlas Kugeln würden mich treffen, bevor der Hund bei mir war. Peng, peng, peng, in den Rücken.

»Gut, von all den Menschenmassen wegzukommen«, sagte Carla. Ob zu mir oder zu Pippa, war schwer auszumachen. »Der Sommer ist eh zum Teufel! Ständig kommen hier neue Horden an und keine Chance, mal ans Meer zu fahren, um der Hitze zu entfliehen. Zehntausend Stück am Tag müssen wir abfertigen. Kannst du dir das vorstellen? Wir sind doch keine Maschinen.«

Ich zwinkerte heftig. *Stück?* Schweißtropfen liefen mir in die Augen, und ich hatte keine Hand frei, um sie wegzuwischen.

»Außerdem braucht Pippa ihre Spaziergänge, nicht wahr, mein Schätzchen? Ja, du bist ein guter Hund. Ein guter Hund ...«

Wir hielten an, weil Carla ein bisschen mit Pippa schmuste. Als ich nach unten schaute, erblickte ich zu meinen Füßen einen kleinen Maulwurf. Das erste lebende Wesen seit Monaten, das weder Hund noch Ratte, weder Laus noch Bettwanze war. Doch der Maulwurf war tot. Er erinnerte mich an die Moleskin-Hausschuhe meiner Oma, die dort, wo das Fell abgenutzt war, weiche, glänzende Flecken gehabt hatten.

Pippa schnüffelte an dem Körper des Maulwurfs, bis Carla mit der Leine schlug.

Nach einem langen, staubigen Spaziergang kamen wir zu einem schmiedeeisernen Tor, dessen Verzierungen aus einem Märchenbuch hätten stammen können. Ein Zebra kam, um uns einzulassen. Carla ignorierte ihn. Sie kannte sich hier offenbar aus. Pippa blieb stehen und pinkelte an einen Torpfosten.

Ich folgte Carla einen Gartenweg entlang und stolperte fast über jeden einzelnen Pflasterstein, so gebannt war ich vom Anblick des Zauberlands um mich herum. Überall blühten Blumen, und zwar keine, die nur auf Stoff gedruckt oder auf Seide gestickt waren. Richtige Blumen! Sie wuchsen in üppigen Beeten neben einem Rasen aus echtem Gras. Jeder Grashalm innerhalb des Stacheldrahts von Birkenau wäre aufgegessen worden.

Abseits des Rasens ließen sich zwei Schildkröten ein Festmahl aus Gemüseresten schmecken. Ich starrte sie an, vollkommen verzaubert. Ein Zebragärtner wässerte den Rasen mit einem Gartenschlauch. Ich spürte die Tropfen auf meiner Haut. Sie erinnerten mich an einen Sommertag vor vielen Jahren, als ich mit meinen Freundinnen unten im Hof gestanden und mein Großvater uns mithilfe einer Wasserkanne eine nasse Erfrischung beschert hatte. Wir juchzten vor Freude. Jetzt gab es kein Juchzen. Ich musste einem kleinen Jungen ausweichen, der auf seinem Fahrrad an mir vorbeisauste. Es war derselbe Junge, den ich zusammen mit seiner Mutter im Ankleidezimmer gesehen hatte. Die Reifen seines Fahrrads hinterließen Abdrücke auf dem Rasen.

»Beeil dich«, drängte Carla.

Ich ging hinter ihr her und blieb nur kurz stehen, um den Duft der gelben Rosen, die rechts neben der Tür wuchsen, in mich aufzunehmen.

Pippa wurde gesagt, sie solle sich hinsetzen und draußen warten.

Dann Schatten. Eine Eingangshalle. Eine Eingangshalle in einer richtigen Villa. Ich roch Bohnerwachs, gebratenen Fisch und den unverkennbaren Duft von frisch gebackenem Brot. Teppiche führten Treppen hinauf und weiter ins Haus hinein. Echte Teppiche, gewebt in fröhlichen Farben.

Irgendwo im Inneren des Hauses öffnete sich eine Tür. Tapsende Schritte waren zu hören. Nicht von einem Hund, sondern von einem kleinen Kind. Einem wirklichen Kind, das hier zu Hause war. Der Ruf einer Stimme. Das Kind musste danach auf Zehenspitzen geschlichen sein, denn plötzlich war alles wieder so ruhig wie vorher.

Eine weitere Tür wurde geöffnet. Ein Mädchen stand auf der Schwelle, eingerahmt vom glänzenden Holz des weißen Türrahmens. Sie war nur ein paar Jahre jünger als ich und trug ein leuchtendes, gelb-weiß kariertes Sommerkleid. Sie hatte eine Schleife im Haar und ein Buch in der Hand.

Ich sah, dass sich ihre Augen sofort auf die Kleiderschachtel richteten.

»Mama ist im Wohnzimmer«, sagte sie zu Carla, ohne

mich eines Blickes zu würdigen. Dann spazierte sie in ihren hellen Sommersandalen davon.

Eine weitere Tür am Ende des Flurs. Carla klopfte. Dahinter eine weibliche Stimme. »Herein!« Als Carla die Tür öffnete, erblickte ich einen Salon, der in sanften Creme- und Gelbtönen gehalten war. An einer Wand stand ein Bücherregal ...

»Ein Bücherregal?«, platzte es aus Rose heraus. »Was für Bücher waren dadrin?«

»Wer erzählt hier die Geschichte?«, entgegnete ich.

Rose zog demonstrativ eine Schnute. »Streng genommen ist es ein Tatsachenbericht und keine Erzählung, weil er der Wahrheit entspricht. Das stimmt doch, oder? Das mit den Büchern. Oh, in unserem Palast hatten wir einen ganzen Raum voller Bücher. Alle vier Wände waren damit bedeckt, nur die Tür war frei. Es gab eine Leiter auf Rollen, mit der man an die oberen Regale herankam. Das waren richtige Reisen, Ella – von Geschichtsbüchern zur Welt der Botanik bis zu Romanen voller Wunder und Fantasie ...«

»Du und dein Möchtegernpalast ... willst du nicht hören, wie es weitergeht?«

»Genau, halt mal ausnahmsweise die Klappe«, sagte Gerda mit einem Lachen. Sie kauerte eine Etage tiefer, mümmelte Schwarzmarktbrot und nippte am Schwarzmarktschnaps. »Wir wollen von der Villa des Kommandanten hören.«

»Und vom Jungen«, rief jemand mit heiserer Stimme.

»Erzähl uns vom kleinen Jungen. Wie alt war er? Mein Sohn war drei, als sie uns geholt haben ...«

Seit Wochen wuchs das Publikum, wenn Rose auf der oberen Pritsche ihre Geschichten erzählte. Vom Klang ihrer Stimme angezogen wandten sich ihr immer mehr Zebras zu – wie Sonnenblumen, die sich zum Licht drehen. Rose wurde immer bekannter. Zebras krochen quer über die Pritschen, um sie besser verstehen zu können. Auch Gerda blieb das natürlich nicht verborgen, und so dauerte es nicht lange, bis sie jeden Abend eine Geschichte hören wollte.

»Ich weiß nicht, ob ich die Art von Geschichten erzählen kann, die dir gefällt«, hatte Rose vorsichtig gesagt. Gerda kannte die anzüglichsten und derbsten Lieder von allen in Birkenau.

Gerda erwiderte: »Mach einfach da weiter, wo du aufgehört hast. Bei den Holzfällern, den Wölfen und den Schwertern, die durch Steine schnitten – da geht mir gleich einer ab, ha!«

Seit ich außerhalb des Stacheldrahts von Birkenau gewesen war, wurde ich in der Baracke wie eine Reisende betrachtet, die in fernen Ländern gewesen war. Und Rose und Gerda hatten mir regelrecht befohlen, alles bis ins letzte Detail zu berichten.

»Der Kommandant hat fünf Kinder, darunter ein Baby«, erzählte ich nun jeder in der Baracke. »Im Wohnzimmer stand eine Wiege mit Bändern und Rüschen und einer kleinen Bettdecke.«

»Oh, die kleine Decke meines Jungen!«, jammerte die Mutter voller Wehmut. »Da hab ich mich immer reingekuschelt, um seine warme Haut und den Babypuder zu riechen.«

Ich schluckte. »Auf dem Sofa lag auch Spielzeug für ältere Kinder. Kleine Autos und eine Puppe.«

»Durftest du dich hinsetzen?«, fragte Gerda. »Mein fetter Hintern vermisst ein paar Kissen.«

Natürlich hatte ich mich nicht setzen, nicht mal den eleganten Salon betreten dürfen. Carla ließ mich mit der schweren Kleiderschachtel einfach vor der Tür stehen. Ich betrachtete das Grün der Wiesenblumen auf der Tapete und das gerahmte Foto des Kommandanten, das ein wenig schief hing. Hätte ich nicht gewusst, wer es war, hätte ich ihn einigermaßen sympathisch gefunden. Er sah vertrauenswürdig und nicht unattraktiv aus in seiner Zivilkleidung, im Blitzlicht eines professionellen Fotostudios. Ich fragte mich, wie mein Vater aussah. Der Mann, den ich nie kennengelernt hatte. Was tat der Krieg ihm an, falls er noch am Leben war? Vielleicht konnte ich ihn und meine Mutter ausfindig machen, wenn ich nach Hause zurückkehrte. Ich wollte wieder eine richtige Familie haben. Familie war wichtig.

Der Kommandant sah aus wie ein Familienmensch.

»Wie geht's dir, meine Liebe?«, hörte ich die Stimme der Frau im Salon. Das musste Madame H. sein, die Frau des Kommandanten. Sie kannte Carla also schon.

»Geht's dir ein bisschen besser nach unserem kleinen Gespräch neulich?«, fragte sie. »Ich weiß, dass es eine harte Zeit für dich ist. Du vermisst euren Hof und deine Familie, nicht wahr? Tu einfach weiter deine Pflicht, dann wirst du dafür belohnt werden.«

Sprachen alle Aufseherinnen mit der Frau des Kommandanten so, als wäre sie ihre Mutter? Danach redeten sie so leise, dass ich nichts mehr verstand, bis Carla plötzlich sagte: »Ich hab das Kleid dabei. Du weißt schon, von der Gefangenen, die ich dir empfohlen habe.«

Ich erstarrte. Carla hatte die ganze Zeit so getan, als wäre sie meine Freundin, und sich gleichzeitig für Frankas Arbeit eingesetzt!

An dieser Stelle meines Berichts benutzte Gerda ein Wort für Carla, das meine Großmutter niemals toleriert hätte, wäre es mir über die Lippen gekommen. Es war ein Wort, das an Klarheit nichts zu wünschen übrig ließ.

»Aber das war längst nicht alles«, erzählte ich meinem Barackenpublikum. »Wartet nur ab …«

Madame H. trat auf den Flur. Sie trug ein hübsches maisgelbes Sommerkleid aus Musselin. Obwohl ich schrecklich müde war, trottete ich hinter ihr und Carla her, zwei Treppen hinauf und einen Flur entlang, bis wir zu einem Raum im Dachgeschoss kamen. In dem Raum mit seinen einfachen Holzdielen befanden sich ein Tisch, ein Stuhl, ein Kleiderschrank mit zwei Glastüren sowie ein Nähkorb. Das Fenster war geschlossen und die Luft abgestanden.

Auf dem Fensterbrett lag ein toter Schmetterling mit gefalteten bleichen Flügeln.

Die Türen des Kleiderschranks standen offen. Darin so viel edle Garderobe wie für eine Modenschau. Blusen und Kleider in jeder erdenklichen Farbe hingen auf mit Satin bezogenen Kleiderbügeln. Kurz, lang, eng oder opulent – jeder Stil war vertreten. An manche Kleider erinnerte ich mich aus der Näherei. Manche sahen so aus, als kämen sie direkt von einem der renommierten Modehäuser in der Stadt der Lichter. Anderes hing außerhalb des Kleiderschranks. Sommerkleider und -kostüme, mehr und weniger verführerische Nachthemden …

Aus der Nähe betrachtet sah Madame H. weniger vornehm und kultiviert aus, als ich gedacht hatte. Sie schwirrte geschäftig herum und wirkte eher zerstreut als aristokratisch. Als sie ihr Kleid auszog, bemerkte ich, dass sie sehr zweckmäßige Unterwäsche und eine Miederhose trug, die sich über ihrem runden Bauch spannte. Eine kleine Speckrolle quoll über dem Bund hervor.

Ich stellte die Schachtel auf den Tisch und hob den Deckel ab.

Madame H. bedeutete mir, aus dem Weg zu gehen. Sie faltete das Seidenpapier auseinander, in das ihr Kleid eingeschlagen war. Carla stand mit verschränkten Armen an der Tür. Ich wartete auf die Enttäuschung im Gesicht der Madame, wenn sie Frankas unbeholfenen Versuch erblicken würde. Doch stattdessen leuchteten ihre Augen auf vor Freude.

»Oh, das ist atemberaubend«, hauchte sie.

Carla grinste. Hatte sie es die ganze Zeit über gewusst? Das Kleid in der Schachtel war meine eigene Sonnenblumen-Kreation.

»Mina hat dich reingelegt?«, fragte mein Publikum in der Baracke.

»Da könnt ihr drauf wetten«, sagte Gerda trocken.

Mina hatte mich tatsächlich an der Nase herumgeführt. Madame H. hielt sich das gelbe Sonnenblumenkleid an den Körper und drehte sich hin und her, bezaubert von ihren eigenen Reizen.

»Schnell, schnell!«, kommandierte sie plötzlich. »Hilf mir beim Anziehen.«

Es saß wie angegossen. Möglicherweise waren ein paar winzige Korrekturen nötig. Mina hatte mir zumindest einige Stecknadeln mitgegeben, sodass ich die Anpassungen vornehmen konnte – es zumindest versuchte, während Madame H. sich weiterhin vor dem Spiegel in Positur warf. Sie öffnete den Mund, schloss ihn und öffnete ihn wieder wie ein Goldfisch. Oder wie einer dieser fetten Fische, die in einem Tümpel im Kreis schwimmen.

Ich fragte mich, ob Goldfische genießbar waren. Ich wäre hungrig genug, um es auszuprobieren.

Für einen Moment war Madame H. ganz in die Schönheit der Sonnenblumenstickerei versunken. Ich platzte vor Stolz auf Rose.

Schließlich sagte sie: »Das ist fabelhaft! Wie maßgeschneidert. Ein perfekter Entwurf … Richten Sie der Frau aus, die das Kleid gemacht hat, dass ich äußerst zufrieden bin und mehr von ihr haben will.«

Ich räusperte mich. Carla nickte mir zu: *Sag es ihr!* Ich fand kaum meine eigene Stimme wieder. »Entschuldigen Sie, gnädige Frau, aber das war ich.«

Sie drehte sich zu mir um und sah mir das erste Mal ins Gesicht.

»Du? Aber du bist noch ein Mädchen!«

»Ich bin sechzehn«, log ich rasch.

Madame H. drehte sich wieder dem Spiegel zu. »Ich hätte wirklich nie gedacht, dass solche wie du so talentiert sein können. Was für ein Glück, dass ich die Maßschneiderei ins Leben gerufen habe. So wird dein Talent zumindest nicht vergeudet, findest du nicht auch? Nach dem Krieg musst du unbedingt für ein richtiges Modehaus arbeiten, und ich werde dort meine Kleider bestellen, wie findest du das?«

Sie redete, als gäbe es keine Listen, keine Schornsteine und keinen Ascheregen.

»Und?«, sagte Rose in unserer Baracke. »Wie fühlt sich das an, der neue Stern am Modehimmel zu sein?«

Zu ihrer Überraschung – zu aller Überraschung, sogar meiner eigenen – brach ich in Tränen aus. Die Freude war gar zu seltsam gewesen.

»Was hast du für ein Glück«, sagte Mina zu mir, doch es klang wie eine Drohung. »Ich habe mich dann doch dazu entschieden, dass dein Kleid für die gnädige Frau akzeptabel ist. Du hast schon viel unter mir gelernt, aber ich habe ja auch für die besten Häusern gearbeitet.«

Am Tag nach meinem großen Triumph in der Villa des Kommandanten versuchte ich, mir vor den anderen Näherinnen nichts anmerken zu lassen. Leider ohne Erfolg.

Mina verschränkte die Arme, sodass ihre spitzen Ellbogen nach außen standen. Bildete ich mir das nur ein oder amüsierte sie sich wirklich über mein Glück?

»Die gnädige Frau sagt, dass du mehr für sie schneidern sollst.«

»Selbstverständlich«, entgegnete ich schnell. »Sie wird nicht enttäuscht sein. Ich habe schon viele Ideen.«

»Von Ideen kann ich mir nichts kaufen. Ab an die Arbeit! Ich habe im Warenhaus eine Ersatzmaschine besorgt, weil du die alte kaputt gemacht hast.«

»Danke. Ich werde sofort anfangen.«

»Fleißiges Mädchen!«, sagte Mina und verzog ihren Mund zu etwas, das ein Lächeln sein sollte.

***

Ich setzte mich benommen hin. Bestimmt würde sich Rose jetzt noch mehr freuen, dass sie die Sonnenblume gestickt hatte. Vielleicht bekamen wir zum Lohn ja sechs Zigaretten – mit so viel Tauschware wären wir hier quasi Millionärinnen. Die nächsten Entwürfe konnten wir gemeinsam planen: meine Ideen, ihre ...

Ich betrachtete die neue Nähmaschine und erstarrte.

»Brauchst du Hilfe?«, nuschelte Sarah quer über den

Gang, eine Stecknadel im Mund. »Ella? Ich hab dich gefragt, ob du Hilfe mit der neuen Maschine brauchst?« Sie nahm sich die Stecknadel aus dem Mund und stach sie in ein Stück cremefarbene Baumwolle.

Ich schüttelte den Kopf. Die Worte, die ich im Sinn hatte, blieben mir in der Kehle stecken. *Nein danke. Ich weiß genau, wie man diese Maschine einrichtet. Ich sollte das auch wissen. Ich habe es schon unzählige Male getan. Es ist immerhin die Maschine meiner Großmutter.*

Da stand sie, aufgeklappt, in glänzender schwarzer Emaille mit goldenen Verzierungen. Dort wo ihr Name gewesen war, befanden sich nur noch Kratzspuren.

Meine Oma hatte es nie zugelassen, dass sich auch nur ein einziges Staubkorn auf ihrer Maschine niederließ. Ich schob das Nähfüßchen nach oben und erkannte, dass es darunter wunderbar sauber war.

Auch mit ihren Spulen war sie immer sehr sorgsam umgegangen. Ich öffnete den Deckel des Spulengehäuses und erblickte eine Reihe kleiner Stahlspulen – grün, gelb, rot, grau, weiß und rosa.

Ich sah mir die Maschine von der Seite an, und meine Erinnerung trog mich nicht: Dort wo der Ehering meiner Großmutter beim Nähen die Emaille berührt hatte, befanden sich kleine Kratzer in der Oberfläche.

Ich saß da und war wie gelähmt.

Das musste irgendein Fehler sein. Eine Verwechslung. Sie konnte nicht hier sein, in Birkenau. Nicht Betty, die Nähmaschine, die meine Oma so liebte, dass sie ihr einen

Namen gegeben hatte. Nein, Betty war zu Hause in ihrer Nähstube. Sie stand auf demselben Tisch wie immer, vor dem Stuhl mit dem abgenutzten Polster. Neben dem Fenster mit dem Gänseblümchenvorhang.

Rose fand eine Entschuldigung, um mir einen kurzen Besuch abzustatten.

»Alles okay mit dir?«, flüsterte sie. »Du siehst nicht gut aus.«

Ich war nicht in der Lage, sie anzuschauen. Ich hatte meine Großmutter vor Augen, auf dem Weg zum Bahnhof, in ihren Schuhen mit den Blockabsätzen, wie sie sich zum Ausgleich für die schwere Maschine, die sie mit der rechten Hand trug, nach links beugte. *Nehmen Sie Reiseproviant, warme Kleidung und unerlässliche Gegenstände mit*, hatte man ihr gesagt. Natürlich hatte sie Betty als unerlässlich angesehen. Mit ihr verdiente sie ihren Lebensunterhalt.

Ich fand es unerträglich, mir vorzustellen, wie sie in Birkenau angekommen und von den schreienden Aufsehern in den Umkleideraum getrieben worden war. Ich wusste allzu gut, wie die Neuankömmlinge in Birkenau behandelt wurden. Dass sie sämtliche Kleider ausziehen mussten. *Ordentlich zusammenlegen!*, hatten die Aufseher gerufen, als hätte man sie wieder anziehen sollen, wenn man aus dem Duschraum kam. Dass man splitternackt, zitternd und gedemütigt mit Hunderten von Fremden zusammenstand. Dass es keine Rolle spielte, ob man dick oder dünn war, jung oder alt, ob man seine Periode hatte oder schwanger oder einfach nur versteinert war. Man wartete, bis Zebras mit stumpfen Rasiermessern kamen und einem den Kopf schoren. Danach wurde man unter ständigem Geschrei – *Los! Beeilt euch!* – in den nächsten Raum getrieben und dann ...

Wer als arbeitsfähig galt, wie ich, erhielt ein Kopftuch, ein Paar einfache Holzschuhe, die – aus Zufall oder böser Absicht – stets die falsche Größe hatten, oder auch ein anderes Paar Schuhe von einem riesigen Haufen der Hinterlassenschaft unserer Vorgängerinnen. Dann – *Raus, raus, raus!* – wurden wir in einen Quarantäneblock gepfercht, wo wir uns weinend zusammendrängten, um irgendeine Arbeit zu ergattern, die uns erst mal das Überleben sicherte.

Ich bekam Arbeit und durfte leben.

Meine Großmutter ...?

»Mir geht's gut«, log ich Rose an. Sie drückte kurz meine Hand und eilte zurück zu ihrem Bügeltisch.

Ich betrachtete die Maschine. Es war Betty ... es war nicht Betty ... Großmutter war hier ... Großmutter war nicht hier ...

Minas Stimme schnitt durch meine Gedanken. Sie brannte wie Zitronensaft in einer offenen Wunde. »Gibt es ein Problem, Ella?«

»Nein, nein, alles in Ordnung. Ich mach schon weiter.«

Ich schob den Stoff unter das Nähfüßchen und ließ die Nadel auf und ab sausen, schon allein, um das Geräusch meiner Kindheit zu hören. Während die Maschine surrte, war ich wieder in der Nähstube meiner Oma, als kleines Mädchen, das Nadeln vom Boden aufhob.

Benutz deinen Handrücken, sagte sie, *dann tut es nicht so weh, wenn du sie findest.*
Wenn ich mich steche, verblute ich dann?
Sei nicht verrückt, sagte sie.

Als Kind schaute ich aus einer bestimmten Höhe auf die stämmigen Beine meiner Oma, auf ihre abgetragenen Moleskin-Hausschuhe und den Saum ihres bedruckten Baumwollkleids. Alles nur Erinnerungen, so unbeständig wie Träume.

Nach der Arbeit, als wir in der Suppenschlange anstanden, rückte Rose nicht von mir ab – wie ein Eichhörnchen, das nach einer vergrabenen Nuss suchte. Schließlich erzählte ich ihr so leise, dass niemand sonst zuhören konnte, was mit mir los war. Sie hörte mir zu, ohne mich zu unterbrechen.

»Das Schlimmste ist, dass ich nicht mal mehr sicher bin, ob es wirklich Betty ist.« Ich kämpfte damit, meine Stimme zu dämpfen. »Ich muss es einfach wissen. Für meine Oma war es doch der wichtigste Gegenstand überhaupt. Rose, ich fang schon an zu vergessen, wie meine Oma und mein Opa ausgesehen haben.«

Ein Aufseher lief an uns vorbei. Wir verstummten. Der Aufseher verschwand aus unserem Blickfeld.

»Du vergisst das nicht wirklich«, flüsterte Rose. »Alle Erinnerungen sind an einem sicheren Ort, glaub mir. Ich hab mir so oft vorgestellt, durch jeden einzelnen Raum des Palasts zu gehen und jeden Baum in unserem Obstgarten zu betrachten. Ich versuche sogar, mir jeden einzelnen Buchrücken in der Bibliothek vorzustellen, aber es sind einfach zu viele. Dann denke ich an die Geräusche, die mein Vater gemacht hat, wenn er nach Hause kam. Er war in der Armee – natürlich als Offizier. Er roch immer nach Pferd und die Hunde schnüffelten an seinen Stiefeln. Richtige Hunde, die gutmütig waren und mit dem Schwanz wedelten – nicht diese Bestien, die es hier gibt. Aber ich kann mich nicht darin erinnern, ob Papas Augen mittelbraun oder dunkelbraun waren. Dass sie braun waren, da bin ich ziemlich sicher.«

Wir standen ganz vorne in der Schlange. Wässrige Suppe wurde in Blechnäpfe gefüllt. Ich betrachtete die trübe graue Flüssigkeit, in der eine einzige Kartoffelschale schwamm. Das war einfacher, als meinen Blick zwischen den anderen Zebras umherwandern zu lassen, in der Hoffnung, nicht meine Oma unter einem der Kopftücher zu erblicken.

»Willst du die Suppe essen oder dir den Anblick merken?«, ärgerte mich Rose.

Ich rührte mit dem Löffel in der lauwarmen Flüssigkeit.

»Was, wenn sie inhaftiert worden ist? Und Großvater auch?«

»Du musst darauf hoffen, dass sie in Sicherheit sind, Ella.«

»Und wenn wir hier Suppe essen und am Leben sind, aber sie ...«

»Sch ... sag das nicht. Du darfst die Hoffnung nicht aufgeben.«

Hoffnung?

Ich versuchte, mir vorzustellen, wie sich das anfühlte. Hoffnung bedeutete, dass Rose recht hatte. Dass die Nähmaschine nicht Betty war und es meinen Großeltern nach wie vor gut ging.

Hoffnung.

Erst während des Abendappells wagte ich es aufzublicken. Zwischen den Rauchsäulen, die zum rot gefärbten Himmel aufstiegen, meinte ich, die ersten Sterne zu erkennen. War das wirklich derselbe Himmel, den ich bereits mein ganzes Leben gesehen hatte? Ging in diesem Moment meine Oma durch das Haus, schloss die Vorhänge und schaltete die Lampen an? Saß sie am Küchentisch und wartete darauf, dass ich zur Tür hereinplatzte? *Hallo, ich bin wieder da!*

Wie lange würde sie warten?

Bis ich zurückkehrte, natürlich.

ROT

Der Sonnenuntergang hinterließ feuerrote Streifen am Himmel. Selbst in Sommernächten wird es irgendwann dunkel. Unsichtbar im Stroh unserer Pritsche war ich froh, dass niemand die Tränen sah, die mir über das Gesicht liefen.

Rose legte ihre dürren Arme um mich und küsste meinen rasierten Schädel. Da ich kein Taschentuch hatte, wischte ich mir Augen und Nase mit meinem Ärmel ab wie ein armes Bettelmädchen.

»Ich hab was geträumt«, erklärte ich Rose zwischen meinem Schniefen und Schluchzen.

»Warst du wieder zu Hause?«

Ich träumte das ab und zu – dass ich zu Hause in meinem Bett aufwachte und hörte, wie mein Großvater in der Küche den Abwasch machte. Eigentlich war das schlimmer als ein Albtraum, denn wenn ich aufwachte, wurde mir klar, dass ich nur geträumt hatte.

»Ich habe geträumt, dass ich wieder im Haus der Madame war, in diesem Dachbodenzimmer. Mein Kleid war auch da, aber es war voller Blutflecken. Dunkelrotes, klebriges Blut. Ich sah mich selbst im Spiegel – ich war nichts als Haut und Knochen in meiner gestreiften Häftlingskleidung und diesen grauenhaft hässlichen Schuhen. Wir waren nicht so abscheulich, als wir hierherkamen. Sie haben uns dazu gemacht und dann verachten sie uns noch dafür. Sie zwingen uns, wie Kanalratten zu leben, und wundern sich, dass wir stinken. Warum sind sie es, die Kuchen essen und auf Kissen sitzen?«

»Ich weiß, ich weiß«, besänftigte mich Rose, die mich

immer noch an sich drückte. »Das ist einfach nicht fair, meine Süße.«

»Nicht fair?« Ich wäre vor Zorn in die Höhe geschnellt, hätte ich nicht gewusst, dass direkt über mir der Deckenbalken war. »Nicht gerecht? Das ist das Böse schlechthin. Ich hasse es, zu den Hässlichen zu zählen. Warum können wir nicht schöne Dinge haben und in vornehmen Villen wohnen? Die Madame schläft auf einer bequemen Matratze und verzierten Kopfkissen. Carla darf Kekse essen und in Modezeitschriften blättern und wir ... wir sind hier ...«

Im Dunkeln hörte ich das Rascheln von Stroh und das Schluchzen von jemand anders. Ich spürte, wie etwas über meinen Hals krabbelte. Eine Laus. Diese kleinen Biester liebten die Falten in unserer Haut und in unseren Kleidern. Sie tranken unser Blut, bis sie fett und geschwollen waren. Ich schlug sie platt, dass das Blut spritzte.

»Wir müssen nicht hierbleiben«, sagte Rose. »Wir können uns jederzeit in eine Geschichte zurückziehen.«

»Keine Geschichten mehr«, sagte ich. »Nicht heute. Es tut mir so leid, Rose. Ich hab dich gebeten, die Sonnenblume für mich zu sticken, aber du wusstest, dass es falsch war. Du hast die ganze Zeit gewusst, dass wir den falschen Leuten gedient haben. Die sollten nicht von unserem Talent profitieren. Das haben sie nicht verdient.«

»Schönheit ist immer noch Schönheit«, entgegnete sie.

»Aber nicht an diesem ... an diesem Scheißhaufen! Was ist, warum lachst du?«

»Tut mir leid«, Rose kicherte, »aber wenn du die Madame als Scheißhaufen bezeichnest … Ich hab mir nur gerade einen großen Scheißhaufen im Arm des Kommandanten vorgestellt. Ekelerregend und lächerlich zugleich. Ich mach dich gerade zur Schriftstellerin.«

»Wie schön, dass du dich amüsierst«, sagte ich genervt. Worauf Rose noch mehr kichern musste, was ansteckend war. Bald begann auch ich zu lachen. Ich nehme an, die meisten kennen das Gefühl, mit dem Lachen nicht aufhören zu können, obwohl einem schon die Rippen wehtun und die Situation auch eigentlich gar nicht komisch ist.

So erging es mir in diesem Moment. Am Ende hielten wir uns einfach aneinander fest, bis unsere Körper nicht mehr durchgeschüttelt wurden.

Als wir endlich zur Ruhe gekommen waren, gab Rose ein langes, tiefes Seufzen von sich. »Du Arme!«, flüsterte sie. »Hier, aber verrate es niemand: Ich hab ein Geschenk für dich.«

Ihre Hand fand meine im Dunkeln. Ich spürte einen weichen Stoff.

»Was ist das?«, flüsterte ich zurück.

»Ein Band. Du siehst es morgen früh. Das ist nur für dich.«

»Rose, das ist Seide. Wie viel hast du denn dafür bezahlt? So viele Zigaretten kannst du doch gar nicht haben.«

Ihre Stimme klang verschmitzt. »Du wärst stolz auf mich, Ella. Ich hab's im Warenhaus geklaut.«

»Geklaut?«

»Pst, nicht so laut.«

»Hat mir nicht neulich irgendein eingebildetes Mädchen erzählt, dass man nicht stehlen darf?«

»Denk nicht mehr daran«, sagte Rose. »Bewahr es gut auf, bis wir hier rauskommen und so viele Bänder tragen können, wie wir wollen. Dann reisen wir in die Stadt der Lichter, und ich knote dieses Band an den Ast eines Baums, den ich kenne. Das soll ein Zeichen unserer Hoffnung sein.«

Hoffnung. Jetzt war das Wort in der Welt.

In Birkenau auch nur eine Nacht einigermaßen gut zu schlafen, war unmöglich. Zumindest waren mir ein paar traumlose Stunden vergönnt. Als ich aufwachte, tastete ich nach dem Band.

Die Glühbirne in der Mitte der Baracke erwachte flackernd zum Leben. Gerdas Trillerpfeife schrillte.

»Aufgestanden, faules Pack!«, rief sie. »Ein weiterer Tag im Paradies wartet auf euch!«

Im grellen Licht sah ich, dass das Band rot war. Ich ließ es in der kleinen Geheimtasche innerhalb meiner Kleidung verschwinden und kletterte von meiner Pritsche. Dann blieb ich kurz stehen. Zog das Band heraus. Betrachtete es. Steckte es wieder ein.

Wir liefen zur Waschbaracke und kämpften um die Toilettenplätze. Von dort ging es zum Morgenappell. Wie oft hatte ich mich zu Hause aus dem Bett gerollt, um mich mit warmem Wasser zu waschen, saubere Kleidung anzuziehen und mit Oma und Opa zu frühstücken, ehe ich zur Schule musste? Jetzt war ich nur eines dieser panischen Tiere, die nicht einmal einen Waschlappen besaßen.

Wir stolperten hinaus in den Morgen und stellten uns in Fünferreihen auf. Tausende und Abertausende von uns, alle gestreift, geschoren, anonym. Ich konnte der Versuchung nicht widerstehen. Ich wusste, dass es leichtsinnig war, doch ich zog das Band aus der Tasche und knotete es mir um den Hals. In diesem Moment, das erste Mal überhaupt in Birkenau, fühlte ich mich wieder lebendig. Ich war ich, nicht irgendjemand aus der Menge.

Da ich zwar leichtsinnig, aber nicht völlig verrückt war, knöpfte ich meinen Kittel weiter zu und zog den Kragen nach oben, um das Band zu verbergen.

Ich schaute zu Rose hinüber und zwinkerte ihr zu. Sie zwinkerte zurück. Dabei hatte sie gar nicht gesehen, was ich getan hatte. Über den Dächern der Gebäude und dem Stacheldraht tauchte ein wunderschöner Sonnenaufgang alles in ein sanftes hellrotes Licht. Auch ein paar Wolken waren aufgezogen, die einen kühleren Tag versprachen. Durften wir vielleicht sogar auf erfrischenden Regen hoffen?

Dass der Morgenappell heute ewig dauerte, bekam ich gar nicht richtig mit. Normalerweise übernahmen die Kapos das Zählen, wodurch die Aufseher genug Zeit hatten, beieinanderzustehen, sich über das frühe Aufstehen zu beklagen und wie schrecklich langweilig das alles sei. Plötzlich löste sich eine der Aufseherinnen aus ihrer Gruppe und begann aufs Geratewohl, einige der Häftlinge zu überprüfen. Wie alle anderen senkte ich den Blick. Die Hunde streiften hungrig und nervös umher.

Mir stieg ein bekannter süßlicher Geruch in die Nase, der mit dem üblichen Gestank von Birkenau nichts zu tun hatte. Das musste ein Parfüm sein. Es war die Art von Duft, den eine Lady in einem großstädtischen Nachtklub trug, aber nicht während des Appells in Birkenau um fünf Uhr morgens.

Carla blieb vor mir stehen. Meine Nase zuckte. Ich starrte auf die Knöpfe an ihrer Jacke.

Dann fiel mir das Band ein. Mein Herz zog sich zusammen. Hatte ich das Band tief genug zusammengeknotet? Dann konnte sie es nicht sehen. Andererseits war es ja nur Carla. Vielleicht wollte sie mir zu meinem Erfolg bei Madame H. gratulieren. Oder ein neues Kleid bestellen. Schon etwas für den Herbst womöglich. Kastanienrot passte gut zu ihren blonden Haaren.

In meinem Kopf brabbelte ich drauflos.

Carlas Lederhandschuh knarrte, als sie die Hand ausstreckte und meinen Kragen nach unten zog.

»Was ist das?«, fragte sie mit sanfter Stimme. »Antworte mir? Was ist das?«

»Ein Band.«

»Das sehe ich. Was mich wirklich interessiert, ist, warum du es trägst.«

Ich zwinkerte. Jetzt war es an der Zeit, sich zu entschuldigen, das Band abzureißen und zu Kreuze zu kriechen.

Doch das Band gab mir ein schreckliches Selbstbewusstsein.

»Ich wollte hübsch aussehen.«

Was war das? Carla beugte sich so weit vor, dass mir von ihrem Duft fast schlecht wurde. »Ich habe nicht genau gehört, was du gesagt hast.«

War plötzlich die ganze Welt verstummt? Wartete das gesamte Universum dieses Lagers darauf, dass ich lauter sprach?

Ich hob das Kinn. »Ich habe gesagt, dass ich hübsch aussehen wollte.«

Klatsch!

Als die erste Ohrfeige kam, war ich so überrascht, dass ich kaum wusste, wie mir geschah. Es war ein bisschen wie damals, als ich ganz vorne im Bus saß und eine Taube gegen die Windschutzscheibe flog. Diesmal war Carlas Hand mit meinem Gesicht kollidiert. Zumindest gab es kein Blut und keine Federn.

Meine Ohren dröhnten und ich stolperte zur Seite. Pippa kläffte und streckte eine Pfote nach mir aus.

»Hübsch?«, höhnte Carla. »Wie ein Affe mit Wimperntusche? Wie eine Ratte mit Lippenstift?«

Klatsch! Die zweite Ohrfeige. Mein Gehirn schien hin und her zu schwappen. Jetzt blutete ich. Ich fasste mir an die Lippen und sah das Rot an meinen Fingerspitzen. All meine Instinkte sagten mir, dass ich mich wehren sollte. Doch ich konnte nur aufrecht stehen bleiben.

Klatsch! Ein dritter Schlag. Pippa knurrte.

Regentropfen fielen vom Himmel.

»Nicht! Bitte! Es ist meine Schuld! Ich hab ihr das Band gegeben.«

Sei still, Rose, und halt dich da raus.

Klatsch! Carla drehte sich um und schlug Rose so hart ins Gesicht, dass sie in die nächste Frau hineinkrachte und diese in die nächste. Ich dachte schon, die ganze Reihe von Zebras würde fallen wie Dominosteine. Rose landete auf dem staubigen Boden. Dunkle Regentropfen sprenkelten ihre Kleidung. Da Carla immer noch dastand, traute sich keiner, ihr aufzuhelfen. Ich ging einen Schritt auf sie zu. Rose schüttelte den Kopf.

»Wie rührend.« Carla spuckte die Worte förmlich aus. »Du willst für eine Freundin lügen?« Sie holte mit dem Stiefel in Roses Richtung aus. Das war zu viel für mich.

»Lassen Sie sie! Sie hat nichts getan! Ich bin diejenige mit dem Band.«

Carla schaute mir in die Augen und trat Rose in den Bauch. Dann nahm sie ihre gebogene Reitgerte zur Hand. Unwillkürlich zuckte ich zusammen. Wegen all der Häftlinge um sie herum konnte Carla nicht richtig ausholen. Also schlug sie mich mit dem Griff und ihren Fäusten, und als ich auf dem Boden lag, trat sie mich mit ihren Stiefeln. Immer wenn Rose mir helfen wollte, wurde sie ebenfalls getreten.

Ich zog die Knie zur Brust und hielt mir die Hände über den Kopf, um mich so klein wie möglich zu machen. *Ich bin's, Ella!*, wollte ich schreien. *Das Mädchen, mit dem du seit Wochen plauderst. Das Mädchen, mit dem du Kuchen gegessen hast. Das Mädchen, das deine wunderschönen Kleider näht ...*

Der Regen wurde stärker und vermischte sich mit Blut. Aus Staub wurde Schlamm.

Kurze Pause. Jemand atmete schwer.

Als ich es wagte, zu Carla aufzublicken, sah ich, dass ihr Gesicht sich zusammengezogen hatte wie ein Stück Papier, kurz bevor es Feuer fängt. Ihre Augen waren zu zwei kleinen Glasperlen geworden. Wasser lief ihr über die Wangen wie eine Parodie von Tränen.

»Du verkommenes kleines Miststück!«, rief sie, während ihr der Speichel aus dem Mund flog. »Du Wurm, du Abschaum, du Dreck unter meinen Stiefeln!«

Die Schmerzen drehten mir den Magen um, und ich versuchte, in diesem Wald aus Knochen und gestreiften Kitteln näher an Rose heranzurücken. Sie streckte mir ihre Hand entgegen. Ich tat das Gleiche.

Carla schrie: »Hast du wirklich geglaubt, du könntest so hübsch sein wie ich? Dass ich mich dazu herablassen würde, dich zu mögen? Ich kann hier alle Kleider kriegen, die ich will. Dich brauche ich dazu nicht. Du bist ein Nichts! Ein Niemand! Nicht einmal ein Mensch! Du bist mir egal! Meinetwegen kannst du verrecken!«

Mit diesem letzten Wutausbruch hob sie ihren Stiefel und trat mit voller Wucht auf meine ausgestreckte Hand.

***

»Ella? Ella? Steh auf, Ella!«

Meine Oma schüttelte mich. Ich hatte verschlafen und würde zu spät zur Schule kommen. Dabei stand heute die wichtigste Klassenarbeit des ganzen Schuljahrs an. Ich hatte mich kein bisschen vorbereitet und wusste nicht mal, wo sie stattfinden sollte. Und wie sollte ich den Raum überhaupt finden mit meinen geschwollenen Augen …

»Ella!«

Irgendjemand wollte, dass ich aufstand. Sie zogen mich auf die Beine – zwei Fremde, so dachte ich. Ich blinzelte. Sah Streifen. Roch Blut.

Wieder dieselbe Stimme: »Komm, Ella, du musst aufstehen. Geht's einigermaßen?«

Es würde schon gehen, wenn die Welt sich nicht immerzu im Kreis drehen würde.

»Mir geht's gut«, sagte ich mit Blut im Mund. »Und dir?«

»Mir auch«, flüsterte Rose. Dann – vermutlich weil es völlig irrwitzig war, unseren Zustand als »gut« zu bezeichnen – brach ein leises Lachen aus ihr heraus, das sie sofort erstickte. Ich lachte ein bisschen mit. Das Blut sprudelte in meiner Nase.

Als der Morgenappell endlich vorbei war, schleppten wir uns zur Werkstatt, taumelten mit dem Rest der Zebraherde durch den Sommerregen. Rose musste mich führen. Ich war immer noch halb blind und krümmte mich zusammen. Zwar war ich schon zuvor geschlagen worden in Birkenau, doch niemals so hart und dabei getreten worden wie dieses Mal – in meinem ganzen Leben noch nicht. Das Wissen um diese ungeheuerliche Tat war fast schlimmer als der physische Schmerz.

In der Werkstatt gingen wir sofort zum Waschbecken. Die Aufseherin kam näher, um zu sehen, was mit uns los war, wich jedoch angeekelt zurück, als sie unsere Verletzungen entdeckte. Gott sei Dank war Mina noch nicht da.

»Pass auf, dass nichts auf den Stoff tropft«, sagte Rose halb im Scherz. Auf dem Boden hatte ich bereits eine rote Spur hinterlassen.

Die anderen scharten sich sogleich um uns. »Was ist passiert? Wer war das? Bist du okay?«

Ich spuckte Blut ins Waschbecken und spülte es weg. »Mir geht's gut. Rose geht's gut. Dir geht's doch gut, Rose, oder?«

»Mach dir keine Sorgen um mich. Lass uns erst mal dich sauber machen.«

Birgit, die Igelin, gab Rose ein feuchtes Tuch. Damit tupfte sie mein Gesicht ab. Ich zitterte. Als ich Rose sanft wegschieben wollte, zuckte ein stechender Schmerz durch meine Hand. Die Hand, auf die Carla getreten hatte.

»Sieht gebrochen aus«, sagte Franka.

»Unsinn!«, widersprach Rose. »Die ist bloß verstaucht. Wird einen Bluterguss geben, nichts Ernstes.«

Ich zog die Hand an meine Brust und wimmerte wie ein verwundetes Tier.

»Tut mir leid, Ella, aber wir müssen sie waschen und verbinden.«

Rose machte das schnell. Sie war so tapfer, dass ich ebenfalls nicht weinen wollte. Da wir keinen Verband hatten, knotete ich mit meiner gesunden Hand das rote Band auf und gab es ihr. Nicht ein einziges Mal schimpfte sie mit mir, weil ich es gewagt hatte, das rote Band um den Hals zu tragen. Nicht ein einziges Mal sagte sie zu mir, dass die Schläge meine eigene Schuld seien, obwohl ich wusste, dass es so war. Sie steckte mir ein Stück Karton zwischen die Finger und band sie zusammen. Ich schwankte vor Schmerz.

Dann versteckten wir die rote Bandage unter einem alten Stück Baumwolle. Vielleicht keine perfekte Erste Hilfe, aber die beste, die in Birkenau möglich war. Trotz des schmerzhaften Pochens in meinen Fingern gefiel es mir, das rote Band zu spüren. Es gab immer noch Hoffnung, wenn auch unsichtbar.

»Mina kann jeden Moment kommen. Sie darf Ella so nicht sehen«, sagte Sarah. »Ich wisst doch, was mit Rahel passiert ist.«

Alle nickten.

Alle wussten, was mit Rahel passiert war.

»Das war die Frau, die vor mir hier gearbeitet hat, stimmt's?«, fragte ich.

»Im Zuschneiden war sie großartig. Die Stoffe gehorchten ihrer Schere wie niemandem sonst. Da konnte ihr keine das Wasser reichen.«

»Was ist passiert?«

»Nur ein dummes Missgeschick. Sie hat sich in den Finger geschnitten. Die Wunde entzündete sich, dann bekam sie eine Blutvergiftung. Mina hätte ihr vielleicht Medizin besorgen können, aber sie meinte, das wäre es nicht wert. Rahel kam in den Krankenbau …«

Ein unheilvolles Gemurmel breitete sich aus. Der Krankenbau war für viele die letzte Etappe.

»Und Mina wollte sie nicht zurückhaben?«, fragte ich.

Franka zuckte die Schultern. »Mina hat eine gute Nachfolgerin gefunden.«

»Mich.«

»Ja dich. Der Krankenbau war brechend voll, also haben sie Platz geschaffen für neue Patienten. Das war Rahels Ende.« Franka bewegte ihre Finger hin und her, um fallende Asche darzustellen. »Also mach's, wie Sarah gesagt hat, und sieh zu, dass Mina deine verletzte Hand nicht sieht.«

Wie aufs Stichwort glitt Mina, der Hai, aus dem Ankleidezimmer und zwischen den Tischen hindurch.

»Was ist los, Ella? Warum arbeitest du nicht? Glaubst du etwa, nur weil der gnädigen Frau dein Kleid gefällt, kannst du jetzt Urlaub machen? Oh ... und wie soll ich dich mit so einem Gesicht in den Ankleideraum schicken? Was hast du da?«

»Nichts.«

»Du versteckst doch etwas vor mir.«

»Nur meine Hand.«

»Was ist mit deiner Hand?«

»Nichts Besonderes.«

»Zeig sie mir. Sofort! Du Idiotin, wie konntest du das zulassen?«

»Es ist nichts gebrochen, nur ein kleiner Bluterguss.«

»Ob gebrochen oder nicht, was sollst du mir jetzt noch nutzen? Du hast ja wohl nicht gedacht, dass du mit einer Hand nähen kannst.«

Mein Gesicht wurde noch heißer. »Für ein paar Tage wird es vielleicht schwierig sein ...«

»Ein paar Tage? Du kannst von Glück sagen, wenn du je wieder eine Nadel in die Hand nimmst.«

»Die Hand muss sich nur erholen«, schaltete Rose sich ein. »Ella kann uns immer noch anleiten und mit einer Hand Entwürfe zeichnen.«

Mina ließ nicht mit sich reden. »Das hier ist eine Schneiderei und kein Erholungsheim. Sie hat hier nichts mehr verloren. Und du auch nicht.«

Ich traute meinen Ohren nicht.

»Rose hat die Sonnenblume auf das Kleid der gnädigen Frau gestickt. Niemand stickt hier so gut wie sie.«

Mina zuckte die Schultern. »Es gibt Hunderte von Frauen in Birkenau, die so was hinkriegen. Und es gibt Hunderte von Frauen, die schneidern können. Jeden Tag werden neue Häftlinge eingeliefert. Ich habe genug Auswahl.«

»Aber die sind nicht so gut wie ich.«

»So gut wie du mit einer Hand?«

»Die Kundinnen lieben Ellas Arbeit!«, sagte Franka. »Die gnädige Frau war doch total begeistert von dem Kleid mit der Sonnenblume.«

Ich schwor mir, dass ich Franka nie vergessen würde, dass sie sich für mich einsetzte. Mit Extrazigaretten und -brot würde ich sie auch versorgen. Und mit Klopapier.

»Ella ist die Beste«, bestätigte Sarah zwischen zwei trockenen Hustern. Birgit nickte und schwieg wie immer.

»Außerdem«, ergänzte Franka, »sind wir hier doch wie eine Familie. Wir sollten zusammenhalten.«

Mina wollte davon nichts hören. »Unsere Familien sind

tot, und mit Nachgiebigkeit mache ich mir hier keine Freunde, das könnt ihr mir glauben. Und jetzt raus mit euch beiden! Oder soll ich euch rausprügeln lassen?«

Sie meinte es ernst. Sie wollte uns beide loswerden. Ich versuchte, meinen Kopf zu schütteln wegen dieser Ungerechtigkeit, doch es schmerzte zu sehr. »Nach allem, was ich für dich getan habe ...«, platzte es aus mir heraus.

»Du sagst es! Das alles hast du für mich getan, denn deshalb bist du hier. Um zu tun, was ich sage. Und jetzt raus! Da vorn ist die Tür.«

Ihr Gesicht verriet nicht die kleinste Regung. In ihren Augen war nicht das mindeste Bedauern zu erkennen. Sie warf Rose und mich den Wölfen zum Fraß vor. Ohne den geschützten Raum der Näherei waren wir genauso hilflos wie die anderen Zebras der Herde, waren den Aufsehern, den Launen des Wetters und den unbarmherzigen Arbeitsbedingungen ausgeliefert. Angesichts der jämmerlichen Essensrationen war es schwer genug, in einer Näherei zu arbeiten. Harte Arbeit würde uns langsam umbringen, wenn die Aufseher es nicht vorher taten.

Was würde Mina tun?

Eine unnötige Frage. Sie hatte es gerade getan.

Wir waren aussortiert worden.

Unter Schmerzen schleppten wir uns über die Schwelle der Werkstatt. Ich zuckte zusammen, als die Tür hinter uns ins Schloss fiel. Die Luft draußen war feucht und mit Staubpartikeln durchsetzt. Eine Gruppe von Arbeitern trug ein paar Holzplanken auf ihren Schultern an uns vorbei. Hinter ihnen schoben ein paar weitere Zebras im Eiltempo Schubkarren, die mit Zement gefüllt waren. Alle ließen die Köpfe hängen und starrten zu Boden. Schreiende Aufseher trieben sie an: »Schneller! Schneller!«

»Was sollen wir machen?«, flüsterte Rose. »Wenn wir nicht arbeiten … du weißt schon.« Sie warf einen Blick zu den Schornsteinen, die über dem Lager aufragten. In den Nächten während dieses geschäftigen Sommers leckten rote Flammen an den Sternen.

Ich versuchte, mich aufzurichten. Doch schon diese einfache Bewegung tat höllisch weh.

»Vielleicht sollten wir dich zum Krankenbau bringen«, sagte Rose besorgt.

»Auf keinen Fall! Hast du nicht gehört, was Sarah erzählt hat? Dort werden Leute nicht geheilt. Der Krankenbau ist nur ein Wartezimmer … dort wartet man aufs Ende.«

Ich schaute kein einziges Mal zu den Schornsteinen. Und ich versuchte, auch nicht daran zu denken, dass ich niemals die Stelle in der Schneiderei bekommen hätte, wäre Rahel nicht in den Krankenbau eingeliefert worden.

Ich holte tief Luft. Das Blut, das mir die Kehle hinunterlief, schmeckte nach Eisen. Meine Hand brannte wie Feuer.

»Weißt du, was, Rose? Meine Oma meint immer: *Wenn die Sonne nicht scheint, dann mach was aus dem Regen.*«

»Es regnet ja auch«, sagte Rose und wischte sich die Tropfen aus dem Gesicht.

»Das ist wie in deinen Geschichten, wenn die Hauptpersonen plötzlich vor schier unlösbaren Problemen stehen und alles verloren scheint. Am Ende schaffen sie es aber doch.«

»Wenn wir Figuren in einer Geschichte wären, würde ich jetzt pfeifen, und ein Adler käme geflogen, der uns direkt in die Stadt der Lichter bringen würde. Natürlich landen wir in einem erfrischenden Springbrunnen, ehe uns eine Luxuslimousine zur nächsten Konditorei fährt.«

Ich hörte Hundegebell. »Dein Adler scheint sich zu verspäten. Ich schlage vor, wir laufen zur nächsten Baracke und verstecken uns dort bis zum Abendappell. Danach müssen wir Gerda dazu bringen, uns irgendeinen neuen Job zu besorgen.«

»Am besten einen, bei dem wir Carla nicht wiedersehen«, schlug Rose vor.

»Es sei denn, wir haben eine große schwere Bratpfanne zur Hand«, entgegnete ich grimmig.

Ich musste daran denken, wie meine Großmutter mal mitten in der Nacht aufgestanden war, überzeugt davon, dass Einbrecher im Haus waren. Sie hatte eine Bratpfanne in einer, einen alten Hockeyschläger in der anderen Hand gehabt. Echt Furcht einflößend. Sie war fast ein wenig enttäuscht, als sie feststellte, dass eine streunende Katze durch ein offenes Fenster ins Haus gelangt war.

Rose lächelte, als könnte sie meine Gedanken lesen. »Ich hab dir ja noch gar nicht erzählt, an welches Tier du mich erinnerst.«

»Nur zu«, sagte ich misstrauisch.

»Ganz einfach. Du bist ein Fuchs.«

»Ein Fuchs?«

»Warum nicht? Ein Fuchs ist ein Überlebenskünstler, der seiner kleinen Familie treu und sehr anpassungsfähig ist. Füchse haben scharfe Zähne, um anzugreifen und sich zu verteidigen, aber sie haben auch ein warmes, weiches Fell, das zum Kuscheln einlädt. Bauern hassen sie, aber man kann nicht alles haben.«

Eigentlich hörte sich das gar nicht so schlecht an. Ich nahm Roses Hand mit meiner unverletzten und so standen wir da wie ein altmodisches Paar.

»Sollen wir, meine Liebe?«

Sie nickte. »Aber natürlich, mein Herz.«

Hand in Hand stapften wir durch den Morast, um gemeinsam zu überleben.

GRAU

Rose und ich standen vor einer riesigen Foltermaschine. Eine Maschine mit Kurbeln, Zahnrädern aus Metall und Walzen aus Holz. Sprachlos starrten wir sie an. Dampf erfüllte die Luft. Hinter uns schnaufte unsere neue Chefin. Sie ragte über uns auf wie ein großer Braunbär, der sich auf die Hinterbeine gestellt hatte und überlegte, ob er uns zu Boden stoßen und fressen oder davontrotten und uns am Leben lassen sollte. Sie warf ihren Kopf in Richtung Maschine.

»Arbeiten!«

Es war das erste Mal, dass wir sie sprechen hörten. Ihre Augen waren schmal, stumpfe Murmeln ohne das geringste Zeichen von Intelligenz.

Rose krempelte ihre Ärmel hoch und enthüllte Oberarme, die so dünn waren wie Bienenstiche. Sie legte die Hände an die große Kurbel an der Seite der Maschine. Bärin knurrte. So gut ich es mit nur einer gesunden Hand konnte, nahm ich ein gefaltetes Bettlaken und führte es an einem Ende zwischen die Rollen. Rose mobilisierte an der Kurbel sämtliche Kräfte, aber die Rollen bewegten sich kaum. Der Griff zitterte. Rose taumelte. Die Maschine verschlang das Laken und riss mich mit sich. Im letzten Moment ließ ich das Laken los, ehe die Maschine auch mich zwischen die Rollen gezogen hätte. Sie wurde nicht umsonst als Mangel bezeichnet. Eine zerquetschte Hand reichte mir voll und ganz, schönen Dank auch.

Bärin fauchte. Das Laken steckte in der Mangel fest und war noch knittriger als zuvor.

»Wir kriegen das hin«, versicherte ich und wischte mir

den Schweiß vom Gesicht. »Wir brauchen nur ein bisschen Übung. Haben ja noch nie an so einer Maschine gearbeitet.«

»Noch nie eine Mangel gesehen, hä?«, schrie ein Zebra, das Bärin folgte wie ein Schatten. Diese Gefangene zuckte zu viel und lachte wie eine Hyäne. Das trieb mich jetzt schon in den Wahnsinn. »Ihr habt keinen Schimmer! Das ist nichts für so feine Damen, hahaha!«

Rose drehte sich um und hob eine Augenbraue. Hyänes Lachen erstarb.

Bärin schaute von mir zur Mangel, dann zu Rose. Sie schüttelte den Kopf. »Raus hier!«

»Nein, nein«, sagte ich rasch. »Wir lernen wirklich schnell. Zeigen Sie uns einfach, wie das funktioniert.«

»Raus!«

Hyäne kicherte.

Tag eins in der Wäscherei und wir waren schon gescheitert.

»Meine Oma sagt immer: *Wenn du einen Job loswerden willst, dann mach ihn schlecht*«, flüsterte ich Rose zu. Ihr Gesicht sah bleich und trostlos aus. »Darum hat uns mein Opa auch nie wieder um Hilfe gebeten, wenn die Rohre verstopft waren oder die Dachrinne von Blättern befreit werden musste. Das hat er nur ein einziges Mal getan.«

Rose lächelte. »Und wir mussten nicht mal so tun, als würden wir was verpfuschen.«

Sie nannten es Wäscherei. Natürlich war es keine Wäscherei für Zebras, sondern für die schmutzigen Klamotten der Aufseher und Offiziere. Es war ein gedrungener grauer Komplex mit Steinboden, überlaufenden Abflüssen und einem gepflasterten Hof in der Mitte. Und nicht eine einzige Waschmaschine. Warum Strom vergeuden, wenn genug Zebras da waren, um die harte Arbeit von Hand zu erledigen?

Etwa dreißig Frauen schlugen graue Hemden auf Waschbretter, wirbelten grüngraue Hosen durch Bottiche und reinigten graue Unterhosen unter fließenden Wasserhähnen.

»Na los, schrubbt das Zeug!«, rief Hyäne.

Bärin stieß uns einer Tür entgegen. Hyäne trottete hinter uns her.

Ich unternahm einen weiteren Versuch, einen Job innerhalb des Gebäudes zu ergattern. »Wir haben gehört, dass hier auch Kleider geflickt werden und es eine Tages- und eine Nachtschicht gibt. Wir sind beide professionelle Schneiderinnen und könnten das perfekt erledigen. Ich habe für Madame H. persönlich gearbeitet.«

Bärin griff in einen riesigen Korb, zog etwas heraus und warf es mir ins Gesicht. Es war eine nasse Unterhose. Hyäne gackerte. Ich packte die Unterhose und riss sie aus meinem Gesicht. Um ein Haar hätte ich sie zurückgeworfen.

»Sollen wir die Wäsche aufhängen?«, fragte Rose schnell. »Ist so ein herrlich frischer Tag heute, finden Sie nicht? Wir brauchen nur Wäscheklammern ... und wenn Sie so liebenswürdig wären, uns zu zeigen, wo die Wäscheleinen sind, wäre das ganz wunderbar.«

Roses vornehmer Akzent und ihre Höflichkeit schienen Bärin zu verwirren. Sie trat den Korb um und schnaubte in Hyänes Richtung, die sagte: »Ich zeig euch den Trockenplatz. Der heißt Trockenplatz, auch wenn's regnet, haha. Und hier sind Klammern, viele Klammern, so macht man das!« Mit diesen Worten klemmte sie sich zwei an die Ohrläppchen, eine an die Nase und lachte erneut.

Ich wusste nicht, ob ich lachen oder weinen sollte. War es so verrückt, an einem Ort wie Birkenau den Verstand zu verlieren?

Am Anfang fiel uns die Arbeit gar nicht mal schwer. Die größten Wäschekörbe hatten Räder. Wir mussten sie zum Trockenplatz schieben, alles aufhängen und abwarten – was schier unerträglich langweilig war –, während die Wäsche trocknete. Ich war schrecklich ungeschickt, weil ich die Finger meiner verletzten Hand nicht benutzen konnte. Rose musste mir helfen, dabei war sie kaum groß genug, um die Wäscheleinen zu erreichen. Immer wieder fielen uns Stücke in den Dreck. Wir schüttelten sie einigermaßen sauber und machten weiter.

Unsere Arme schmerzten und unsere Blutergüsse pochten immer noch, aber das war nicht so wichtig. Dank einer extrem hohen Summe von Schmiergeld, die wir Gerda zahlten, hatten wir sofort eine neue Arbeit gefunden, nachdem Mina uns rausgeschmissen hatte. In der Wäscherei zu arbeiten, galt nach Birkenau-Standards als geradezu angenehm – wenn auch kein Vergleich zum Warenhaus, den Küchen oder der Näherei.

Wir waren am Leben und die Sonne schien. Mehr konnten wir uns derzeit nicht wünschen.

***

Durch die flatternde Wäsche und den Stacheldraht hindurch erkannten wir Bauern, die als freie Menschen ihre Felder ernteten. Der Sommer war fast vorbei. Ich blickte über die gemähten Felder hinweg und entdeckte ein paar kleine Rauchwolken. »Dahinten ist ein Zug. Es kommen gar nicht mehr so viele, oder?«

Rose betrachtete die Rauchwolken. »Ich sehe einen Drachen, eine Fee, einen Kelch … und wenn du die Augen etwas zusammenkneifst, eine Krone.«

»Oder eine Fleischpastete.«

»Mmmh … oh ja!«, sagte Rose mit einem Seufzen.

Vom Trockenplatz aus konnten wir sogar die fernen Schornsteine der Wohnhäuser und Geschäfte des Ortes erkennen. Die Welt da draußen existierte noch immer! Dass meine Großeltern viele Kilometer von hier entfernt vielleicht an mich dachten, war ein tröstlicher Gedanke.

Statt mir darüber den Kopf zu zerbrechen, ob die Nähmaschine Betty in der Maßschneiderei von Birkenau gelandet war, stellte ich mir gern vor, dass meine Großeltern gemeinsam am Küchentisch saßen und etwas aßen. Auf den Küchenstühlen lagen Kissen, die jedes Mal, wenn sich jemand daraufsetzte, verdächtige Geräusche verursachten.

Und mein Großvater verzichtete nie darauf, dazu ein unschuldiges Gesicht zu machen, das sagte: *Ich war's nicht!* Am Nachmittag gab es Tee, dicke Brotscheiben mit Honig, gekochte Eier und kleine würzige Lammwürstchen. Danach Kuchen.

Ich konnte mich nie entscheiden, welchen Kuchen ich zuerst essen wollte, wenn der Krieg einmal vorbei und ich wieder zu Hause war. Ich hoffte definitiv, dass direkt neben meiner Modeboutique in der Stadt der Lichter eine Konditorei sein würde. Rose war sich da ganz sicher und sagte bereits endlose Reihen von Törtchen mit Zuckerguss voraus. Obwohl ich wusste, dass sie sich das alles nur ausdachte, klang sie sehr überzeugend. Ich hätte mir nur gewünscht, von dem Kuchen in meiner Fantasie genauso satt zu werden wie von echtem Kuchen.

Der Anblick, der sich uns am Trockenplatz bot, löste in mir eine unbeschreibliche Sehnsucht nach Freiheit aus. Mehr als bei Rose, die sagte, im seltsamen Land ihrer erdachten Geschichten sei sie immer frei. Stundenlang erzählte sie mir unglaubliche Geschichten von ihrem Leben als Fürstin in einem Palast, von ihrer Mutter, die Bücher schrieb, wenn sie nicht mit Herzögen tanzte, und von ihrem Vater, der sich im Morgengrauen duellierte. Alles klang so glaubwürdig, obwohl es doch ausgedacht sein musste.

Aber die erstaunlichste Geschichte, die ich in diesen letzten Sommertagen hörte, handelte von Mina. Und so unglaublich sie sich auch anhörte, sie entsprach der Wahrheit.

Die Frauen in der Wäscherei hatten keinen Sinn für Roses Geschichten. Bevor sie nach Birkenau gekommen waren, hatten sie harte Jobs in industriellen Wäschereien, Fabriken und Schiffswerften gehabt – das war die Welt, der auch Gerda entstammte. Diese Frauen kannten Schimpfwörter, die ich nicht mal buchstabieren, geschweige denn in beschreibende Sätze über die menschliche Anatomie einfügen konnte.

»Für eine Autorin sind das unschätzbare Quellen«, sagte Rose. »Ich wünschte, ich hätte Papier und einen Stift, um mir einiges davon aufzuschreiben.«

Wer in Birkenau mit Schreibutensilien entdeckt wurde, der war zum Tode verurteilt, das stand fest.

Die Frauen in der Wäscherei machten sich nichts aus Geschichten über Monster, Heldinnen, verborgene Schätze und Magie. Sie mochten Klatsch und Tratsch, je schockierender und skandalöser, desto besser. Wir hörten von nun an, wer ineinander verliebt, wer gut befreundet oder verfeindet war. Wer von den Aufseherinnen befördert wurde und wer schwanger war. Ich fand das alles schrecklich. Bis eines Tages Minas Name auftauchte.

Der weckte natürlich mein Interesse.

»Ihr meint die Mina aus der Schneiderei?«, fragte ich. »Mit der messerscharfen Nase, an der man seine Nägel feilen könnte?«

Das größte Klatschmaul von allen, ein ausgedörrtes Mädchen, das ich im Stillen Kratzbürste nannte, starrte mich erstaunt an, weil ich mich zu Wort meldete. Ich starrte zurück. Seit ich in der Wäscherei arbeitete, hatte ich mir von Mina diesen unerschrockenen Blick abgeschaut. Kratzbürste war eine geschmeidige, durchtriebene Giftspritze. Eigentlich hätte ihr längst mal jemand eine Ohrfeige verpassen sollen, doch wenn ich es versuchen würde, würde meine Hand wohl einfach an ihr abprallen.

»Kann schon sein«, antwortete sie. »Was geht dich das an?«

»Ich hab für sie gearbeitet, deshalb. Ich hab die besten Entwürfe für Mina gemacht.«

»Sieht man dir nicht an!«

»Ach wirklich? Dabei hab ich heute meine besten Sachen angezogen und war extra noch im Schönheitssalon.«

Obwohl sie kein bisschen anders aussah als ich, musterte Kratzbürste höhnisch meinen gestreiften Häftlingskittel und meine Stoppelhaare.

»Hab gehört, dass du Kleider für Madame H. gemacht hast. Dann hast du eine schöne Abreibung gekriegt …«

»Mina hat uns wegen einer Kleinigkeit rausgeschmissen, deshalb sind wir jetzt hier.«

»Sie hat an sich selbst gedacht … wollte der Kapo bleiben«, erklärte Kratzbürste und zog die Nase hoch.

»Sie hat alle benutzt, um selber im guten Licht dastehen zu können. Sie denkt immer nur an sich.«

»Ja, davon kann ihre Schwester ein Lied singen.«

»Ihre Schwester?«

Kratzbürste grinste zufrieden, weil sie wieder mal ein Gerücht in Umlauf gebracht hatte. »Ihre Schwester Lilli. Ein paar Jahre älter als Mina. Lehrerin, verheiratet, zwei kleine Kinder. Ein weiteres Baby ist unterwegs. Angeblich stand Lilli auf der Liste, um in irgendein Arbeitslager zu kommen. Wir wissen ja alle, was das bedeutet.«

»Zu schuften, bis man umfällt, oder eine Fahrkarte zur Hölle!«, sagte Hyäne und stieß ein Lachen aus.

»Genau«, pflichtete Kratzbürste ihr bei. »Mina hat also zu Lilli gesagt: *Du darfst deine Kinder nicht alleinlassen, ich gehe für dich.* Hat ihren Job in einem Modeladen aufgegeben, soweit ich gehört habe. Hat hier hart gearbeitet und sich einen gewissen Status geschaffen. Kann man ihr nicht vorwerfen. Ich hab die Geschichte von einer Cousine, die ein Mädchen kennt, das im Warenhaus für Frau Schmidt gearbeitet hat. Ist also alles aus erster Hand.«

Mina hatte freiwillig die Stelle ihrer Schwester eingenommen? Hatte ihre Karriere und ihre Freiheit geopfert, um nach Birkenau transportiert zu werden? Das verlieh der Frage *Was würde Mina tun?* eine ganz neue Dimension.

Über diese Dinge dachte ich eine Ewigkeit nach. Die Leute waren nicht so simpel, wie es den Anschein hatte. Bestanden nicht nur aus einer einzigen Eigenschaft – wie pure Wolle oder Seide. Sie bestanden vielmehr aus einem gemischten Gewebe, das sich aus vielen Stoffen und komplizierten Mustern zusammensetzte. Dennoch verstand ich nicht, dass ein Hai wie Mina so selbstlos sein konnte. Oder dass Carlas freundschaftliches Verhalten von einem auf den anderen Moment in grenzenlose Brutalität umgeschlagen war.

»Ich begreife immer noch nicht, wie Carla mir das antun konnte«, klagte ich Rose gegenüber, zog das rote Band aus dem Täschchen und ließ es durch meine steifen Finger gleiten.

»Sie stand natürlich unter dem bösen Zauber eines mächtigen Hexenmeisters, der in einem Adlerhorst wohnt, weit von hier entfernt ...«

Und so begann die nächste Geschichte.

Ich hingegen dachte, dass es jede Menge mögliche Antworten gab – weil sie sich langweilte, weil sie gewalttätig und neidisch war. Weil sie es konnte. Keine dieser Antworten (oder alle) ergaben einen Sinn.

Ungefähr eine Woche, nachdem wir in der Wäscherei begonnen hatten, tauchte Carla plötzlich auf. Ich versteckte mich hinter einer Reihe trocknender Hemden und beobachtete, wie sie sich an der Mauer, vom Wind geschützt, eine Zigarette anzündete. Ich hatte eine panische Angst, sie könnte mich entdecken und meiner Sammlung von blauen Flecken weitere hinzufügen. Doch sie blickte kein einziges Mal in meine Richtung.

Am liebsten hätte ich die Flucht ergriffen und mich verkrochen, wäre wie eine Füchsin in meinem Bau verschwunden, doch ich war nicht in der Lage, mich zu bewegen.

Carla nahm ein paar tiefe Züge, ehe sie die Zigarette an der Mauer ausdrückte. Dann ließ sie den Stummel auf die Erde fallen und stapfte davon. Ich wartete, bis sie außer Sichtweite war, stieß die Wäsche zur Seite und hob die Kippe auf. Was für ein Reichtum!

Am nächsten Tag war Carla wieder da. Diesmal mit

einer Freundin – zwei Aufseherinnen, die miteinander rauchten und quatschten wie ganz normale Freundinnen während der Zigarettenpause. Erneut ließ Carla ihre Kippe auf die Erde fallen und erneut hatte sie kaum daran gezogen. Was für ein Spiel spielte sie hier? Es konnte doch kein Zufall sein, dass sie so wertvollen Abfall an meinem neuen Arbeitsplatz zurückließ. War das ihre Art der Wiedergutmachung, weil sie meine Hand ruiniert und mir damit die Chance geraubt hatte, weiterhin schöne Kleider für sie zu schneidern? Wollte sie damit das wiederherstellen, was sie unter einer Freundschaft verstand? Oder ging sie davon aus, dass meine Hand bald geheilt war und ich wieder in die Schneiderei zurückkehrte, um ihr dort zur Verfügung zu stehen?

Nach mehreren Tagen hatte ich einen beträchtlichen Tabakvorrat. Ich versteckte die Zigaretten in meinem geheimen Täschchen und wartete darauf, sie irgendwann eintauschen zu können.

Eigentlich wollte ich Rose davon erzählen.

»Rat mal, was vorhin passiert ist«, begann ich nach Carlas erstem Besuch.

»Pst«, machte sie. »Ich bin gerade am Ende eines Kapitels.«

Wir standen vor einer Leine mit frisch aufgehängter Wäsche, kein Buch weit und breit. Ich wartete. Schließlich stieß Rose einen leisen Seufzer aus und zwinkerte.

»War am Anfang gar nicht so einfach«, erklärte sie, »sich an alles zu erinnern.«

»Woran denn?«

»An ein Bilderbuch, das meine Mama mir immer abends im Bett vorgelesen hat, als ich klein war.«

»Du Glückliche«, sagte ich neidisch. »Mein Abendvergnügen bestand darin, dass ich meine Großeltern lachen hörte, während sie im Nebenzimmer irgendeiner Radiosendung lauschten.«

Rose legte ihren Arm um mich. »Du hast recht, ich hab Glück gehabt. Meistens ist einem gar nicht klar, was man alles als selbstverständlich betrachtet. Als sie meine Eltern verhaftet haben, hat meine Mutter gesagt, dass sie mich nach dem Krieg auf jeden Fall finden würden. Das werden sie doch, meinst du nicht?«

Es fiel mir auf, dass Rose weniger selbstgewiss klang als sonst. »Natürlich werden sie das. Außerdem dürfen wir die Hoffnung nicht aufgeben – erinnerst du dich? Dafür steht doch auch das rote Band.« Aus meinem Mund klang es nicht halb so überzeugend, wie es aus ihrem geklungen hatte.

»Ich wünschte, du würdest es weiter als Bandage benutzen«, sagte sie.

»Meine Hand muss auch ohne funktionieren«, entgegnete ich schroff. »Ich kann hier ja nicht mit einer Schlinge darum auf der faulen Haut liegen.«

»Du solltest sie langsam heilen lassen, dann wird sie sich auch ganz erholen und du wirst wieder nähen können.«

Daran zweifelte ich. Angesichts meiner immer noch geschwollenen und steifen Finger fürchtete ich, dass meine Nähtage gezählt waren.

Rose fand einen neuen Freund. Und die Art, wie es geschah, war genauso irreal wie die Tatsache, dass ich mit Carla Geburtstag gefeiert hatte. Er war Gärtner. Die Idee eines Gartens hier im Lager wirkte zunächst wie ein Hirngespinst. Hätte Rose mir erzählt, sie hätte sich mit einem Drachen angefreundet, wäre ich nicht weniger erstaunt gewesen. Und doch, nicht weit vom Trockenplatz entfernt, befand sich ein Stückchen bepflanzter Erde, das als Garten bezeichnet wurde.

Bestellt und gewässert wurde der Garten von einem uralten Zebra, das mindestens fünfzig Jahre alt sein musste. Ich sah eine Schildkröte in ihm – langsam, träge und faltig, wie er war. Seine O-Beine waren so ausgeprägt, dass man einen Wäschekorb hätte hindurchschieben können. Und sein Rücken war so gebeugt, dass ich den Korb hätte darauf abstellen können.

Das graue Wrack fand Gefallen an Rose, als sie das tapfere Gemüse bewunderte, das in der aschehaltigen Luft von Birkenau gedieh. Offenbar hatten die Aufseher den Wunsch geäußert, frisches Obst und Gemüse zu essen. Vermutlich um ihrem enormen Kuchen- und Weinkonsum etwas Gesundes entgegenzusetzen.

Schildkrötes ganzer Stolz war ein kümmerlicher Rosenstrauch. Rose wurde die Ehre zuteil, an ihn heranzutreten und an den winzigen blassrosa Blüten zu schnuppern. Außer ihren Komplimenten und seinem Keuchen wechselten sie kein Wort miteinander. Wenn sie erschien, führte er zwei Finger an seine gestreifte Kappe, als wäre sie tatsächlich eine Fürstin und er ihr Bediensteter.

Rose erinnerte sich: »Unser Chefgärtner konkurrierte mit den Gärtnern der anderen Anwesen darum, wessen Erbsenschoten zuerst reif waren. Du hättest mal die Heizkostenrechnung sehen sollen, weil alle Gewächshäuser im Garten beheizt wurden.«

Ich achtete nicht auf ihre Fantasien, sondern starrte auf das Gemüse und wünschte, ich hätte das ganze Beet verschlingen können.

Während vertrocknetes Herbstlaub zwischen den Baracken tanzte, hauchte der Sommer sein Leben aus. Von schönen Herbstfarben keine Spur. Der klare Himmel verwandelte sich in kaltes, endloses Grau. Grauer Himmel, graue Stimmung, graue Wäsche. Dann kam der Regen – graue Fluten überschwemmten uns Tag für Tag. Als es zum ersten Mal während unserer Arbeitszeit regnete, liefen wir zu den Leinen, um die Wäsche reinzuholen. Eine Aufseherin schwenkte ihre Arme und rief: »Ihr Schwachköpfe, lasst die Wäsche draußen zum Trocknen!«

»Aber der Regen?«

»Ihr denkt, ihr könnt das Wetter ändern, weil ihr am liebsten den ganzen Tag in der Sonne liegen würdet?«, schrie sie.

»Wäsche im Regen trocknen zu lassen, ist doch Blödsinn«, flüsterte ich Rose zu.

»Wenn wir doch nur kleine Mäuse mit Regenschirmen neben den Leinen hätten«, sagte sie sehnsüchtig.

Ich wollte weder etwas gegen Roses Märchenlogik einwenden noch mich mit der Aufseherin anlegen, also hängten wir die bereits abgehängte Wäsche zurück und ließen sie nass werden. Jetzt, da es kälter geworden war, mussten wir auch die dicke wollene Unterwäsche der Aufseher aufhängen, die im nassen Zustand besonders schwer war. Die Wollhemden und langen Unterhosen wurden alle grau in der Wäsche. Ich vermisste den Luxus eigener Unterwäsche fast so sehr wie das Gefühl eines vollen Magens, da wir die tägliche Demütigung ertragen mussten, ganz ohne etwas unter unserer Zebrakleidung herumzulaufen.

Wir drückten uns an die Mauer, um ein wenig Schutz vor dem Regen zu haben. Eine weitere Aufseherin schrie uns an, wir sollten hier nicht rumlungern. Also stellten wir uns im strömenden Regen auf den Trockenplatz und lutschten an unseren Fingern, um sie warm zu halten.

»Jedenfalls werden wir mal richtig sauber«, sagte Rose mit klappernden Zähnen. Sie war genauso grau wie die Wäsche, mit kleinen rosa Flecken auf den Wangen.

Als Hyäne nach draußen kam, um uns reinzurufen, war die Wäsche nasser als je zuvor, und wir zitterten am ganzen Körper. Ich schlang meine Arme um Rose und zog sie an mich, um sie zu wärmen.

Sie schmiegte sich an mich. »Ich kann deinen Herzschlag hören«, sagte sie.

Rose kannte einen Trick, um mich aufzuheitern. Sie brachte mich dazu, mir schöne Kleider vorzustellen.

Eines Morgens, nachdem sie sich von einem plötzlichen Hustenanfall erholt hatte, bat sie mich: »Erzähl mir, welche Kleidung zu diesem Ort hier passt.«

»Wie meinst du das? Welche Kleider wir tragen könnten, während wir der Wäsche beim Trocknen zusehen?«

»Nein, ich meine, welche Kleidung von der Landschaft oder deinen Gefühlen inspiriert wird.«

Schon wieder so eine seltsame Idee, genau wie der Märchenblödsinn, den sie sich ständig überlegte. Dennoch brachte sie mich zum Nachdenken. Ich zog das rote Band hervor und wand es um die Finger meiner gesunden Hand. In meinem Kopf nahm ein Kleid Gestalt an. Ich skizzierte es mit meinen Worten.

»Das müsste ein ... wart mal kurz ... ein feines graues Kleid sein, ein Wolle-Seide-Gemisch mit einem weiten Rollkragen und so lang, dass es bis zu den Füßen reicht. Lange Ärmel mit herabhängenden Spitzen. Metallplättchen im Bund, damit es richtig fällt. Über der Brust ein mit kleinen silbernen Perlen bestickter Schleier und Straußenfedern an den Schultern.«

Rose war entzückt. »Oh, Ella, ich sehe das Kleid genau vor mir. Wenn du deinen Laden hast, kannst du es sofort herstellen lassen. Sobald wir die Herbst- und Winterkollektion draußen haben, werden die Kundinnen ausflippen vor Begeisterung. Die feinen Herrschaften werden uns die Bude einrennen, und einige werden wir wieder wegschicken müssen: ›Tut uns so leid, Frau von und zu Soundso, aber die Seidenkleider sind schon ausverkauft.‹«

Sie machte einen Knicks in ihrem gestreiften Kittel und den unmöglichen Schuhen. Ich musste lachen.

Dann blickte ich hinaus in den Regen, der auch jenseits des Stacheldrahts fiel. »Glaubst du, dass der Krieg jemals aufhören wird? Und dass wir wirklich ein Geschäft haben werden?«

Rose drückte einen sanften Kuss auf das rote Band. »Gib die Hoffnung nicht auf, Ella … und lass dich von den schönen Dingen des Lebens überraschen.«

Es dauerte nur eine halbe Stunde, bis ich tatsächlich von etwas Schönem überrascht wurde.

Ich drückte einen Wäschekorb gegen das knochige Etwas, das bei anderen eine Hüfte ist, und wollte ihn in den Mangelraum tragen. Als ich ihn an der Mauer zum Waschsalon entlangschleppte, fiel plötzlich ein riesiges Würstchen vom Himmel und landete direkt auf den feuchten Hemden.

Ich blickte mich um. Niemand zu sehen. Über mir schloss sich ein Fenster. Ich schaute nach oben. Hatte ich da oben eine Gestalt gesehen? War das Würstchen zufällig aus dem Fenster geflogen oder hatte es mir jemand absichtlich zugeworfen? Wie auch immer, ich würde es behalten. Schnell verbarg ich es unter der Wäsche und beeilte mich, um Rose einzuholen, die schon vorausgelaufen war.

Sie lachte, als ich ihr erzählte, was passiert war.

»Ein Würstchen fiel vom Himmel und landete genau im Wäschekorb? Klingt wie eine erfundene Geschichte.«

»Du hättest sie erfinden können«, gab ich zurück. »Und wenn die hier wirklich von dir ist, könntest du dann bitte noch ein Brathähnchen hinterherschicken?«

Was hier in Birkenau Suppe und Kaffee genannt wurde, war mehr als dürftig. Und mit Anbruch des Herbstes wurde alles noch schlimmer. Statt bräunlichem Wasser mit ein paar Kartoffelschalen gab es nur noch trübes Wasser mit ein paar undefinierbaren Stückchen drin. Im buchstäblichen Sinn eine Hungerdiät. Und im Takt mit der immer jämmerlicheren Verpflegung wurden die Aufseher zusehends nervöser und reizbarer. War das vielleicht ein Zeichen, dass der Krieg für sie eine schlechte Wendung nahm?

Die Hälfte des Würstchens futterten wir sofort auf und dank des Schildkrötengärtners hatten wir sogar eine Beilage. Zunächst traute ich meinen Augen nicht, als er uns über den Trockenplatz entgegenschlurfte. Er zog Rose am Ärmel, öffnete seine gekrümmten Hände und präsentierte uns drei farblose Pilze.

Rose beugte sich vor und nahm ihren Duft in sich auf. »Pilze! Ich hatte schon vergessen, dass es die gibt.«

Schildkröte schnaubte leise und streckte sie ihr entgegen.

»Für mich?« Aus Gewohnheit blickte sie sich um, ob es irgendwelche Zeugen gab. Niemand zu sehen. »Wirklich?«

Schildkröte tippte sich auf den Nasenflügel, zeigte ein zahnloses Lächeln und schlurfte davon.

Wir starrten die Pilze lange an, bis ich mich nicht länger beherrschen konnte.

»Komm schon, worauf warten wir noch?«

»Wie hättest du sie denn gern, meine Liebe«, fragte Rose, um mich ein bisschen zu quälen. »In Butter gebraten, mit Rahmsoße oder vielleicht als Beilage zu einem Wildgericht?«

»Roh reicht völlig aus. Ich weiß nämlich, was passiert, wenn wir sie in die Baracke mitnehmen und auf dem Ofen warm machen. Dann brichst du sie in winzige Stückchen und verteilst sie an alle.«

»Sind sowieso nicht genug für alle, aber findest du, dass wir sie mit den anderen teilen sollten?«

»Nein!«

Wir aßen sie roh und genossen auch noch den letzten Krümel. Wir fühlten uns wie Königinnen bei einem Festmahl.

Zwei Tage später entdeckte ich beim Abhängen der Wäsche zwischen den grauen Socken der Aufseher ein kleines Päckchen, das ebenfalls mit Wäscheklammern befestigt worden war. Wie eine Magierin brachte ich es sofort zum Verschwinden und beschloss, es später heimlich zu öffnen. Gott stehe mir bei, wenn ich durchsucht und das Päckchen entdeckt würde. Als ich den Inhalt sah, borgte ich mir einen der weniger schlimmen Kraftausdrücke der Waschweiber, um mein Erstaunen zum Ausdruck zu bringen.

Schokolade.

Um bei der Wahrheit zu bleiben, handelte es sich um graubraune Kriegsschokolade, doch war es trotzdem Schokolade.

Mit zitternden Fingern brach ich einen Riegel ab und legte ihn auf meine Zunge. Wenn man etwas so Leckeres für lange Zeit entbehren muss, ist der Genuss unbeschreiblich. Die Schokolade schmolz in meinem Mund, es war ein göttliches Gefühl.

Auch Birkenau schmolz dahin, und ich war wieder zu Hause ... zumindest auf dem Heimweg von der Schule.

Wir – eine Gruppe von Schulfreundinnen und ich – waren am Zeitschriftenladen stehen geblieben. Alle hatten es auf die Süßigkeiten abgesehen. Ich zählte mein Geld und musste mich zwischen Schokolade und einer Modezeitschrift entscheiden. Ich weiß noch, wie ich die Schokolade anstarrte und dachte, dass es niemand merken würde, wenn ich eine kleine Tafel in meinem Ärmel verschwinden ließ. Die nervöse Hamsterin hinter der Kasse würde davon bestimmt nichts mitbekommen.

War es Diebstahl, als ich die Schokolade von der Wäscheleine nahm? Kümmerte mich das überhaupt?

Was würde Rose tun?

Ich konnte mich auch gleich fragen, wer die Schokolade in tausend kleine Stückchen brechen und jedem anbieten würde, der ihr über den Weg lief. Das würde Rose tun.

Mit dem Schokoladenpapier fütterten wir Roses Schuhe, weil ihre halb erfrorenen Füße schon blaugrau verfärbt waren. Mit einem Teil der Schokolade erkaufte ich mir Gerdas Erlaubnis, dass Rose am Abend in der Nähe des Ofens sitzen durfte. Vielleicht hörte dann endlich ihr ständiges Zittern auf. Den Rest teilten wir unter uns auf und aßen ihn Stückchen für Stückchen.

Rose sagte, dass die Zahl Drei in Märchen von großer Bedeutung wäre. Ein Held müsse drei Aufgaben lösen, und drei Brüder müssten drei Abenteuer bestehen, solche Sachen. In meinem Fall gab es drei seltsame Geschenke, ehe die rätselhafte Person, von der sie stammten, sich zeigen wollte.

Das dritte Geschenk war nicht essbar. Es war eine Karte. Ich kannte solche bedruckten Karten, mit denen man jemandem zum Geburtstag gratulieren oder seine wahre Liebe versichern konnte, von den Geschäften in meinem Heimatort. Diese Karte hing auf der Wäscheleine zwischen zwei grauen Unterhosen und steckte in einem Umschlag, auf dem der Name »ELLA« stand. Darauf waren zwei Vögel zu sehen, die zwischen sich ein Herz mit den Schnäbeln hielten. Auf der Rückseite eine handgeschriebene Botschaft: »Halte morgen früh nach mir Ausschau.«

Wir redeten den ganzen Abend über die Karte. Seit Ewigkeiten war nicht mehr so etwas Aufregendes passiert. Hatte ich eine Freundin oder einen Freund? Einen Verehrer?

»Ein geheimnisvolles Wesen, das seine schützende Hand über dich hält«, sagte Rose, die schon wieder drauf und dran war, eine erfundene Geschichte daraus zu machen.

Der Morgen war grau und nieselig. Rose weckte mich mit einem Hustenanfall, dem eine heftige Niesattacke folgte. Der Morgenappell war schnell überstanden – er dauerte nur zwei Stunden, weil niemand aus den Latschen kippte, während noch gezählt wurde. Wir eilten zum Trockenplatz, und Rose lief gleich weiter, um Schildkröte einen kurzen Besuch abzustatten.

Ich schaute mich um, konnte aber niemanden entdecken.

Enttäuscht steckte ich meine Hände in die nassen Wäscheberge und machte mich an die Arbeit. Als ich gerade mit einem besonders widerspenstigen Schlafanzug kämpfte, spürte ich etwas Warmes hinter mir. Eine Hand legte sich auf meinen Mund. Eine Stimme flüsterte: »Sch…«
Als ich mich umdrehte, hatte sich der mysteriöse Besucher hinter der Wäsche versteckt. Doch ich erkannte ihn sofort. Es war Henryk, der zutrauliche Hund.

***

»Hab ich dich endlich gefunden!«, sagte er, während er mir von der anderen Seite der Leine Socken und lange Unterhosen zuwarf. Er war noch größer und breiter, als ich ihn in Erinnerung hatte, und von einer fast aufdringlichen Freundlichkeit.

»Was tust du hier?«, fragte ich. »Du hast meine Nähmaschine kaputt gemacht.«

»Ist das der ganze Dank, den ich kriege?«

»Ich war dabei, ein Kleid zu schneidern. Das war echte Handarbeit, weil du gekommen bist und alles kaputt gemacht hast, du Mistkerl!«

Henryk lachte. »Ich hätte nicht vergessen dürfen, wie wichtig dir dieser ganze Kleiderkram ist. Freust du dich nicht, mich zu sehen? Haben dir meine Geschenke gefallen?«

»Das warst du?«

»Was hast du denn gedacht?«

»Ich weiß nicht.« Carla? Der Gärtner? Ein geheimnisvolles Wesen, das seine schützende Hand über mich hält?

»Gern geschehen!«, sagte er mit ironischem Unterton.

»Was? Ach so ... danke. Vielen Dank.«

»Hey ... was ist denn mit deiner Hand passiert? Bist du deswegen nicht mehr in der Näherei?«

»Kann man so sagen.«

Ich wusste nicht, wie ich mich Henryk gegenüber verhalten sollte. Er war weder wie die braven Streber an meiner Schule noch wie die frechen Jungs, die mich manchmal auf dem Heimweg bedrängten.

»Wer bist du?«, fragte ich.

»Henryk. Das hab ich dir doch gesagt.«

»Ich weiß, wie du heißt, aber das ist auch alles.«

»Ach, du willst, dass ich zu euch nach Hause komme und deinen Vater um Erlaubnis bitte, mit dir sprechen zu dürfen. Hm, was würde ich wohl zu ihm sagen?«

»Nicht viel ... ich habe keine Ahnung, wer mein Vater ist.«

Henryk wurde sofort ernst. »Entschuldige, Ella, ich wusste nicht, dass ...«

»Erzähl mir lieber was von dir.« Ich zog mich sicherheitshalber hinter eine große Wollweste zurück.

»Okay, also in aller Kürze: Ich bin letztes Jahr von der Schule abgegangen. Hab eine Stelle als Automechaniker bekommen, nichts Festes. Doch dank des Kriegs, dank meiner Religion« – er tippte auf den gelben Judenstern an seiner Jacke – »bin ich dann wohl hier gelandet. Aber ich schlag mich durch und das gar nicht mal so schlecht. Zumindest kann ich hier was bewirken. Als Reparateur habe ich Zugang zu allen Gebäuden im Lager. Ich kann Nachrichten weiterleiten ...«

»... und Fremde mit Würstchen versorgen ...«

»... und noch ganz andere Dinge. Außerdem bist du keine Fremde. Wir sind doch Freunde, oder?«

Ich dachte an das Herz auf der Karte und wusste nicht, was ich sagen sollte.

Wir hatten das Ende der Wäscheleine erreicht und einen freien Blick auf die Felder hinter dem Stacheldraht.

Hinter mir spürte ich Henryk, der mich vor dem kalten Wind schützte.

»Auch an einem trüben Tag sieht die Freiheit verführerisch aus, oder?«, murmelte er.

»Ja, wenn man die Wachtürme, die Landminen und Hunde vergisst, die drei Zäune und den Stacheldraht.«

Mit sanfter Stimme: »Stimmt.« Noch sanfter: »Stell dir vor, du könntest ...«

»Was?«

»... die Zäune und all die anderen Hindernisse überwinden.«

»Du meinst ...?«

»Fliehen, meine liebe Schneiderin. Einfach abhauen!«

Viel mehr sagte Henryk nicht bei diesem Treffen, doch es reichte aus, um mich zu elektrisieren. Er zeigte auf einen Zug, der langsam Fahrt aufnahm und sich immer weiter von Birkenau entfernte.

»Die Züge sind voll, wenn sie kommen, doch sie fahren nicht leer zurück«, sagte er.

»Du meinst, es gibt Leute, die hier rauskommen?«

»Keine Leute ... jedenfalls nicht offiziell. All die gestohlenen Dinge von den Neuankömmlingen. Hier werden ständig Tausende von Kisten und Bündeln verladen.«

»Sachen aus dem Warenhaus?« Wie bei einem Schnappschuss sah ich plötzlich die riesigen Berge von Brillen, Schuhen und Koffern vor mir.

»Ganz genau. Ich hab Freunde bei dem Arbeitstrupp, den sie als Weißkäppchen bezeichnen – das sind die Häftlinge, die das ganze Zeug desinfizieren und für den Rücktransport fertig machen. Das könnte ein Weg sein, um eine Flucht zu organisieren.«

Fliehen! In die Freiheit! Nach Hause!

In dieser Nacht zogen Rose und ich uns auf der Pritsche eine Decke über den Kopf. Ich platzte fast vor Aufregung, als ich ihr von Henryk erzählte. Dass wir über die Möglichkeit einer Flucht gesprochen hatten, sagte ich nicht. Ich weiß nicht, warum ich es nicht tat. Vielleicht war dieser Gedanke zu neu und kostbar, um ihn gleich zu teilen. Vielleicht war es auch zu gefährlich. Je weniger davon wussten, umso besser, nicht wahr? Wenn die Klatschweiber davon erfuhren, würde es sich wie ein Lauffeuer verbreiten. Also hielt ich auch Rose gegenüber lieber den Mund, redete ich mir ein.

Rose fand es außerordentlich nett von Henryk, uns mit Lebensmitteln zu versorgen. Dann nieste sie zum tausendsten Mal an diesem Abend – sie hatte permanent

Schnupfen – und zog sich einen Baumwollfetzen aus dem Ärmel, der ihr als Taschentuch diente.

»Ich kenne eine Geschichte von einem magischen Taschentuch, das Rotz in Fische verwandelt«, sagte sie mit so rauer Stimme, dass man damit Käse hätte reiben können.

»In Gold verwandeln wäre noch besser. Dann könnten wir nach dem Krieg eine Modeboutique für uns kaufen.«

»Vielleicht sind es ja Goldfische«, schlug Rose vor. »Willst du wissen, was passiert ist, als während einer Grippewelle im Winter mal sämtliche Fischteiche zugefroren sind?«

Und schon war sie in der nächsten Geschichte verschwunden – ihrer eigenen Art der Flucht.

Bei all dem Schniefen, Keuchen und Niesen musste man nichts von Medizin verstehen, um zu wissen, dass Rose an einer schweren Erkältung litt. Was schlimm genug war. Noch schlimmer jedoch waren ihr Husten und ihr ständiges Zittern, das auch nicht nachließ, wenn sie sich heiß und fiebrig anfühlte. Wir alle waren so abgemagert, dass das geringste Gesundheitsproblem schnell tödlich sein konnte. Und kein Arzt weit und breit, an den wir uns hätten wenden können. Die Ärzte in Birkenau waren Spezialisten des Todes, nicht des Lebens.

Ich ging zu Bärin und bat sie, Rose und mir einen Job innerhalb des Gebäudes zu geben. Jedenfalls keinen, bei dem wir ständig nass wurden. So wie die Dinge lagen, würden wir den kommenden Winter sonst kaum überstehen.

Bärins kleine Augen wurden noch kleiner. Das hieß vermutlich, dass sie nachdachte.

»Bisschen feucht draußen, hm?«, sagte Hyäne mit einem Kichern. Von meinem klatschnassen Kopftuch liefen mir die Bäche nur so über das Gesicht.

»Hast du dich mal gefragt, wie es sich anfühlt zu ertrinken?«, fragte ich sie freundlich.

Hyäne zog sich hinter Bärin zurück. Bärin war manchmal schläfrig, manchmal mürrisch und immer langsam. Vielleicht dachte sie gerade an den Zusammenhang zwischen der Handvoll Zigarettenstummel, die ich ihr anbot, und der Idee, uns drinnen arbeiten zu lassen. Sie nahm die Zigaretten und brummte »okay«. Job erledigt.

Als Nächstes ging ich zu Schildkröte. Der Gärtner war draußen und bearbeitete seine winzige Anbaufläche wie in Zeitlupe mit einer Hacke. Ich fragte ihn, ob er ein klein bisschen Gemüse für Rose übrig hätte. Was natürlich absolut gegen die Regeln verstieß. Vermutlich würde man mich erschießen, wenn es herauskam. Den Gärtner ebenso. Doch Rose brauchte unbedingt ein paar Vitamine, um ihrer Erkältung etwas entgegenzusetzen. Schildkröte schnitt ein paar Blätter von einem Kohlkopf ab. Aber nicht zu viele, damit die Aufseher es nicht bemerkten. Ich dankte ihm. Er nickte und räusperte sich. Nach all den Wochen des Schweigens schien er etwas sagen zu wollen. Seine Stimme war kaum hörbar.

»Wenn ... wenn sie mich holen, dann kümmere dich um meine Rose ... ja?«

Ich betrachtete den kümmerlichen Rosenstrauch im

Gemüsebeet, der mehr Dornen als Blüten hatte. Bei wärmerem Wetter hatte er die Blattläuse mit der Hand von den Knospen entfernt. Jetzt, da es am Morgen Frost gab, umwickelte er die Stängel mit Stroh, damit sie nicht erfroren.

Ich hatte mich noch nie groß mit Gartenarbeit beschäftigt. Um ehrlich zu sein, waren mir Blumen auf Stoffen lieber als in Vasen. Doch die Art und Weise, wie Schildkröte sein Stückchen Erde – trotz des ständigen Ascheregens von Birkenau – hegte und pflegte, beeindruckte mich. Ich vermutete, so nährte er seine eigene Hoffnung. Plötzlich musste ich an meinen Großvater denken und wie schwer es ihm fiele, alles zu verlassen, das ihm lieb und teuer war.

Ihn sich als eine anonyme Nummer unter all den Zebras vorzustellen, war unmöglich. Er hatte so viele kleine Angewohnheiten, wie er zum Beispiel aus Tabakpapier Schiffchen für mich faltete oder summend durch eine Tür trat, um sich anzukündigen, oder wie er seinen Spazierstock genau mit jedem zweiten Schritt auf den Asphalt setzte. Er konnte doch auf keiner Liste gelandet sein. Was sollte er denn jemandem angetan haben, abgesehen davon, andere mit seiner Leidenschaft für Pferderennen zu langweilen?

Ich nickte Schildkröte zu.

»Natürlich. Versprochen.«

Mit Tränen in den Augen schlurfte er davon.

***

Zwei Tage später wurde der Gärtner beim Zählappell aussortiert. Er stand auf der schlimmsten aller Listen: Menschen, die nicht mehr benötigt wurden. Wir waren nicht dabei – der Zählappell der Männer fand in einem ganz anderen Teil des Lagers statt. Ich sah es nicht, habe aber durch Kratzbürste davon erfahren. Ich konnte mir genau vorstellen, wie langsam er sich bewegt hatte, während ihn die Aufseher mit ihren Gewehrkolben vor sich hertrieben.

Als ich Rose erzählte, dass sie den Gärtner geholt hatten, rannte sie zu seinem kleinen Garten, riss sämtliche Knospen vom Rosenstrauch und streute sie in den Aschewind.

»Ich hasse sie! Ich hasse sie! Ich hasse *sie*!«, schrie sie verzweifelt. »Sie haben kein bisschen Schönheit verdient!« Ich hatte Angst, sie so außer sich zu sehen. Wäre nicht ein plötzlicher Hustenanfall dazwischengekommen, hätte sie wahrscheinlich den ganzen Busch mitsamt seinen Wurzeln aus der Erde gerissen.

Ich zerrte sie weg, ehe uns noch eine Aufseherin bemerkte. Erst später, als wir auf der Pritsche lagen, wurde mir klar, dass der Gärtner nicht über Blumen gesprochen hatte, als er mich bat, mich um seine Rose zu kümmern. Die Rose an meiner Seite war sehr still geworden. Ich legte ihr die Hand auf die Brust, auf der Suche nach ihrem Herzschlag, doch ich spürte nur ihre Rippen. In Panik beugte ich mich näher zu ihr. Zur Belohnung nahm ich einen sanften Hauch auf meiner Wange wahr. Diese Rose schlief in einer Welt voller Dornen.

Ich seufzte beim Gedanken an diese romantische Vorstellung. Anscheinend hatte sie mich mit ihren Märchenbildern angesteckt.

***

Drinnen war es wärmer, immerhin. Doch in anderer Hinsicht war es schlimmer als zuvor. Heiß, klaustrophobisch und unfassbar anstrengend.

Wann können wir endlich fliehen?, war mein einziger Gedanke, während ich meine Arme in den siedend heißen Waschzuber steckte. *Wann können wir endlich fliehen?*, als ich stinkende Socken und durchgeschwitzte Unterhemden über das Waschbrett zog. *Wann können wir endlich fliehen?*, während ich die brennende Seife mit eiskaltem Wasser wegspülte.

Die anderen Wäscherinnen waren ruppig und simpel und schikanierten uns ständig. Sie stießen die rollenden Waschkörbe gegen unsere nackten Beine. Sie stahlen unsere Blockseife und ließen sie über den Boden schießen, als wären es Eishockeypucks. Meistens behielt ich die Ruhe, auch wenn ich innerlich kochte. Irgendwann rempelte mich eine bullige Frau mit Stiernacken *aus Versehen* an, sodass die Suppe in meinem Napf überschwappte. Sie war eine echte Veteranin hier, deren niedrige Nummer verriet, dass sie schon viele Jahre in Birkenau war. Wann immer sie sich eine Zigarette schnappen konnte, rauchte sie diese sofort, statt sie gegen andere Güter einzutauschen.

Es war nicht das erste Mal, dass sie es auf mich abgesehen hatte. Mein Hemd wurde nass, ehe mir die wässrige Suppe an einem Bein runterlief.

»Was soll das?«, fauchte ich sie an.

»Steh mir halt nicht im Weg rum!«, giftete sie zurück.

Hyäne brach in gackerndes Gelächter aus, während Bärin zusah.

»Ich stand dir nicht im Weg«, rief ich. »Du hast mich gestoßen.«

»War nur ein Unfall«, sagte Rose. »Hier, kannst die Hälfte von meiner Suppe haben.«

»Das war Absicht!«, schrie ich. »Sie sollte mir ihre Suppe geben.«

Die bullige Frau verzog die Nase. Dann warf sie ihren Kopf zur Seite, stampfte mit dem Fuß auf und fegte die Suppenschale aus Roses Händen.

Hyäne schien sich königlich zu amüsieren.

»Das war's dann wohl mit deiner Suppe«, höhnte die Bullenfrau.

Wenige Sekunden später lag sie stöhnend auf dem Boden. Ich war so außer mir vor Wut, dass ich ihr meine Schale ins Gesicht warf und ihr meinen Kopf in den Bauch rammte. Sie ging zu Boden und ich verpasste ihr obendrein einen Fußtritt. Vermutlich kam ich nur damit durch, weil mein Angriff sie völlig überrascht und weil keine der Aufseherinnen ihn bemerkt hatte. Mit geballten Fäusten blickte ich mich um, ob sich noch jemand mit mir anlegen wollte.

Alle wichen vor mir zurück. Hyäne war ihr Lachen vergangen. Ich hob die Schale der Bullenfrau auf und ließ sie mir mit Suppe füllen.

Rose war entsetzt, also sagte ich ihr, es täte mir leid. Aber das stimmte nicht. Nicht das kleinste bisschen. Sich zu wehren und selbst zum Angriff überzugehen, war ein großartiges Gefühl gewesen. Später, als ich die Wäsche aufs Waschbrett schlug und auswrang, stellte ich mir vor, Hyäne statt nasser Hemden in Händen zu halten.

Von diesem Tag an wurden wir in Ruhe gelassen.

»Wir tun, was wir können, um zu überleben«, sagte ich zu Rose, um meinen Angriff zu rechtfertigen. »Wir dürfen es nicht zulassen, dass andere uns als schwach betrachten.«

Sie seufzte. »Ich weiß. Ich lasse mich auch genauso ungern rumschubsen wie du. Aber ... wie hart kann man werden, ehe man genauso ist wie *sie*?«

»Du vergleichst mich mit den Aufsehern? Ich bin kein bisschen wie sie. Die arbeiten freiwillig hier! Mich haben sie auf dem Heimweg von der Schule einfach von der Straße gezerrt. Die schlafen in richtigen Betten, bekommen richtiges Essen und schöne Dinge aus dem Warenhaus. Und ich bin ganz aufgeregt, wenn abends in der Suppe eine dünne Karottenscheibe schwimmt. Die haben Peitschen und Hunde und Waffen und Gaskammern und ...«

»Ich meinte doch nicht, dass du genauso bist wie sie«, unterbrach sie mich. »Es hat mich bloß an eine Geschichte erinnert, in der die Mäuse Waffen hatten und lernten, sie auf die Katzen zu richten ...«

»Waffen!«, sagte Henryk, als wir uns nächstes Mal trafen. »Mit genügend Waffen hätten wir eine Chance, uns gegen die Wächter zu verteidigen.« Wir standen draußen eng beieinander, um uns vor den beißenden Winterwinden zu schützen. Ich hielt nach roten Feuerbändern Ausschau, die über den rauchenden Schornsteinen in den Himmel stiegen. Ich hatte es aufgegeben, so zu tun, als gäbe es diese Schornsteine nicht. Wenn Aufseher damit drohten, dich wegen des geringsten Vergehens *ins Gas zu schicken*, war es sinnlos zu leugnen, dass ich in einer Welt lebte, in der Hunderttausende von uns zuerst vergiftet und anschließend verbrannt wurden.

Henryk spürte, wie mir zumute war, und legte mir den Arm um die knochigen Schultern. Ich sagte, wie sehr ich hoffte, dass der Krieg bald vorbei sei.

»Hoffst du!« Er spuckte das Wort regelrecht aus. »Was wir brauchen, sind Taten, keine Hoffnung! Wir müssen beweisen, dass wir uns nicht widerstandslos wie Schafe zur Schlachtbank führen lassen. Die Planungen laufen schon, und bald passiert was, du wirst sehen. Ein Aufstand! Wir gegen sie! Für Ruhm und Freiheit!«

***

Ich erzählte Rose von unserem Gespräch. »Er hat von Ruhm und Freiheit geredet, Rose. Von einem Aufstand.«

Rose schniefte – laufende Nase oder Missbilligung? »Heldentaten sind schön und gut, wenn man sein Herz auf der Zunge trägt. Aber was nützen all die großen Worte, wenn man eine schöne Leiche ist?«

»Davor hat Henryk keine Angst. Er ist mutig.«

»Mit dem Mut der Verzweiflung gegen Maschinengewehre?«

»Besser, als gar nichts zu tun«, gab ich aggressiv zurück. »Besser, als irgendwelche Geschichten von einem Leben nach dem Krieg zu erzählen, die sowieso nicht wahr werden, wenn wir hier nicht lebend rauskommen!«

Rose zitterte. »Du hast recht«, sagte sie leise, zu müde, wie es mir schien, um zu kämpfen.

Als der Aufstand begann, steckten wir beide bis zu den Ellbogen in Seifenlauge und schmieriger Kleidung. Eine gewaltige Explosion erschütterte Birkenau. Wir hielten uns geschockt an den Waschzubern fest.

»Was war das?«, fragten alle um uns herum, doch niemand wusste die Antwort. Bärin stampfte davon, um etwas in Erfahrung zu bringen. Im nächsten Moment hörten wir das Feuer der Maschinengewehre und Pistolenschüsse. Die Hunde waren außer Rand und Band. Mein Herz raste. War das der Aufstand, von dem Henryk gesprochen hatte? Der Kampf um Ruhm und Freiheit? Ich sah ihn schon jeden Moment in die Wäscherei stürmen und die Fahne der Freiheit schwenken, während heldenhafte Marschmusik ertönte. So wäre es in einem Spielfilm gewesen.

Aber in der Realität?

Es war ein Aufstand der Arbeitstrupps bei den Gaskammern – so viel war richtig –, doch er schlug fehl. Kratzbürste berichtete, dass angeblich jemand Sprengstoff ins Lager geschmuggelt hatte, um die Gaskammern in die Luft zu jagen. Zebras griffen Wächter an. Wächter schossen auf Zebras. Als die Nacht hereinbrach, war der Aufstand endgültig niedergeschlagen. Und es dauerte nicht lange, bis es wieder aus allen Schornsteinen rauchte und Ascheschwaden über uns hinwegtrieben.

Ich war voller Angst, Henryk könnte unter den Toten sein. Hatte sich Roses Prophezeiung von der schönen Leiche bewahrheitet?

Dann die Erleichterung. In der Wäscherei erhielt ich eine heimliche Nachricht.

»Unsere Zeit wird bald kommen. Wasche und warte. xxx«

Doch für Rose kam sie nicht schnell genug. Aus dem Augenwinkel sah ich, dass sie mit letzter Kraft versuchte, die nasse Wäsche aus einem der riesigen Holzzuber zu wuchten – aber es gelang ihr nicht. Sie schien nicht einmal mehr in der Lage zu sein, eine einzige Socke herauszuheben. Der Dampf, die Anstrengung – oder alles zusammen – war ihr zu viel geworden. Ehe ich reagieren konnte, lag sie flach auf dem Bauch, eine nasse Socke neben sich.

»Rose, Rose … ich bin's, Ella.«

Ich beugte mich über das Bett und strich ihr eine Augenbraue glatt.

»Sch … versuch nicht zu sprechen«, flüsterte ich.

Ihr Atem rasselte. »Ella …« Mehr brachte sie nicht über die Lippen. Ihre Augen huschten umher und weiteten sich panisch.

»Es tut mir so leid, Rose, aber ich musste dich hierherbringen. Kannst du dich erinnern? Du warst stundenlang bewusstlos, hast im Fieber fantasiert. Ich hab dich zwei Tage in der Baracke versteckt. Gerda meinte, du könntest ansteckend sein. Ich konnte nichts anderes tun. Jetzt bist du im Krankenbau.«

Aus dem Schnappen nach Luft wurde ein Hustenanfall. Ihr ganzer Körper zitterte. Ich drückte sie behutsam an mich – ein kostbares Knochenbündel. Es war furchtbar, so hilflos zu sein. Noch schlimmer war es, mir das Grauen nicht anmerken zu lassen, das dieser Ort mir einflößte. Wie konnte irgendwer hier leben, geschweige denn gesunden? Es war der perverseste Albtraum von Krankenpflege, den man sich vorstellen konnte – selbst wenn man eine so lebhafte Fantasie wie Rose besaß.

Hier lagen mehr tote als lebende Patienten – der Krankenbau war mehr Leichenhalle als Hospital. Auf verrotteten Planken quetschten sie sich wie Sardinen in einer Konservendose. Es gab weder Toiletten noch Bettpfannen. Zebras mit Armbändern, die sich als *Krankenschwestern* auswiesen, kontrollierten, wer noch atmete und wer rausgeschafft werden konnte, um Neuankömmlingen Platz zu machen. Die Krankenschwestern sahen aus, als hätten sie seit hundert Jahren nicht geschlafen.

Ich schaute nicht zu Boden, damit ich nicht sah, was ich da Weiches unter meinen Schuhen spürte. Ich atmete mit offenem Mund, um den fauligen Gestank ein wenig auf Distanz zu halten.

Oh, Rose – dies war kein Garten für dich.

»Hier, ich hab dir ein bisschen Frühstück mitgebracht.« Im Krankenbau hatte ich noch überhaupt keine Nahrung erblickt. Viele der sogenannten Patienten waren zu krank, um selbstständig essen zu können, doch im Grunde wäre genug Personal vorhanden gewesen, um es auszuteilen ... und genug Nahrungsmittel, um Leben zu retten. Die einzige Frau, die den Patienten wirklich nahe kam, war eine watschelnde Ente mit schmuddeliger Schürze über ihrem Häftlingskittel.

Ihre Aufgabe bestand offenbar darin, die Nummern der Patienten auf eine Liste zu schreiben. Roses Nummer war bis jetzt noch nicht dabei.

Ich hatte die Krankenschwesternente bereits angefleht, etwas gegen Roses Fieber zu unternehmen. Doch sie starrte mich nur an, als wollte sie sagen: *Womit denn?*

»Du bleibst hier nur ein, zwei Tage«, versicherte ich Rose. »Bis es dir besser geht und Gerda sagt, dass du in die Baracke zurückkehren kannst und Bärin dich wieder in der Wäscherei aufnimmt. Hier, meinst du, du kannst ein bisschen essen? Brot, Margarine und ... tata!«

Ich zog einen runzligen Apfel hervor – ein fürstliches Geschenk von Henryk.

Rose machte ein Gesicht, als hätte sie vollkommen vergessen, was ein Apfel war. Dann lächelte sie matt. »Hab ich dir schon von damals erzählt, als …?«

»Keine Geschichten jetzt. Du musst dich schonen!«

Rose nahm den Apfel und roch daran. »Das erinnert mich an einen Baum«, sagte sie. »In der Stadt der Lichter … der Park … der eine Apfelbaum, dessen Blüten im Frühjahr durch die Luft wirbeln.«

Sie spreizte die Finger und ich sah das Treiben der Blüten förmlich vor mir.

»Wenn mir was passiert …«

»Dir wird nichts passieren!«

»Wenn mir was passiert, dann treffen wir uns dort, im Park, unter dem Baum, am selben Tag, an dem wir uns auf dem Weg zur Werkstatt begegnet sind.«

Ich konnte nicht nachvollziehen, was sie da sagte. »Wir gehen zusammen, Rose, du und ich.«

Sie nickte, was einen neuen krampfhaften Hustenanfall auslöste. Als sie endlich wieder zu Atem kam, war ihr Gesicht schweißnass.

Ich fragte mich, wie sie überhaupt wissen konnte, an welchem Tag wir uns damals auf dem Weg zur Näherei begegnet waren. Das letzte Datum, an das ich mich erinnerte, war der letzte Tag, an dem ich von der Schule nach Hause kam. Doch Rose bestand darauf, dass ich das Datum wiederholte, an dem wir uns im Park unter dem Baum treffen würden.

»Du vergisst es doch nicht …«, keuchte sie. »Du wirst da sein, oder?«

»Wir werden beide da sein.«

»Ja natürlich. Aber wenn wir getrennt werden ... geh zum Baum und warte auf mich. Denk dran, wir knoten das rote Band um einen Ast und feiern, dass wir uns wiederhaben. Versprich mir, dass wir uns unter dem Baum treffen, Ella. An diesem Tag. Versprich es mir ...«

»Ich verspreche es dir.«

Rose sank in meine Arme. Mit geschlossenen Augen. Ihre Wangen glühten. Wie grau sie im Dämmerlicht des Krankenbaus aussah, mein kleines Eichhörnchen.

»Ich muss jetzt gehen, Rose. Versuch, ein bisschen was zu essen.«

»Mach ich«, flüsterte sie. »Ich hab nur gerade keinen Hunger. Morgen wird's schon besser sein.«

»Guck, dass du zu Kräften kommst.«

Rose nickte kurz, ehe sie sich abwandte.

Am liebsten hätte ich aufgeschrien und Dinge durch die Gegend geworfen und wäre voller Wut in den Stacheldraht hineingelaufen. Doch stattdessen musste ich einen Weg finden, irgendwie eine Medizin aufzutreiben – in einer Welt, in der Aspirin wertvoller war als ein Goldnugget.

»Du schon wieder!«

Es war nicht gerade der herzliche Empfang, den ich mir vorgestellt hatte. Doch Mina und herzlich waren unvereinbare Gegensätze.

Ich stand auf der Schwelle zur Näherei. Alles war mir schmerzhaft vertraut, wenn auch nicht ganz so geschäftig, wie ich es in Erinnerung hatte. Franka, Sarah, Birgit und die anderen lächelten mir einen Willkommensgruß zu. *Hallo, Ella. Wie geht's dir? Wie geht es Rose?*, fragten ihre Gesichter. Ich vermied es, Betty, die Nähmaschine meiner Oma, anzusehen, doch dort war er, mein alter Tisch, mit einem anderen Zebra daran. Auch am Bügeltisch, dem alten Arbeitsplatz von Rose, stand eine andere Frau. Wie schnell wir ersetzt worden waren.

Meine Finger zuckten, und ich hätte hier sofort loslegen können. Meine verletzte Hand konnte ich wieder einigermaßen bewegen. Ich konnte sogar einen Löffel Suppe halten, ohne etwas zu verschütten. Vielleicht würde ich auch mit Betty zurechtkommen.

»Ähm, Mina, könnte ich nicht ...?«

»Die Antwort ist Nein.«

»Du weißt doch gar nicht, was ich fragen wollte.«

»Die Antwort ist trotzdem Nein.«

Obwohl ich Mina am liebsten ihre messerscharfe Nase gebrochen hätte, beherrschte ich mich. Seit der kurzen Nachricht – »Wasche und warte« – hatte ich nichts mehr von Henryk gehört, also war Mina meine nächstbeste Hoffnung. Was bedeutete, dass ich bescheiden auftreten musste. Ich schloss eine Hand um das rote Band, um mir Mut zu machen.

»Bitte ... es geht nicht um mich, sondern um Rose. Sie ist krank.«

»Dann sollte sie im Krankenbau sein.«

»Das ist sie auch.«

Mina verstummte. Das Wort Krankenbau reichte, um in Birkenau für Stille zu sorgen. Normalerweise landeten dort nur hoffnungslose Fälle.

»Dann kann ich nichts für sie tun.«

»Aber natürlich kannst du ... wenn du nur willst. Du hast Einfluss. Du hast Sarah fast jeden Tag zum Warenhaus geschickt. Ich habe diesen Ort gesehen – ich weiß, dass sie dort etwas gegen Roses Fieber haben, zumindest Vitamine oder etwas gesündere Lebensmittel als der wässrige Dreck, den wir hier kriegen.«

»Und wenn ich helfen könnte ... warum sollte ich das tun?«

Ich sah ihr direkt in die Augen. »Weil du ein menschliches Wesen bist, so wie wir anderen auch. Ich weiß von deiner Schwester Lilli, deren Platz du eingenommen hast, um sie zu retten.«

Minas Augen standen in Flammen. »Halt den Mund! Du weißt gar nichts!«

Mina packte mich am Arm und zog mich in den leeren Ankleideraum. Sie stieß mich so hart gegen die Wand, dass die Bommeln am Lampenschirm zitterten. Die Blechdose fiel ihr aus der Tasche und im nächsten Moment lagen überall Stecknadeln auf dem Boden. Keiner von uns hob sie auf.

»Erwähne nie wieder den Namen meiner Schwester, verstanden?«

»Aber das war doch eine gute Tat ...«

»Gut? Seitdem bin ich hier. Was ist daran gut? Was hast du noch von mir gehört?«

»Nichts. Nur dass du dich geopfert hast, um sie zu retten.«

Minas Griff um meine Schultern verstärkte sich. »Dann weißt du nicht, dass ich mich an die Besitzer des Modehauses gewandt habe, für die ich gearbeitet habe, um einen Vorschuss zu erhalten. Damit hätte ich meine Familie in Sicherheit bringen können. Diese Leute, die mich seit fünf Jahren kannten, für die ich sechs oder sieben Tage die Woche geschuftet habe – teils bis tief in die Nacht, obwohl ich ein dreizehnjähriges Lehrmädchen war –, diese Leute zeigten mir die kalte Schulter und sagten, das wäre vollkommen unmöglich. Sie dachten, dass ich ebenfalls unrein sein musste, wenn meine Familie Gefahr lief, deportiert zu werden.«

»Das ist …«

»Sei still!«

Mina ließ mich los und lief im Raum auf und ab wie ein Hai, der nicht aufhören konnte zu schwimmen.

»Am nächsten Tag«, sagte sie mit mühsam beherrschter Wut, »bekam ich ein formelles Kündigungsschreiben, weil irgendeiner meiner entfernten Vorfahren angeblich falscher Abstammung war. Und ja, ich bin dann anstelle meiner Schwester in ein sogenanntes Arbeitslager gegangen. Ich war stärker und gesünder als sie. Besser für die Arbeit geeignet. Das gefiel den Behörden. Nächster Stopp Birkenau. Zwei Wochen später landete meine Schwester auf einer anderen Liste. Und nicht nur Lilli, sondern auch ihre Kinder, ihr ungeborenes Baby, ihr Mann, unsere Eltern, unsere Onkel, Tanten und Cousinen – sie alle wurden zu Rauch und Asche. Da hat sich mein selbstloses Opfer doch wirklich gelohnt, oder? Ich bin die Einzige, die noch am Leben ist. Erzähl mir also nicht, dass ich was Gutes getan hätte. Folg lieber meinem Beispiel und vergiss alles, was mit Freunden oder Familie zu tun hat. Alles, was zählt, ist zu überleben.«

»Überleben wollen wir alle.«

»Wollen ist nicht genug. Du musst es auch schaffen. Und ich sag dir was, kleines Schulmädchen – ich werde diesen Ort auf zwei Beinen verlassen und nicht durch den Schornstein!«

Endlich blieb Mina stehen. Sie atmete schwer. War dies ein guter Moment, um ihr die Lampe auf den Kopf zu schlagen?

Ich rieb die blauen Flecken auf meinem Arm. »Es ist abscheulich, wie sie dich behandelt haben.«

»Du sagst es.«

»Warum andere dann genauso behandeln?«

»Hast du das immer noch nicht kapiert? Weil das Leben nun mal so funktioniert. Niemand ist unmenschlicher als die Menschen selbst.«

»Aber so muss es nicht sein.«

»So ist es aber. Schau dir die Staatsführer und Politiker an. Und nicht nur die, auch unter ganz normalen Leuten gibt es so viel Bosheit und Egoismus. Ist dieser Ort hier nicht Beweis genug?« Sie breitete die Arme aus, um die ganze Welt von Birkenau mit einzuschließen.

Was würde Rose sagen? Etwas Schönes, Aufbauendes.

»Man hat immer die Wahl, Mina. Du kannst dich anders verhalten. Jede Freundlichkeit ist doch für was gut.«

»Freundlichkeit? Bring mich nicht zum Lachen. So was

gibt es nicht mehr. Töten oder getötet werden, so sind hier die Spielregeln.«

Es war schwer, dem zu widersprechen. Aber ich musste es versuchen, für Rose.

»Zu helfen liegt aber auch in der menschlichen Natur, Mina. Sich zu opfern.«

»Ach wirklich? Ich werde meine wertvolle Zeit jedenfalls nicht mehr opfern, um dir zu helfen. Verschwinde!«

Für einen langen Moment starrten wir uns hasserfüllt an. Dann zuckte ich die Schultern.

»Weißt du, was, Mina? Du tust mir leid.«

»Was?«

»Ich mein das so, wie ich's sage.«

»Ich tue dir leid? Ich bin hier eine wichtige Person! Und du? Eine kleine Wäscherin! Wie kannst du es wagen, so mit mir zu reden?«

Mit Abscheu wandte ich mich von ihr ab.

»Komm her, wenn ich mit dir spreche! Ich bin noch nicht fertig!«, rief sie.

Ich ging aus der Tür. Vielleicht hatte ich dabei auch die Lampe vom Tisch gefegt. Das splitternde Geräusch erfüllte mich mit einer wilden Genugtuung. Doch auch wenn die Lampe zu Bruch ging und die Tür krachend ins Schloss fiel, richtete sich mein Zorn gegen mich selbst – wie konnte ich nur glauben, Mina zu überzeugen, wenn ich selbst nicht überzeugt war?

Ausgerechnet von Mina Hilfe zu erwarten, war eine verrückte Idee, doch zumindest einen Versuch wert gewesen.

Mein nächster Plan war reiner Selbstmord. Da ich bei Mina keinen Erfolg hatte und nicht wusste, wie ich Kontakt zu Henryk aufnehmen konnte, gab es nur eine weitere Person, die ich fragen konnte.

Mit gesenktem Kopf huschte ich zwischen den Baracken hindurch wie eine Ratte. Ich entdeckte die richtige Tür. Stieß sie auf. Schlich den Flur entlang und klopfte so leise, als wäre eine Fliege auf dem Türblatt gelandet. Keine Reaktion. Ich klopfte etwas lauter. Die Tür öffnete sich.

Ein Blick ins Zimmer verriet mir, dass Carla bis eben auf dem Bett gesessen und Briefe gelesen hatte. Handgeschriebene Blätter lagen auf der Patchworkdecke verteilt. Neben dem Bett stand ein Becher mit dampfendem Kakao. Auf der Kommode, neben dem Foto von ihr und Rudi, dem Hofhund, lag eine halb aufgegessene Packung Kekse. Von ihrer Zimmergenossin Grete, der Knochenschleiferin, war Gott sei Dank nichts zu sehen.

Carla roch nach Shampoo und »Blaue Stunde«. Ihre Augen waren gerötet. Zuerst dachte ich, sie würde mir die Tür ins Gesicht schlagen. Oder ihre Kollegen alarmieren, die mich in Stücke reißen würden wie eine erlegte Füchsin.

Stattdessen rieb sie sich die Augen und blickte zu Boden. »Du solltest lieber reinkommen.«

Als ich die vielen Familienfotos erblickte, spürte ich einen scharfen Schmerz in der Brust und einen Knoten im Bauch. Ich wünschte, ich hätte Fotos von meinen Großeltern oder irgendein Foto von meinem alten Leben besessen. Es fiel mir immer schwerer, mich selbst in der Nähstube meiner Großmutter zu sehen und mir vorzustellen, wie sie ihren Fuß auf Bettys Pedal setzte ... wie ihr beringter Finger den Stoff unter die Nadel schob ... wie der Stuhl knarrte, wenn sie sich vorbeugte, um einen Faden abzuschneiden.

Ich musste nach Hause kommen – je früher, desto besser.

»Alles ist schwieriger geworden. Hast du schon gehört? Häftlinge haben ein paar Aufseher erschossen und ... notwendige Einrichtungen in die Luft gesprengt. Es ist Furcht einflößend. Ich weiß nicht, wie lange das hier noch so weitergeht.«

Ich stand vor ihr, mein Kleid voll schmieriger Seifenflecken, meine Hände wund vom Schrubben der Wäsche, mein Körper knochig und unterernährt ... und Carla hatte nichts anderes im Kopf als ihre eigenen Sorgen.

Sie warf mir einen raschen Blick zu, ehe sie die Hand anschaute, die unter ihrem Stiefel zerquetscht worden war.

»Es ist ... es ist eine Schande, dass du nicht mehr in der Näherei bist«, sagte sie. »Du warst wirklich die beste Schneiderin dort. Du solltest nach dem Krieg einen Laden aufmachen, so wie die gnädige Frau gesagt hat. Ich werde deine Kundin sein. Und natürlich werde ich bezahlen!«

Ihr Optimismus klang etwas gezwungen.

»Ich brauche Medizin und Vitamine«, sagte ich.

Sie hielt inne. »Bist du krank?«

»Nicht für mich, für eine Freundin.«

Carlas Schweinsäuglein zogen sich zusammen. »Sie?« Sie wusste, wen ich meinte. Es klang wie eine Anklage.

Ich nickte.

Sie drehte sich abrupt um und legte die Fotos aufeinander. Ich wartete. Auf Hilfe. Auf die nächsten Schläge. Worauf auch immer.

»Es hat keinen Sinn«, sagte sie schließlich.

»Was hat keinen Sinn?«

»Medizin an kranke Leute zu verschwenden. Du musst dich um dich selbst kümmern. Es wird nicht mehr lange dauern, bis der Krieg vorbei ist. Ein halbes Jahr, vielleicht nicht mal das. Du legst doch ein gutes Wort für mich ein, oder?« Sie schaute mich durch ihre halb geschlossenen Augen an. »Du wirst alle wissen lassen, dass ich nicht so grausam war wie die anderen. Ich hasse diesen Ort genauso wie du. Nach dem Krieg werden wir ihn einfach vergessen … als hätte er nie existiert. Wir werden nach Hause zurückkehren. Zuallererst werde ich mit Pippa auf die große Wiese neben unserem Hof gehen. Im Frühling werde ich Blumen pflücken und Einkäufe machen …«

Carla lief zu ihrem Bett, ließ sich auf die Matratze sinken und begann, in der »Damenwelt« zu blättern, die aufgeschlagen auf ihrem Kissen lag.

Ich konnte kaum sprechen, so sehr schnürte mir die Wut die Kehle zu. Hatte diese ignorante Barbarin wirklich vergessen, was sie mir und unzähligen anderen angetan hatte? Meine Hände ballten sich zu Fäusten. Meine Handflächen schmerzten, als meine Fingernägel sich ins Fleisch bohrten.

»Du musst mir helfen«, flehte ich sie an. »Nach all den schönen Kleidern, die ich für dich geschneidert habe …«

Carlas Sanftmut verwandelte sich in rasenden Zorn. »Ich muss überhaupt nichts! Ich bin eine Aufseherin, und du ... du bist nicht mal ein Mensch! Du solltest nicht im selben Raum sein wie ich oder dieselbe Luft atmen. Sieh dich nur an – du bist wie ein widerlicher Käfer, der Krankheiten verbreitet. Man sollte dich zertreten. Du bist widerlich. Und jetzt raus! Raus hier, sag ich!«

***

Als ich zur Wäscherei zurücklief, trieben graue Aschefetzen durch die Luft. Vor den Baracken waren Aufseher damit beschäftigt, Aktenschränke zu leeren und Dokumente zu verbrennen. Sie versuchten, alle schriftlichen Beweise zu vernichten. Was bedeutete das für die Zebras, die immer noch am Leben waren?

Ich fand kaum Zeit, um zum Krankenbau zu laufen. In der Wäscherei türmte sich dreckige Wäsche. Die Abflüsse quollen über. Dieses eine Mal waren meine Holzschuhe nicht unpraktisch – die dicken Sohlen bewahrten mich davor, mit beiden Füßen im Wasser zu stehen, das den Boden bedeckte. Und als Kratzbürste mir mein Brot stehlen wollte, verjagte ich sie, indem ich drohte, sie mit einem der Schuhe zu verprügeln. Das schlug sie in die Flucht.

Als ich es endlich schaffte, Rose zu besuchen, sah sie viel besser aus. Zumindest war sie wach und saß halb aufrecht im Bett.

»Hey, du hast ja richtig Farbe bekommen«, sagte ich zu ihr. »Das muss der magische Apfel gewesen sein.«

Rose beugte sich vor und ließ sich umarmen. »Er hat großartig geschmeckt ... wirklich großartig.«

»Rose?«

»Hm?«

Ich seufzte. »Du hast ihn nicht gegessen, oder?«

»Nicht ... so richtig. Da war ein Mädchen, das hatte sich bei einem Unfall im Steinbruch beide Beine gebrochen. Der habe ich den Apfel geschenkt. Sie hat vor dem Krieg als Model gearbeitet. Und stell dir vor, in der Stadt der Lichter! Du hättest sie hören sollen, wie sie über die glamourösen Kleider und über Absätze, so hoch wie Wolkenkratzer, geredet hat. Sie hat erzählt, dass all die Models nur von Champagner und Zigaretten leben, um dünn zu bleiben.«

»Kein Grund, hier Diät zu halten«, ermahnte ich sie. Rose war so dürr geworden, dass ich jeden einzelnen Knochen unter ihrer Haut sah. Ich beugte mich zu ihr. »Ich hab dir ein Geschenk mitgebracht.«

Roses Gesicht hellte sich für einen Moment auf. »Was ist es? Ein Elefant?«

»Ein Elefant? Wie im Himmel kommst du denn da drauf?«

»Dann könnten wir zusammen ausreiten! Also kein Elefant ...« Sie tat so, als würde sie gut nachdenken. »Ach, ich weiß. Ein Pony!«

»Nein.«

»Verdammt. Ein Fahrrad?«

»Nein.«

»Ein Luftballon? Ein Vogelkäfig. Ein ... Buch? Es ist ein Buch, oder? Eins, das ich richtig anfassen und lesen kann.«

»Besser als das«, sagte ich und zog ein kleines Päckchen aus meiner Geheimtasche. »Schau!«

Rose stützte sich auf einen Ellbogen. Behutsam berührte sie all die Dinge, die ich in alten Seiten der »Damenwelt« eingeschlagen hatte. Ein paar Vitaminpillen, ein kleiner Vorrat an Aspirintabletten, zwei Zuckerwürfel und eine halbe Packung Kekse.

Ich sah ihrem Gesicht an, dass sie sich mehr über ein Buch gefreut hätte.

»Wo hast du das alles her?«, fragte sie.

»Von einem geheimnisvollen Wesen, das seine schützende Hand über dich hält«, antwortete ich augenzwinkernd.

»Wirklich?«

»Natürlich nicht! Ich hab ein bisschen rumgefragt ...«

»Wie Edelsteine in einer Schatztruhe.« Sie schlug alles wieder ein und gab es mir zurück. »Du solltest das gut aufbewahren. Du arbeitest schließlich, während ich hier auf der faulen Haut liege. Ist gar nicht nötig, mich aufzupäppeln.«

In plötzlichem Zorn flüsterte ich so laut ich mich traute: »Hör zu, ich hab dir all diese Sachen hier nicht aus Spaß besorgt, verstanden? Das ist kein Spiel und auch keine Abenteuergeschichte. Hier geht es darum, alles zu tun, um zu überleben. Das willst du doch, oder?«

Meine Wut erschütterte sie. Bevor sie antworten konnte, wurde sie von einem heftigen Hustenanfall geschüttelt.

Sobald die Zuckungen ihres Körpers ein wenig nachließen, griff sie nach meiner Hand und krächzte: »Natürlich will ich leben, Ella. Ich ertrage die Vorstellung nicht, dass alle Gedanken in meinem Kopf plötzlich ausgelöscht sein sollten. Selbst an einem Ort wie diesem will ich weiterträumen. Ich habe unseren Plan nicht vergessen. Nach dem Krieg werden wir zusammen ein Geschäft aufmachen.«

»Ganz bestimmt«, sagte ich und schluckte meinen Zorn hinunter. »Kleider, Bücher und Kuchen in der Stadt der Lichter. Das rote Band am Apfelbaum. Das alles wird wahr werden. Kein Stacheldraht und keine Zählappelle mehr, keine Listen, keine Aufseher, keine Schornsteine. Kannst du dir das vorstellen?«

»Das fragst du mich?«

»Sei nicht so ironisch. Versprich mir, dass du gesund wirst. Dann lassen wir unsere Träume Wirklichkeit werden.«

Ich drückte sie an mich. Sie zitterte in meinen Armen.

»Versprochen«, hauchte sie.

»Du hast gesagt, dass es für unsere Hoffnung steht. Hier, du brauchst es jetzt nötiger als ich.« Ich zog das rote Band hervor und legte es in ihre Hand.

»Es ist so warm«, murmelte sie. »Und es gehört dir. Du brauchst es. Nimm es zurück …«

»Unsinn. Jetzt gehört es dir. Du kannst es am Baum in der Stadt der Lichter festmachen, wenn wir dorthin kommen.«

Die Krankenschwesternente watschelte heran und wollte mich sicher ermahnen, weil ich schon so lange da war.

Ich küsste Rose rasch und flüsterte: »Tut mir leid, aber ich muss jetzt zurück zur Wäsche ... du weißt ja, wie das ist.«

Sie lächelte, obwohl sie schon in den Schlaf hinüberglitt.

»Gute Nacht, Ella.«

»Gute Nacht, Rose.«

Das Päckchen kam von Carla, meiner verhassten *Freundin*. Ein Zebra hatte es bei Gerda mit der Botschaft abgegeben, dass sie es mir aushändigen solle und Diebstahl nicht geduldet werden würde. Das ärgerte Gerda. Allerdings ärgerte sie sich über die meisten Dinge. Was mir ziemlich egal war. Hauptsache, ich konnte Rose helfen und ihr die Medizin und den Zucker geben. Na gut, ein Stück Würfelzucker habe ich selbst gegessen. Ich war so ausgehungert, und vielleicht würde es auch Roses Zähnen schaden, wenn sie zu viel Zucker aß. Was ich ihr nicht gegeben und bei meinem Besuch im Krankenbau auch nicht erwähnt hatte, war der Ring.

Nicht irgendein alter Ring. Nicht so ein simpler Ehering aus Gold, wie er am breiten Finger meiner Großmutter saß. Kein billiger Jahrmarktsring aus Zinn mit einem *Juwel* aus Spiegelglas. Dies war ein funkelnder Edelstein in einer goldenen Fassung. Als niemand hinschaute, steckte ich ihn mir rasch an den Finger und betrachtete ihn von allen Seiten.

Die Welt war etwas weniger grau, wenn sie von einem Diamanten erhellt wurde. Okay, es war kein richtiger Diamant, sondern nur ein Schmuckstein, der funkelte wie ein Diamant. Aber was soll's, dachte ich. Statt eines roten Bands hatte ich jetzt einen Ring, der Licht ins Dunkel brachte und ein wenig Hoffnung verbreitete. Wenn ich hier rauskam und der Krieg jemals endete, konnte ich den Ring verkaufen, um in der Stadt der Lichter meinen Traum von einem eigenen Geschäft zu verwirklichen.

Warum war ausgerechnet Carla nach allem so großzügig? Carla war eine Aufseherin, eine von *ihnen*. Sie hatte mir den Ring und die Medizin geschickt, während Mina, ein Häftling wie ich, sich endgültig von mir abgewandt hatte. Das ergab einfach keinen Sinn.

Draußen in der realen Welt schien alles offensichtlicher zu sein – wer Freund und wer Feind war. Obwohl auch dort natürlich nicht alle Menschen ihr wahres Gesicht zeigten. Man konnte miteinander reden, lachen und Spaß haben, doch niemand musste zeigen, wer er wirklich war.

In Birkenau konnte sich niemand hinter seiner Kleidung verstecken, ich eingeschlossen. Wir konnten nicht in fremde Rollen schlüpfen, vornehme Kleider anziehen und so tun, als wären wir reich und schön. Wir konnten keine steifen Kragen tragen und uns selbst als Schullehrer bezeichnen. Es gab weder Hüte noch Uniformen oder Masken. Jeder musste er selbst sein. Und auch ohne unsere Alltagskleidung versuchten wir irgendwie, unsere echte Identität zu bewahren. Uns zu beweisen, dass wir Menschen und keine Tiere waren.

Doch wie sollte ich das tun, umgeben von Haien, Bullen und Schlangen? Die Mäuse und Schmetterlinge waren schon lange durch den Schornstein gegangen. Mein liebes Eichhörnchen hielt sich mit letzter Kraft am Leben. Und ich. Was war ich? Gut oder böse? Eine Füchsin, die ihre Familie ernährte, oder eine Füchsin, die die Hühner des Bauern riss?

Diese Frage quälte mich genauso wie Hunger und Läuse. Wäre ich ein guter Mensch, hätte ich Rose beide Zuckerwürfel gegeben. Wäre ich eine echte Verbrecherin, hätte ich alle für mich behalten.

Aber welche Rolle spielte es überhaupt, was ich für ein Mensch war? In Birkenau war ich nichts als ein Zebra, das jederzeit verhungern, erschlagen oder erschossen werden konnte.

Ich zitterte. Es war so leicht, sich in solchen Gedanken zu verfangen. Ich steckte den Ring in mein Täschchen und konzentrierte mich stattdessen auf das Schrubben der Socken.

Ich hatte immer noch Nachtschicht am Waschbrett, als Henryk mich fand. Er sprang auf mich zu wie ein Hund, der gerade ein Stöckchen entdeckt hatte.

»Ella, Gott sei Dank. Ich dachte schon, ich würde dich nicht finden.«

»Henryk, du solltest nicht hier sein.«

»Hör zu, es ist nicht viel Zeit … jetzt geht's los.«

»Wann? Jetzt? Heute Nacht?«

»Morgen früh nach dem Zählappell. Nach dem gescheiterten Aufstand war ein ziemliches Chaos, doch jetzt ist alles bereit. Unsere Kontaktpersonen wissen Bescheid, der Zeitplan steht, wir haben zivile Kleidung …«

»Henryk, das ist großartig! Ich kann es nicht glauben! Ich muss Rose gleich davon …«

Er packte mich hart am Arm. »Du darfst niemand was sagen! Wir dürfen nicht riskieren, dass etwas durchsickert.«

»Rose ist doch keine Spionin. Sie kommt mit uns.«

Er ließ abrupt meinen Arm los. »Darum geht es ja. Der Plan ist genau ausgearbeitet. Es gibt nur Platz für uns beide und niemand sonst, verstehst du?«

»Rose ist so schmal, dass sie kaum Platz braucht. Und ihr Fehlen wird auch nicht so auffallen, weil sie im Krankenbau ist.«

»Im Krankenbau? Was ist mit ihr?«

»Nichts, das man woanders nicht heilen könnte. Eine Grippe oder schwere Erkältung, ich weiß nicht genau.«

»Hustet sie?«

»Ja, ein bisschen, aber …«

»Das ist zu gefährlich, Ella! Wir müssen uns mehrere Stunden verstecken und dürfen keinen Mucks machen. Jeder Huster könnte uns verraten. Und selbst, wenn sie es schafft, ganz still zu sein, muss sie in der Öffentlichkeit wie eine normale Zivilistin wirken. Niemand darf Verdacht schöpfen, dass wir deshalb so schmal und dünn sind, weil wir gerade aus der Todesfabrik kommen.«

»Mit der richtigen Kleidung, einem Hut und ein bisschen Schminke …«

Henryk schüttelte den Kopf. »Es tut mir wirklich leid,

Ella. Ich wünschte, ich könnte allen helfen, von hier zu fliehen. Die Explosionen sollten der Anfang sein, aber die Aufseher hatten zu viele Maschinengewehre. Jetzt müssen wir uns auf uns selbst konzentrieren. Sobald wir draußen sind, wenden wir uns an eine der Befreiungsarmeen. An der Spitze eines Panzerverbands werden wir hierher zurückkehren und bekommen außerdem Unterstützung von der Luftwaffe. Dann werden wir zusehen, wie die Aufseher in Panik geraten und um ihr Leben laufen!« In dem von Dampf erfüllten Waschraum feuerte Henryk eine ganze Salve aus seinem imaginären Maschinengewehr ab.

Was für eine wundervolle Vorstellung. Mit Freude würde ich viele von ihnen niederstrecken und das ganze Lager dem Erdboden gleichmachen.

»Das ist deine Chance, Ella«, sagte er. »Wenn du sie nicht …«

Er musste nicht weiterreden.

»In Ordnung«, sagte ich nach kurzem Zögern. »Ich bin dabei.«

Mein Herzschlag beschleunigte sich und ich kannte nur noch einen einzigen Gedanken: *Ich werde hier rauskommen. Bald bin ich wieder zu Hause!*

Henryk nahm meine Hand und küsste sie. »Ich wusste, dass du mich nicht im Stich lässt. Ich schicke dir eine Nachricht, wann und wo wir uns treffen. Wir beide werden ein Teil der Revolution sein. Ich brauche dich an meiner Seite, du kleine Bestie! Denk daran: Das Leben ist unser Schrei!«

Im fahlen Licht sah er so erfüllt und lebendig aus. So

bereit, die Sache in die Hand zu nehmen. Henryk war meine Chance, hier rauszukommen und wieder zu leben. »Schwör mir, dass wir Rose bald holen werden. Dass sie nur so lange warten muss, bis wir alle befreien werden.« Henryk sah mir fest in die Augen. »Ich schwöre es! Du hast mein Ehrenwort!«

In dieser Nacht bekam ich kaum ein Auge zu. Ich stellte mir vor, wie es wäre, in Freiheit über ein Kornfeld zu laufen. Ohne Angst in den Sternenhimmel zu blicken. Normale Kleidung zu tragen. Kein Zebra, sondern eine ganz normale Person zu sein.

Wir würden fließendes Wasser trinken und richtiges Brot essen. Vielleicht sogar in Betten schlafen. Wie aufregend! Wir würden der Welt berichten, was hier vor sich ging. Alle würden sofort zur Tat schreiten. Henryk auf dem Panzer und ich mit einer wehenden Fahne in der Hand. Rose würde uns entgegenlaufen und ebenfalls eine Fahne – oder vermutlich eher das rote Band – schwenken.

Rose ist zu schwach, um zu laufen, sagte eine Stimme in meinem Kopf.

Doch in meiner Fantasie sprang Rose auf den Panzer auf, und wir rollten über die Felder hinweg, der Stadt der Lichter entgegen, die funkelte wie ein Edelstein. Irgendwie war es uns gelungen, während der Fahrt wunderschöne Kleider anzuziehen. Wir sprangen vom Panzer herunter und schlangen das rote Band in der Stadt der Lichter um den Apfelbaum …

So lange wird es Rose nicht schaffen ohne dich, sagte die Stimme.

Es wird nicht lange dauern, entgegnete ich. *Höchstens ein paar Wochen, bis die Befreier hier sind.*

Ich drehte mich auf der Pritsche hin und her, bekam ein paar Stöße von meinen Kojen-Nachbarinnen. Durfte ich Rose alleinlassen? Natürlich durfte ich das. Es war doch niemandem damit gedient, wenn wir hier beide zugrunde gingen. Früher oder später würde sich Carla wieder gegen mich wenden oder ich würde auf einer Liste landen oder krank werden … Henryks Fluchtpläne waren der einzige Ausweg. Es war höchste Zeit, etwas zu unternehmen. Rose war so selbstlos, dass sie mir mit Sicherheit raten würde, die Chance zu ergreifen. Da war ich absolut sicher.

Doch die Stimme in meinem Ohr redete weiter, und ich wusste, dass sie recht hatte. Rose würde mehr als Hoffnung brauchen, um bis zur Befreiung durchzuhalten. *Na gut,* sagte ich zur kleinen Frau in meinem Ohr, ich würde Rose mehr als Hoffnung geben. Sie war nicht die Einzige, die selbstlos war. Ich würde ihr die Chance erkaufen zu kämpfen.

Als die Trillerpfeife schrillte und die Blockältesten um 04:30 Uhr zu schreien begannen, war ich bereit. Hellwach, aufmerksam und entschlossen. Im allgemeinen Chaos, der dem Morgenappell vorausging, lief ich zwischen den Baracken hindurch zum Krankenbau. Ich musste mich von Rose verabschieden. Ihr erklären, warum ich aufbrach.

Doch die Tür war verschlossen.

Die Trillerpfeifen gellten in meinen Ohren. Mir blieb nicht viel Zeit.

Ich klopfte ans Fenster neben der Tür. Ein Gesicht erschien. Die Ente. Ich zeigte zur Tür. Sie verzog keine Miene. Ich signalisierte ihr, dass ich reinkommen müsste. Immer noch keine Reaktion.

Ich zog zwei zerknautschte Zigarettenstummel unter meinem Kopftuch hervor. *Die sind für dich*, formte ich mit den Lippen.

Das Gesicht der Ente verschwand und tauchte an einem anderen Fenster wieder auf. Das Fenster öffnete sich einen Spaltbreit.

Ich hielt meinen Mund an den Spalt. Mein Atem war eine Wolke aus Frost.

Die Ente schüttelte den Kopf. »Die Tür ist zu.«

»Ich weiß. Dann mach sie auf.«

»Geht nicht.«

Ich blickte mich um. Für so was war jetzt keine Zeit und der Spalt viel zu schmal, als dass ich hindurchgepasst hätte. »Dann sag Rose, sie soll herkommen.«

Sie schüttelte wieder den Kopf, diesmal energischer. »Nein!«

»Dann gib ihr jedenfalls diese Nachricht. Richte ihr aus, dass …«

Doch was konnte ich ihr sagen, nach all den gemeinsamen Monaten? Dass ich auf dem Sprung war? Dass eine Flucht stattfinden sollte? Vor allem konnte ich nicht riskieren, die nutzlose Ente in meine Pläne einzuweihen.

»Richte ihr aus, dass ich da war«, bat ich sie mit schwacher Stimme. »Dass ... ach, vergiss es. Hier!«

Ich spähte rasch in alle Richtungen, ehe ich in meine selbst genähte Geheimtasche griff und ein kleines Päckchen herauszog. Der Inhalt war in eine Seite der »Damenwelt« eingeschlagen. Darauf waren eine Werbeanzeige für das »Blaue Stunde«-Parfüm und die Zeichnung eines grauen Wollmantels zu sehen. Ente beobachtete, wie ich das Papier auseinanderfaltete. Der glitzernde Ring kam zum Vorschein. Mein Ring. Meine Hoffnung auf ein Modegeschäft. Meine Hoffnung.

»Nimm ihn. Das ist alles, was ich habe. Besorg Rose Medizin, Vitamine, Essen, Decken, was immer du auftreiben kannst. Und versprich mir, dass du dich um sie kümmern wirst, ja?«

Eine bleiche Hand wurde durch den Spalt gestreckt, schnappte sich den Ring und zog sich wieder zurück. Das Fenster schloss sich mit einem Knall.

Der Morgenappell fühlte sich stets so an, als würde er kein Ende nehmen. Heute dauerte er eine halbe Ewigkeit. Konnte der Plan gelingen? Würde ich wirklich fliehen können? Zumindest hatte Rose den Ring. *Sie wird sich erholen*, sagte ich mir wieder und wieder. Und Henryk hatte versprochen, dass wir bald mit Waffen und Panzern zurück sein würden, und PENG – Birkenau würde brennen, und ich würde auf seinen Trümmern tanzen.

Sobald die Trillerpfeife ertönte und alle zu ihren Arbeitstrupps liefen, lief ich auch – zum verabredeten Treffpunkt.

Im nächsten Moment war Henryk bei mir, mein eifriger Begleithund.

»Bleib immer ein paar Schritte hinter mir«, sagte er mit leiser Stimme. »Und guck auf den Boden.«

Er sah, wie ich zögerte, blieb kurz stehen und legte mir seine Hände auf die Schultern. »Schau mich an, Ella. Schau mich an! Du tust genau das Richtige und zusammen können wir es schaffen.«

»Zusammen …«, wiederholte ich.

Er drehte sich um und setzte seinen Weg fort.

Es war qualvoll, hinter Henryk durch Birkenau zu gehen und so zu tun, als sei alles wie immer. Ich rechnete jeden Moment damit, dass sich die Aufseher mit ihren Hunden auf mich stürzten.

Die ganze Zeit musste ich daran denken, wie viel Medizin und Nahrungsmittel der Ring wert sein mochte. Sicherlich genug, um Rose aufzupäppeln, bis ich mit der Befreiungsarmee zurückkehren würde. Dann kam mir ein furchtbarer Gedanke. Und wenn Ente den Ring behalten hatte? Wie dumm von mir, ihr diesen Schatz einfach zu überlassen. Natürlich hatte sie ihn behalten. Sie wäre ja blöd, es nicht zu tun. Mina würde einen Lachanfall kriegen, wenn sie davon erfuhr. Sie, die mir immer gesagt hatte, dass Weichheit ein Fehler war.

Ein Fehler, ein Fehler, ein Fehler.

Wir kamen zu einer Baracke, die vollkommen im Dunkeln lag. Hier hatte Henryk unsere Alltagskleidung versteckt.

»Zieh dich schnell um«, sagte er. »Wir müssen gleich bereit sein für die nächste Etappe ... ich schau auch nicht«, fügte er grinsend hinzu.

Ich errötete im Dunkeln. Nie zuvor war ich mit einem Mann allein gewesen. In Birkenau war man überhaupt nie allein. Überall waren ständig Leute – Frauen bei der Arbeit, Frauen beim Zählappell, all die Aufseherinnen und Kapos ... und Rose. Immer wieder Rose.

Henryk drehte mir den Rücken zu und begann, eine graue Strickjacke über seinem Hemd zuzuknöpfen. Schnell zog ich meine gestreifte Häftlingskleidung aus und schlüpfte in die neuen Sachen, die von dürftiger Qualität waren. Ein dünner Wollrock, eine Bluse aus Baumwolle und ein fadenscheiniger Pullover. Zu kleine Schuhe mit einem klobigen Absatz, die selbst meine Großmutter als plump bezeichnet hätte. Doch sie erfüllten ihren Zweck. Mehr als das.

»Da fühlt man sich gleich wie ein richtiger Mensch«, flüsterte ich.

Henryk lächelte mich im Zwielicht an. »Für mich warst du das immer. Seit du gesagt hast: *In meinem Inneren bin ich Ella. Und ich nähe.* Du siehst großartig aus. Genau so ein Mädchen, wie ich es an meiner Seite brauche.«

Er beugte sich zu mir, als draußen jemand an der Baracke vorbeiging. Ich spürte seinen Atem auf meinem Gesicht. In der Ferne hörte ich einen Zug pfeifen. Meine Fahrkarte in die Freiheit.

Weitere angstvolle Minuten, dann ein leises Klopfen an der Tür. Es war so weit. Jetzt wurde nicht mehr nachgedacht, sondern gehandelt. *Leb wohl, Rose – wir sehen uns bald wieder!*

Ella kehrte jetzt ins Leben zurück.

Und so schlichen wir uns aus Birkenau hinaus, vorbei an den Aufsehern mit ihren Hunden und Maschinengewehren, vorbei an Stacheldraht und Landminen. Wir versteckten uns hinter Kisten und Kleiderbündeln, die aus dem Warenhaus kamen und verladen wurden, sprangen an einer Bahnstation aus dem Zug und kauften uns von Henryks Geld Fahrkarten, saßen kurz darauf zwischen normalen Leuten in einem richtigen Zug. Mit jedem Kilometer kamen wir der Freiheit und dem Ende des Krieges näher. Wir mischten uns unter die Armee der Befreier. Sangen Siegeslieder, trugen Ehrenmedaillen und waren zu Helden geworden. Wir kehrten zurück. Wir fanden Rose. Wir waren glücklich.

Das wäre geschehen, wenn ich mir den weiteren Verlauf ausgedacht hätte.

Doch im wahren Leben habe ich alles verpfuscht. Komplett. Alles.

Mein ganzes Leben lang werde ich Henryks Gesicht vor Augen haben, als ich ihm sagte, dass ich bleiben müsse. Die Ungläubigkeit. Dieser Ausdruck, im Stich gelassen zu werden. »Du gibst auf?«, fragte er mit heiserer Stimme. »Einfach so? Das war's mit Ruhm und Ehre?«

Mir war speiübel. Ich hätte nichts lieber getan, als den Gestank und den gestreiften Häftlingskittel von Birkenau endlich loszuwerden. Mehr als alles andere sehnte ich mich danach, frei atmen und mich frei bewegen zu können.

Henryk packte meine Schultern und schüttelte mich. »Du wirst hier verrotten, Ella! Du denkst, du kannst hier Kleider entwerfen, aber dieser Ort ist eine Fabrik, die nur Elend und Tod produziert. Bitte denk nach! Du weißt nicht, was es mir bedeutet hat, dich in diesem Drecksloch als Freundin zu haben. Du musst mit mir kommen! Meine Familie existiert nicht mehr. Alle sind ... verschwunden. Niemand wartet auf mich da draußen. Keiner bedeutet mir so viel wie du.«

Er fing an zu weinen und ich weinte auch. Ich umarmte ihn. Ich ließ mich sogar von ihm küssen. Doch ich ging nicht mit ihm fort. Ich konnte es nicht.

Ich bin immer davon ausgegangen, dass er es geschafft hat. Dass er nicht vom Zählappell direkt zum Galgen geschleppt und hingerichtet wurde – so wie die anderen Zebras, deren Flucht scheiterte. Auf dem Haufen aussortierter Kleidung landete keine blutbefleckte, von Kugeln durchlöcherte Strickjacke. Das weiß ich. Ich habe danach gefragt.

Ich blieb Rose zuliebe.

Den ganzen Tag zitterten beim Waschen meine Hände. Ich hörte einen Zug pfeifen und hoffte, dass die Flucht geglückt war. Ich hörte Hundegebell und Pistolenschüsse. Doch vor allem hörte ich mein eigenes Herz singen und war plötzlich von einer wilden Freude erfüllt. Ich war geblieben. War immer noch ein Zebra. Befand mich immer noch innerhalb des Stacheldrahts. Denn aus irgendeinem Grund kam es darauf gar nicht an.

Niemand wusste, dass ich eine Flucht geplant hatte. In Gedanken sah ich bereits Roses Gesicht aufleuchten, wenn ich nach dem Abendappell bei ihr auftauchte. Nur noch zwölf Stunden Arbeit bis dahin.

Lange Unterhosen glitten durch den Waschbottich ... während ich in meiner Modeboutique bereits den Teppich verlegte. Westen lagen in Seifenlauge ... während ich Gardinen aufhängte, die Glasschirme der Lampen polierte und die Nadel meiner Nähmaschine auf und ab tanzen ließ. Die Sonne versank im grauen Dunst ... während ich Zuckergusstörtchen in der Konditorei nebenan bestellte, kleine blühende Äste vom Apfelbaum auf der gegenüberliegenden Straßenseite abbrach und die letzte Kundin sanft aus der Tür schob.

Dann der Zählappell. Länger als je zuvor. Schreie. Hundegebell. Zählen und noch mal zählen.

Ein Pfiff. Ich konnte zu Rose laufen! Ich rannte inmitten unzähliger anderer Zebras unter dem kalten Licht der Scheinwerfer.

Ich rannte und blieb abrupt stehen.

Hier war doch der Krankenbau. Warum standen die Tür und sämtliche Fenster sperrangelweit offen?

Ich stürzte hinein. Alle Betten waren leer. Manche waren umgekippt worden und lagen auf der Seite. Dreck und Müll, wohin man auch schaute. Zwei spindeldürre Zebras wischten den Boden, feuchteten den Dreck an und schoben ihn in die Ecken.

Ich brachte fast kein Wort über die Lippen.

»Was ist hier passiert?«

Eines der Zebras blickte kurz von ihrem Eimer auf und dann wieder zu Boden. »Wonach sieht's denn aus?«, antwortete sie mit dumpfer Stimme. »Jeder hier war auf einer Liste.«

»Auf einer Liste? Davon hat niemand was gesagt. Wie viele haben sie mitgenommen?«

Platsch, tauchte der Lappen ins graue Wischwasser ein. »Hast du nicht zugehört? Ich hab *alle* gesagt. Patienten, Pfleger ... dieser Ort ist leer, alle verschwunden.«

Das durfte nicht wahr sein!

Ich hetzte durch den Schmutz zu Roses Bett. Ihre verschlissene Wolldecke lag auf dem Fußboden. Nur ihr zerknittertes Kopftuch war zurückgeblieben.

»Verschwunden ...?« Meine Stimme brach. »Was heißt das ...?«

Platsch, landete der Lappen wieder auf dem Boden. Die Augen des Zebras schauten aus einem der Fenster. Flammen verliehen dem Himmel ein unnatürliches Abendrot. Was hatte Henryk gesagt? Birkenau war eine Fabrik, die nur Elend und Tod produzierte. Das Elend war für mich, der Tod war für ...

Meine Beine hatten plötzlich keine Knochen mehr. Das konnte nicht wahr sein. Das durfte nicht wahr sein. Sie konnten doch nicht einfach jede Patientin und jede Pflegerin auf eine Liste setzen. Das wäre ... das wäre ... in Birkenau völlig normal gewesen. Dennoch weigerte ich mich, daran zu glauben.

Hoffnung. Hoffnung! Rose sagte immer, man dürfe die Hoffnung nicht aufgeben.

Doch dann sah ich, dass selbst Rose die Hoffnung aufgegeben hatte. Dort lag es im schmierigen Dreck. Das schlaffe rote Band.

WEISS

Wolken, Wind und Erde waren geblieben. Kein Vogelgesang. Nicht ein Blatt an den Bäumen. Die Birken in Birkenau waren genauso nackt und kalt wie ich unter meinem gestreiften Kittel.

Am nächsten Morgen musste ich meinen Albtraum abschütteln, dass Rose tot war.

Aus der Ferne drang eine Stimme an mein Ohr: »Wach auf! Wach auf! Zählappell!«

Das hörte sich nicht richtig an. Wie konnte ein Zählappell stattfinden? Warum drehte sich die Erde immer noch?

»Geh weg!«, stöhnte ich, als mich jemand schüttelte.

»Gerda bringt dich um, wenn du nicht aufstehst!«

»Na und?«

»Lass sie«, sagte eine andere Stimme. »Es ging ihr wirklich schlecht letzte Nacht.«

Ja, lass mich in Ruhe, dachte ich.

Was sie auch taten. Ich hatte mich zusammengerollt wie ein Igel, und ich musste erneut eingeschlafen sein, denn dieses Mal träumte ich, dass Rose am Leben war. Ihre Hand war in meiner. *Steh auf, du Faulpelz,* flüsterte sie in mein Ohr.

»Lass mich schlafen«, murmelte ich.

Schlafen kannst du später. Komm schon, ich helfe dir. Schwing deine Beine über die Kante ... so, ja. Spring runter. Und vergiss deine Schuhe nicht.

»Es ist immer noch dunkel, Rose. Können wir nicht ein bisschen liegen bleiben?«

Nicht jetzt. Komm, nimm meine Hand ... schnell. Ich hör schon die Trillerpfeifen.

»Ich hab dich so vermisst, Rose. Ich dachte, du wärst fort ...«

Ich bin da. Ich werde immer da sein.

»Ich konnte dich nicht verlassen. Konnte nicht ohne dich verschwinden.«

Ich weiß, Liebes, ich weiß. Jetzt lauf.

Sie zog mich durch die eisige Morgenluft. Wir schienen von einer riesigen Herde stumpfsinniger Zebras umgeben zu sein. Gemeinsam schafften wir es zum Appellplatz.

»Die Schlote rauchen«, flüsterte ich.

Sieh nicht hin, flüsterte Rose zurück. *Denk nur an dich. Du lebst. Du atmest. Du denkst. Du fühlst.*

Nach den ersten drei Stunden spürte ich die Kälte nicht mehr. Ich fühlte nur Roses Hand in meiner. Ich drehte mich zu ihr, um ihr von dem Traum zu erzählen, in dem sie tot und ich allein gewesen war. Sie war nicht mehr da. Meine Hand war leer. Nein, nicht leer. In meinen halb erfrorenen Fingern hielt ich das rote Band.

Geh nicht! Geh nicht! Geh nicht!, schrie eine Stimme in mir.

Zu spät. Rose war schon fort. Irgendwo in der eisigen Luft lag ihr letzter Hauch. Konnte ich ihn schmecken, wenn ich tief einatmete?

Eine Trillerpfeife schrillte, und ich stand allein im öden Morgengrauen. Blättrige graue Asche – oh, so weich – ging auf mich nieder. Von allen Gräueln in Birkenau, das entdeckte ich jetzt, war die Einsamkeit am schlimmsten.

***

Ich musste endlich davon berichten. Musste Roses Tod in Worte kleiden. Musste erklären, warum sie keinen Kojenplatz mehr brauchte. Warum sie nicht mehr zur Arbeit erschien.

»Glück für sie, dass sie so schnell gestorben ist«, sagte Gerda. »Im Gegensatz zu uns, die sich langsam zu Tode schuften. Aber gib nicht auf«, fügte sie rasch hinzu. »Vielleicht müssen wir nur noch einen Winter überstehen.«

Gerda hatte gut reden. Bei ihrer Konstitution würde sie eine ganze Eiszeit überstehen.

Die einzige Reaktion, die ich in der Wäscherei auf meine Neuigkeit erntete, war ein hysterisches Lachen von Hyäne.

Meine Finger zuckten.

Schlag sie nicht, sagte Rose.

Nicht mal ein bisschen?

Du weißt doch, Gewalt ist keine Lösung.

Ich seufzte. Und Hyänes Nase blieb unversehrt.

Für eine Weile arbeitete ich stumpf vor mich hin. Was sollte ich auch sonst tun? Bärin schickte mich wieder auf den Trockenplatz. Mir war das egal. An jedem klirrend kalten Morgen hängte ich draußen die Wäsche auf. Die Wäscheleinen waren mit gefrorenem Tau besetzt, der aussah wie ein Gewirr riesiger Spinnweben. Jeden Abend holte ich die Wäsche rein. Ich schlug die Steifheit heraus und beförderte sie in den Mangelraum.

Rose kitzelte mich manchmal ein wenig, doch ich spürte nichts. War ich überhaupt noch am Leben? Einmal hätte ich schwören können, dass ihre Lippen meine Wange berührten, doch war es nur eine Socke an einer Wäscheklammer.

Mehrmals sah ich Carla an den gefrorenen Wäscheleinen entlanggehen. Pippa jaulte und Carla riss an der Leine. Sie sah mich. Ich weiß, dass sie mich sah, aber sie sagte nichts und tat nichts.

Nachts lag ich mit offenen Augen auf meiner Pritsche. Keine Tränen. Keine Trauer. Keine Wut. Ich war wie betäubt. Innerlich abgestorben.

Eines Morgens schneite es. Die Innenseiten der Fensterscheiben waren vereist, draußen war alles weiß. Die einzige Farbe weit und breit war mein rotes Band. Ich strich über den seidigen Stoff. Plötzlich wusste ich, was zu tun war. Ich streckte die Schultern, als ich einen Wäschekorb auf Rädern nach draußen schob.

»Oh, passt auf!«, rief Hyäne mit einem Kichern. »Die hat so einen stieren Blick.«

»Du meinst, sie will in den Stacheldraht laufen?«, fragte Kratzbürste.

»Irgendwas hat sie vor, das steht fest.«

Der Stacheldrahtzaun stand unter Strom. Tödliche Spannung. Verzweifelte Zebras stürzten sich oft in ihn hinein, als wollten sie ihn umarmen, und beendeten unter Zuckungen ihr Leben.

Doch ich hatte nicht vor, meine Fußabdrücke im jungfräulichen Schnee nahe dem Zaun zu hinterlassen. Ich wollte meinem Leben kein Ende setzen. Ich schmiedete eifrig Pläne, wie ich es neu beginnen konnte.

»Ich brauche Stoff«, gab ich am Abend in der Baracke bekannt. »Ungefähr zwei Meter. Ich will ein Kleid machen.«

»Du hast doch schon eins«, sagte Gerda.

»Keine Häftlingskleidung. Diesmal soll es ein Freiheitskleid werden.«

***

Natürlich war das unmöglich. Woher sollte ich auch nur so viel Stoff für ein Taschentuch herbekommen, geschweige denn für ein ganzes Kleid? Ganz abgesehen von so unschätzbaren Hilfsmitteln wie Nadel, Faden und Schere. Selbst eine Heldin im Märchen würde Jahre brauchen, um all diese Schätze zu finden.

Es musste mir gelingen, ehe Birkenau sich geleert hatte.

Genau – geleert! Jetzt, da am Horizont bereits das Echo von Gewehrsalven zu hören war, würde sich Birkenau allmählich auflösen. Nicht heute, nicht morgen, aber bald. Anzeichen gab es überall. Die Nervosität der Aufseher, die Tag und Nacht rauchenden Kaminschlote. Mehr Ballen und Bündel als je zuvor wurden auf Züge verladen und verließen das Lager.

Auch ganze Zugladungen von Gefangenen wurden abtransportiert. Es hieß, sie sollten in andere Lager kommen, die weiter entfernt von den Kampflinien waren. Nach so vielen Jahren absoluter Willkürherrschaft töteten sie in Panik, wen immer sie wollten. Verzweifelt versuchten sie, alle Beweise zu vernichten, dass ein Ort wie Birkenau je existiert hatte. Während die Befreiung näher rückte, wurden bis aufs Skelett abgemagerte Zebras fortgeschafft. Ich musste an eine alte Schulfreundin denken, die mal ein ganzes Brettspiel mit den Worten vom Tisch gefegt hatte: *So kann niemand beweisen, wer hier verloren hat.*

Wenn die Zeit gekommen war, Birkenau zu verlassen – wann immer das sein würde –, war ich fest entschlossen, das als normaler Mensch in richtiger Kleidung zu tun. So war die Idee von dem Freiheitskleid entstanden. Nichts, was geliehen oder gestohlen war, sondern etwas, das ich Stich für Stich selbst angefertigt hatte.

***

Doch eins nach dem anderen. Erst mal brauchte ich Stoff.

Ich hatte immer noch die dürftige Kleidung, die Henryk für unsere Flucht organisiert hatte. Es wäre zu riskant gewesen, sie länger unter meinem Häftlingskittel zu verstecken. Die Aufseher waren unbarmherzig zu allen, die in irgendeiner Form aus der Reihe tanzten. Selbst wenn sie versuchten, sich besser vor der Kälte zu schützen. Ich tauschte den dünnen Pullover also gegen eine halbe Schachtel Zigaretten ein, ehrlich wahr. Eine ganze halbe Schachtel. Was für ein Reichtum! Der Rock und die Bluse waren weniger wert, bedeuteten aber dennoch mehr Zigaretten und etwas Brot. Alles sehr willkommen. Mit diesen Reichtümern konnte ich das Warenhaus aufsuchen.

Gerda kannte ein Mädchen, das ein Mädchen kannte, das eine Arbeiterin im Warenhaus kannte. Für ihre Vermittlungsdienste nahm sich Gerda ein paar Zigaretten von meinem kostbaren Vorrat und sorgte dafür, dass der richtige Stoff bereitstand und herausgeschmuggelt werden konnte. Es war für alle Beteiligten ein hochriskantes Unternehmen, und ich hatte ein schlechtes Gewissen, andere überhaupt in diese Sache mit reinzuziehen. Sie anscheinend nicht – Bezahlung war schließlich Bezahlung.

Mehrere Tage wartete ich voller Anspannung, bis mich ein Päckchen erreichte. Gerda ließ es mich in ihrem kleinen Verschlag in einer Ecke der Baracke öffnen. Ich war so aufgeregt! Doch meine Erwartungen wurden bitter enttäuscht.

Es war das hässlichste Stück Stoff, das ich je gesehen hatte.

Gerda brach in Gelächter aus. »Als hätte jemand draufgekotzt! Die kleinen orangen Dinger hier könnten Karottenstücke sein.«

Mir war selbst übel. Für eine ältere Frau bei dämmrigem Licht wäre der wirre, bunt gemusterte Stoff vielleicht erträglich gewesen. Aber nicht für eine junge Bohnenstange wie mich.

»Ach, was soll's«, sagte ich tapfer. »Die Qualität ist in Ordnung, genug Stoff ist auch da und er wird garantiert gut fallen.«

»Ich kann's kaum erwarten, dich darin zu sehen«, erklärte Gerda kichernd.

An eine Schere heranzukommen, war ein anderes Problem. Im Ausbesserungsraum der Wäscherei, das wusste ich, gab es zwei davon. Sie wurden nie aus dem Zimmer gebracht. Sie waren nie unbeaufsichtigt. Ich grübelte eine Weile darüber nach, bis ich plötzlich unerwartete Hilfe erhielt. Bärin war krank. Hyäne nahm vorübergehend ihre Stelle als Vorsteherin in der Wäscherei ein. Ich ging zu ihr und sagte, dass ich meine Schicht mit einer Näherin aus dem Ausbesserungsraum tauschen wollte. Hyäne lachte wie erwartet.

»Netter Versuch, aber vergiss es!«

Ich gab nicht auf. »Lass mich dir die Sache erklären. Ich muss mir die Schere aus dem Ausbesserungsraum ausleihen und dazu brauche ich deine Genehmigung. Wenn du sie mir verweigerst, werde ich die Schere klauen und sie dir ins Herz bohren, während du schläfst.«

Hyäne öffnete ihren Mund, doch das Lachen blieb ihr im Hals stecken.

Ich bekam die Schicht im Ausbesserungsraum.

Der Ausbesserungsraum war nichts gegen die Maßschneiderei. Ganz und gar nichts. Tagsüber stopften und flickten dort ungefähr dreißig Frauen, bewacht von einer Aufseherin. In der Nacht waren es dreißig andere Frauen ohne Bewachung. Ich schaute dort während der Spätschicht vorbei, wenn die Arbeitsdisziplin nicht mehr so groß war. Ich hatte gehört, dass die Stimmung unter den Frauen ziemlich entspannt sei. Sie rissen sich das Garn selbst unter den Nagel, um es für private Zwecke zu benutzen oder es einzutauschen. Außerdem flickten sie die grauen Wollsachen der Aufseherinnen oft mit falschen

Farben – ein simpler Akt des Widerstands. Das verhieß Gutes für meinen Plan.

Ich fand einen Platz, an dem ich meinen Stoff ausbreiten konnte.

»Was machst du da?«, fragte eine stämmige Frau, die hinter einem Berg löchriger Socken nur halb zu erkennen war. Bevor sie nach Birkenau gekommen war, musste sie enorm schwergewichtig gewesen sein. Jetzt faltete sich überall ihre schlaffe, überschüssige Haut, was fast noch trauriger wirkte als die Skelette der übrigen Zebras, die ich jeden Tag sah. Sie erinnerte mich an eine Nacktschnecke.

»Ich brauche nur ein bisschen Platz auf dem Boden. Könntest du mit deinen Füßen etwas zur Seite rücken?«, sagte ich dreist.

Langsam zog Nacktschnecke ihre Holzschuhe nach links. Auf den Fußbodenbrettern schob ich den Stoff auseinander und nahm mir die Schere.

»Was wird das?«, fragte Nacktschnecke.

»Ein Kleid.«

»Hui!«

»Willst du's nicht vorher zuschneiden?«, piepste eine mausartige Frau, die sich beim Flicken eines löchrigen Hemds über den halben Tisch beugte.

»Hab kein Papier«, antwortete ich, musterte den Stoff und fragte mich, wie ich am besten vorgehen sollte. Ich setzte die Schere an.

»Was für ein Kleid?«, wollte Maus wissen.

»Ein Freiheitskleid. Das ziehe ich an, wenn ich hier rausspaziere.«

»Ist das dein Ernst?«
Beide starrten mich an.
Ich ließ die Schere sinken. »Ich nehme an, dass ihr mich jetzt verratet.«
Maus sah Nacktschnecke an. Nacktschnecke sah Maus an.
»Hier, du brauchst ein Maßband«, sagte Maus schüchtern und reichte mir eins.
»Aber mach schnell«, sagte Nacktschnecke, die so aussah, als hätte sie sich noch nie in ihrem Leben beeilt. »Ich kümmere mich in der Zwischenzeit um die Socken, die du eigentlich stopfen solltest.«
Ich zwinkerte. »Oh, das ist toll ... vielen Dank.« Wer hätte gedacht, dass es auch noch angenehme Überraschungen in der Welt geben könnte. Ich nahm die Schere wieder zur Hand.

An Stecknadeln mangelte es nicht, wie ich herausfand, als sie mich auf dem Boden des Ausbesserungsraumes in Hände und Knie stachen.
In meinem Kopf hörte ich Mina *Nadeln!* rufen. Garn hatte ich auch genug. Ich ließ einfach dasjenige aus, das im abgeschnittenen Teil des Stoffs war. Alles, was ich noch brauchte, war eine Nähnadel. Nacktschnecke stieß Maus mit ihrem Holzschuh an.
Maus zuckte zusammen.
»Gib ihr die Nadel«, sagte sie.
Maus gab mir die Nähnadel und glotzte mich an, als wäre dies ihr Beitrag zu meiner gewaltigen Revolution.

»Willst du wirklich dein eigenes Kleid nähen?«, fragte sie leise.

Ich nickte.

»Die erschießen dich, wenn sie davon Wind bekommen«, sagte Nacktschnecke.

»Ich weiß.«

Stecknadeln, Faden und Nähnadel verschwanden in meiner Geheimtasche. Den Stoff schob ich unter meine Strohmatratze, in der Hoffnung, dass mein Gewicht es schon platt drücken und glätten würde. Ich wollte jeden Abend, ehe das Licht ausging, ein wenig daran arbeiten.

Meine Großmutter hatte etwas aus einer Zeitschrift ausgeschnitten und zu Hause über ihrem Arbeitstisch an die Wand gepinnt. Es war ein Ratschlag, wie man beim Nähen eine gute Figur machte. Als sie es zum ersten Mal gelesen hat, wäre sie vor Lachen fast vom Stuhl gefallen. Und ich dachte an diesen Rat, als ich mit meinem Freiheitskleid begann:

»Sei selbst so attraktiv wie möglich, wenn du nähst. Zieh ein sauberes Kleid an.«

Ein sauberes Kleid? Schön wär's. Ich reinigte meinen schmuddeligen Häftlingskittel in der Wäscherei, sooft es ging. Doch Attraktivität war etwas, das in Birkenau nicht existierte.

Wenn man kahl geschoren war wie ich, bereitete der nächste Tipp ein wenig Schwierigkeiten: »Achte auf deine Frisur. Puder und Lippenstift nicht vergessen.« Wenn mit Puder schuppige Haut wegen Vitaminmangels gemeint war, konnte ich damit dienen. Lippenstift hatte in Birkenau den Wert mehrerer Schachteln Zigaretten. Man sollte ja glauben, dass Zebras weder Zeit noch Geld auf so was verwendeten, doch hatte ich gehört, dass in einer anderen Baracke ein Lippenstift die Runde gemacht und jede einzelne Frau ein klein bisschen davon auf ihre Lippen getupft hatte. Sie mussten grässlich ausgesehen haben, wie geschminkte Skelette. Aber was machte das schon. Zum Zählappell hatten sie ein wenig Rouge aufgelegt, damit sie gesund genug aussahen, um arbeiten zu können. Außerdem verschaffte ihnen ein bisschen Lippenstift das Gefühl, wieder normale Frauen zu sein.

Weshalb ich auch das Kleid brauchte.

Der letzte Kommentar aus der Zeitschrift erklärte den wahren Grund, warum man sich fürs Nähen herausputzen sollte: »Wer möchte schon einen unvorteilhaften Eindruck erwecken, wenn unangemeldeter Besuch oder gar der eigene Ehemann plötzlich vor der Tür steht?« Nun, das plötzliche Auftauchen meines Ehemanns bereitete mir keine Sorgen, unangemeldete Besuche bösartiger Menschen hingegen schon.

»Könntest du fragen, ob jemand Schmiere steht, falls eine Aufseherin kommt?«, bat ich Gerda am Abend, an dem ich zu nähen begann.

Gerda zog die Nase hoch. »Solltest du dir nicht Sorgen wegen mir machen? Schließlich trage ich hier die Verantwortung.«

Ich erstarrte, plötzlich mehr schüchterne Maus als listige Füchsin.

»Nur Spaß!« Gerda haute mir grinsend auf den Rücken, sodass meine Knochen knackten. »Wie du geguckt hast … zu lustig! Aber hör zu, meine Kleine, du musst dich nicht nur vor den Scheißaufseherinnen in Acht nehmen … pass bloß auf, dass dich hier niemand für ein paar Zigaretten verpfeift. Ich werd keinen Finger für dich rühren, wenn's drauf ankommt, merk dir das!« Sie machte eine Geste, als hinge sie am Galgen.

Es nahm mich sehr mit, zum ersten Mal, seit Carla mir die Hand zerquetscht hatte, wieder eine Nähnadel in den Fingern zu haben – und das nicht nur wegen der Angst, entdeckt zu werden. Was, wenn ich nicht mehr in der Lage dazu war?
Zunächst versuchte ich es mit ein bisschen Fingergymnastik. War drauf und dran, das ganze Projekt zu verfluchen. Ein längst vergessener Satz meiner Oma fiel mir ein: *Mit jedem Stich kommst du dem Ende näher.* Dieser Rat war besser als all die Phrasen in den Zeitschriften, dass man sich vor allem selbst herausputzen sollte.
Ich zitterte ein bisschen, als ich die Nadel durch den Stoff zog. Meine Finger schmerzten. Zuerst setzte ich eine Seitennaht am Rockteil. Stieß die Nadel hinein. Zog sie durch. Dem ersten Stich folgte der zweite, dem zweiten der dritte, dann unzählige weitere. Ich konnte es tun. Der Rhythmus kehrte zurück. Fast wäre ich glücklich gewesen.
Ich versteckte mich oben auf meiner Pritsche und krümmte die Schultern, um mich vor neugierigen Blicken

zu schützen, während ich die erste der langen Seitennähte in Angriff nahm. Dennoch kletterten andere Zebras zu mir nach oben, um nachzuschauen, womit ich da beschäftigt war. Sie scharten sich um mich wie hungrige Affen. Als das Kleid allmählich Gestalt annahm, wollten immer mehr Zebras zuschauen. Zumindest war es wärmer so, wenn auch etwas anstrengend. Ich vermutete, dass der ungewöhnliche Anblick von Normalität sie in Bann zog – ein Mädchen, das nähte.

Ich wusste, dass ich irgendwas gegen ihre Unruhe tun musste (und gegen ihre Versuchung, mich und den Stoff anzufassen). Ich holte also tief Luft und begann in Roses bewährtem Stil …

»Kennt ihr schon die Geschichte von der armen Schneiderin, die sich selbst ein magisches Kleid nähte, mit dem sie in die Stadt der Lichter gelangte …?«

Es war bestimmt nicht die beste Geschichte aller Zeiten. Es war nicht mal eine gute Geschichte. Rose hätte sie natürlich viel besser erzählt.

Alles war besser, als sie noch gelebt hatte. Ich vermisste sie so sehr.

***

Viele Abende später rief Gerda zu mir nach oben. »Bist du fertig?«

»Noch nicht.«

Am nächsten Abend: »Endlich fertig?«

»Fast.«

Und schließlich: »Wie lange brauchst du eigentlich für dieses Scheißkleid?«

»Ich bin fertig«, antwortete ich. »Aber erwarte dir bloß nicht zu viel davon.«

»Keine Sorge, bei dem Stoff …«, sagte Gerda mit einem Schnauben. »Komm schon, gib uns eine kleine Vorführung.«

Ich schüttelte ein paar Halme von meinem neuen Kleid, zog die alten Sachen aus und schlüpfte hinein. Mit meinen klobigen Schuhen spazierte ich zwischen den Etagenbetten hindurch und umrundete elegant den Ofen in der Mitte der Baracke. Die Zebras applaudierten schwach. Gerda blies in ihre Pfeife. Dann rief sie: »Okay, Licht aus!«

Ich zog das Kleid aus und schob es wieder unter die Matratze, um es zu glätten und zu verstecken. Erfolg!

Als ich am nächsten Abend vom Zählappel kam, war mein Freiheitskleid verschwunden. Gestohlen.

Gerda versprach, die Diebin eigenhändig zu erwürgen. Niemand gestand die Tat. Ich starrte dorthin, wo das Kleid gelegen hatte, als könnte ich es dadurch zurückzaubern, doch ich besaß keine magischen Fähigkeiten, und dies war auch kein Märchen. Ohne das Kleid, so empfand ich es, würde es auch keine Befreiung geben. Keine Befreiung, keine Heimkehr, keine Großmutter, keinen Großvater, keine Hoffnung.

»Du kannst noch eins machen«, sagte Gerda.

Ich schüttelte den Kopf. »Nein, das war's! Ich hab keine Zigaretten und kein Brot mehr übrig. Nichts, was ich noch eintauschen könnte.« Wie hatte ich nur so dumm sein können zu glauben, ich könnte mehr als eine Nummer oder ein Abzeichen sein? Birkenau war Birkenau und niemand konnte das ändern.

Kopf hoch, flüsterte ein Echo von Roses Stimme in dieser Nacht. *Vor dem Morgengrauen ist es immer am dunkelsten.*

Die Rose in meinem Kopf hatte recht. Um halb fünf am Morgen war es tatsächlich dunkel, so wie an jedem trostlosen anderen Tag. Einige der großen Scheinwerfer waren erloschen – wegen eines Stromausfalls? Auf dem Weg zum Appellplatz liefen wir ineinander. Die Luft war so schneidend kalt wie geschliffenes Glas.

Meine Oma hatte einen ganz besonderen Küchenschrank, in dem sie ihre geschliffenen Gläser aufbewahrte. Weingläser, Sherrygläser, daneben eine große Glasschüssel und sogar eine mit weißen Tauben verzierte Bonbonniere. *Für besondere Gelegenheiten*, wie sie stets sagte. Falls ich je nach Hause zurückkehrte, würde ich diese Dinge alle aus dem Schrank holen und den Tisch für ein Festmahl decken.

Dass die Weingläser mit Wasser und die Bonbonniere mit Brot gefüllt sein würden, spielte keine Rolle, denn die besondere Gelegenheit bestand darin, dass wir noch lebten und wieder zusammen waren.

Ich würde mich allerdings nicht beklagen, wenn wir ein richtiges Fest feierten – mit einer riesigen Festtagstorte, die von einer dicken Schicht aus weißem Zuckerguss gekrönt wurde, passend zum Puderzucker, der in diesem Moment auf uns herabschneite. Er war kalt, aber nicht süß. Ganz normaler Schnee.

Als die Trillerpfeife schrillte, wollte ich meine Füße heben, aber es ging nicht. Meine Schuhe waren auf dem Boden festgefroren. Ich kratzte das Eis weg, bis meine Finger ganz wund waren und die Schuhe sich endlich lösten. Meine Füße waren längst taub geworden. Wäre es so schlimm, wenn ich einfach stehen bliebe und mich in eine Eisskulptur verwandelte?

Reib deine Füße, sagte die Rose in meinem Kopf. *Du darfst dir keine Erfrierungen holen.*

Vielleicht schon zu spät, antwortete ich.

Du musst auf das Beste hoffen.

Hoffen? Du hast gut reden. Du weißt schon, wie die Geschichte für dich endet. Ich stecke hier immer noch fest und warte.

Hatte ich da ein Seufzen von ihr gehört? Ich glaube schon. *Du weißt nicht, wie die Geschichte ausgeht, Ella. Es gibt immer ein nächstes Kapitel.*

Jaja, und vor dem Morgengrauen ist es am dunkelsten, schon klar ...

»Ella?«

Ich schreckte aus meinem Tagtraum. Jemand hatte mich tatsächlich angesprochen.

»Bist du Ella? Ella, die Näherin?«

»Ja ...«

»Das ist für dich.« Ein Päckchen wurde mir in die Arme gelegt. Dann war die Botin wieder verschwunden.

Keine Chance, es zu öffnen oder auch nur einen kurzen Blick darauf zu werfen. Warum war in der Wäscherei gerade heute so viel zu tun? Warum gab es tonnenweise Wäsche, die erst mal erledigt werden musste? Warum legten die Aufseher immer noch Wert auf gebügelte Hemden und saubere Socken? Sie wussten doch, dass das Ende bald kommen würde. Dass die Gewehre nah waren. Wir wussten, dass inzwischen Listen gemacht wurden, wer Birkenau verlassen und wer bleiben musste.

Gerüchte verbreiteten sich schneller als jede Krankheit.

»Besser, hier rechtzeitig rauszukommen«, sagten manche. »Sie werden das ganze Lager abfackeln und die Asche als Dünger verwenden.«

»Besser, hier auszuharren und auf die Befreier zu warten«, sagten andere.

»Zuerst werden sie uns erschießen.«

»Sie erschießen uns sowieso ...«

Als die letzten Laken zusammengelegt und die letzten Socken sortiert waren, konnte ich endlich nachschauen, was in meinem Päckchen war.

Ein zwei Meter langes Stück wundervoller rosa Wollstoff.

Eine glänzende silberne Textilschere.

Ein Maßband, eine Nähnadel und eine Rolle rosa Baumwolle.

Eine kleine raschelnde Papierschachtel, auf der in einer Sprechblase »NADELN!!« stand.

Und was mich schließlich zum Weinen brachte: fünf kleine, runde Knöpfe, die mit dem rosafarbenen Stoff überzogen waren. Auf jeden Knopf war ein Buchstabe gestickt.

»E R F S B«

Es war so präzise und liebevoll gestickt worden, als hätte Rose hier ihre Hände im Spiel gehabt. Zunächst dachte ich, die Buchstaben ließen sich zu einem Wort zusammensetzen. Dann wurde mir klar, dass es die Anfangsbuchstaben von Namen waren. Die Namen der Mädchen in der Näherei, die mir dieses wundervolle Geschenk gemacht hatten. Ergänzt durch ein R für Rose und ein E für Ella. F stand für Franka, S für Sarah und B? Ach ja, für Birgit, die Igelin, die wegen ihrer Zähne niemals lächelte. Ein M für Mina gab es nicht.

Was für ein Glück zu wissen, dass die Mädels noch am Leben waren. Während sich meine Hand um die fünf kleinen Knöpfe schloss, spürte ich eine wilde Genugtuung: So grausam Birkenau auch war, so konnte es Liebe und Großzügigkeit unter den Menschen doch nicht vollkommen ausrotten.

Hab's dir doch gesagt, flüsterte Rose in mein Ohr.

Irgendwie musste die Kunde von meinem Freiheitskleid bis zur Näherei vorgedrungen sein. Und offenbar hatte man dort auch bereits gewusst, dass mein erster Versuch gestohlen worden war.

Ich ließ meine neuen Schätze nicht aus den Augen und hoffte, dass ich genug Zeit haben würde, das Kleid anzufertigen, ehe das Ende kam. Ich musste also noch schneller nähen als zuvor. Birkenau wurde immer unruhiger und chaotischer und somit auch gefährlicher. Der Wind hatte sich gedreht.

»Ganz schön rosa!«, war Gerdas Kommentar, als sie das neue Material zu Gesicht bekam. »Rosa steht mir nicht. Das ist für kleine Mädchen, die sich rausputzen wollen.« Ich breitete mein Werk vor mir aus. »Meine Oma sagt immer: *Rosa macht gute Laune.* Es ist eine fröhliche Farbe. Wenn sie einen schlechten Tag hat, zieht meine Oma sogar rosa Wäsche an, um sich besser zu fühlen.«

»Rosa Wäsche ... schon eher meins ...«

Ich beugte mich tiefer über meine Näharbeit, um mein Grinsen zu verbergen. Gerda wäre weniger enthusiastisch, wenn sie den riesigen blassrosa Schlüpfer meiner Großmutter an der Wäscheleine hätte sehen können.

Das Beste an Rosa war, dass es so gar nicht zum Krieg passte. Man sah auch nie Diktatoren, die hinter rosa Rednerpulten standen und ihren Hass versprühten. Über eroberten Städten wehten keine rosa Fahnen. Weder die SS noch die Wehrmacht oder sadistische KZ-Aufseher trugen jemals Rosa, sondern bevorzugten bedrohliche dunkle Farben. Die einzigen Menschen, bei denen man sich eine rosa Arbeitskleidung vorstellen konnte, waren Friseure oder Kosmetikerinnen. Mit Weltherrschaft und Völkermord hatten die nichts zu tun.

Am Morgen, nachdem ich mein zweites wundersames Freiheitskleid fertiggestellt hatte, lief ich an Gerda auf dem Weg zum Appellplatz vorbei.

»Zeig's mir heute Abend!«, sagte sie. Es klang wie ein Befehl.

In der Wäscherei wusch ich mich selbst, so gut es ging, sogar meine kurzen Haare. Und während des Abendappells stellte ich mir vor, ich würde ein bisschen Make-up und einen Spritzer Parfüm auflegen – etwas, das frühlingshaft und frisch roch, nicht »Blaue Stunde«. Ich zog rasch meine imaginären hochhackigen Schuhe an und schloss die Kette mit den unsichtbaren Perlen.

Dann schminkte ich mich in Gedanken wieder ab und entfernte den Schmuck. Beim Kleid ging es um mich, um meine eigene Persönlichkeit, nicht darum, einen Filmstar oder ein Model zu spielen. Als ich zur Baracke zurückkehrte, wollte ich also nur kurz in mein Kleid schlüpfen, vielleicht in Gerdas kleinem Verschlag, ohne Zuschauerinnen.

Die Kojen waren gerammelt voll, wie immer. Neu und schockierend für mich war jedoch die schiere Anzahl der Frauen, die schon auf mich warteten, als ich in die Baracke trat. Es waren sogar Frauen aus anderen Baracken gekommen, hockten vor den Pritschen auf dem Boden, scharten sich um den Eingang und drückten sich an jedes freie Fleckchen an der Wand.

»Ist sie das?«, schniefte jemand, als ich reinkam. »Ich dachte, das wird 'ne richtig schicke Modenschau.«

Ich machte auf dem Absatz kehrt und wollte gleich wieder gehen, doch Gerda versperrte mir den Weg. »Wir wollen das Kleid sehen. Jetzt.«

Es gab keinen geschützten Ort, an dem ich die Kleider hätte wechseln können. Ich musste mich mitten in der Baracke ausziehen. Doch seltsamerweise machte mir das gar nicht so viel aus. Nicht wie an jenem grauenvollen ersten Tag in Birkenau, als wir von zivilisierten Menschen zu zitternden, gedemütigten nackten Wesen wurden. Jetzt war ich zwar nackt, fühlte mich aber dennoch wie ein Mensch – mit einem Körper, einer Seele und einem Herzen.

Trotzdem war für diesen Körper ein Kleid vorgesehen.

»Oh, was für eine Schönheit!«, hörte ich, als ich meine Arme eng an den Körper hielt und das Kleid über meine hervorstehenden Knochen gleiten ließ.

Weitere Stimmen meldeten sich zu Wort. »Toller Schnitt ... nicht zu eng ... der Rock schwingt großartig ... und genau der passende Gürtel ... was für eine knallige Farbe ...«

Da es keinen Spiegel gab, wusste ich nicht, wie ich wirklich aussah. Doch ich wusste genau, wie ich mich fühlte: fabelhaft! Als ich die Baracke der Länge nach entlangschritt und darauf achtete, niemandem auf den Fuß zu treten, stellte ich mir vor, in der Stadt der Lichter zu sein, während fallende Blüten um mich tanzten. Ich spazierte bis zum Ende der Baracke und drehte mich um. Wollte zurückgehen, hielt aber in der Bewegung inne.

Stille.

Eine verstörende Stille. War meinen Zuschauerinnen nicht klar, was es mich gekostet hatte, dieses Kleid zu schneidern? Erkannten sie nicht, wie außergewöhnlich es mit den fünf aufgestickten Knöpfen war, die direkt über meinem Herz verliefen? Dann sah ich die Gesichter, die mir am nächsten waren. Sie waren feucht von Tränen.

Langsam, sehr langsam ging ich zurück. Dürre Arme streckten sich mir entgegen, knochige Hände zogen an meinem Kleid, wollten seine Farbe spüren.

Ich hörte, wie jemand murmelte: »Hast du schon mal so eine Farbe gesehen?«

Als ich das Ende meines improvisierten Laufstegs erreichte, herrschte plötzlich ein großes Stimmengewirr. Alle redeten, lachten und weinten durcheinander, teilten die Erinnerung an Kleider der Vergangenheit. Es war so laut, dass wir den Tumult vor dem Eingang anfangs nicht wahrnahmen. Da war jemand!

»Aufseher! Schnell! Leise!«, kam die Warnung.

Ich saß in der Falle. Meine Finger fummelten verzweifelt an der Gürtelschnalle und den Knöpfen herum, um das Kleid auszuziehen, ehe es entdeckt wurde. Zebras drängten sich um mich, wollten mich vor den Blicken der Eindringlinge schützen.

Doch handelte es sich nicht um hungrige Löwen, die hier eindrangen. Keine Aufseher mit Schlagstock und Reitgerte. Es waren drei Gesichter, die mir sehr bekannt waren. Drei Freundinnen, die sich durch die Menge kämpften, um mir nahe zu sein.

»Ella, bist du da? Sind wir zu spät?«
»Franka, Sarah, seid ihr das?«

»Live und in Farbe«, antwortete Franka mit einem Lachen.

Sarah lächelte und winkte. Sie schien zu schwach zu sein, um sich allein auf den Beinen zu halten. Franka stützte sie und schob das dritte Mädchen näher heran. »Und erinnerst du dich …?«

»B für Birgit«, fiel ich ihr ins Wort und tippte auf den B-Knopf an meinem Kleid. »Natürlich erinnere ich mich.«

Birgit, die Igelin, lächelte scheu und hielt sich sofort die Hände vor den Mund. Mit einem Mal wünschte ich mir, wieder im Nähraum zu sein. Dass ich dort meine Zeit mit diesen wundervollen Frauen hätte verbringen können, die meine Freudinnen waren.

Doch vor allem wünschte ich mir Rose zurück, wenngleich dies hieß, auch Hitze und Kälte, Hunger und Demütigungen wieder lebendig werden zu lassen. Doch Rose wäre es wert gewesen.

Ich hätte mich tausendfach und in den schönsten Worten bei ihnen bedanken sollen. Ich hätte knicksen und mich verbeugen und ihnen sagen sollen, wie viel mir ihr Geschenk bedeutete. Doch ich war so überwältigt, dass ich kein Wort über die Lippen brachte, sondern in Tränen ausbrach.

»Wir haben zufällig erfahren, dass dein letztes Kleid gestohlen wurde«, erklärte Franka. »Da dachten wir, wir müssen dir sofort helfen, und haben all die Sachen organisiert. Gott sei Dank hat Mina nichts davon mitgekriegt.«

Sarah holte tief Luft. Ich merkte, dass ihr das Sprechen schwerfiel. Wie konnte sie nur so dünn und krank sein und trotzdem dieses Leuchten in den Augen haben? Dass ihre Eleganz immer mehr verloren ging, war ein furchtbarer Anblick.

»Du hast das Kleid für dich selbst gemacht, nicht für *sie*«, sagte sie mit schwacher Stimme.

Franka nickte. »Wird Zeit, dass nicht immer alle nach ihrer Pfeife tanzen.«

»Ja verdammt ...«, gab Gerda ihr recht.

»Das ist ein sehr schönes Kleid«, erklärte Franka in ihrer nüchternen Art. »Und Rosa ist fröhlich, oder? Wie auch immer, heute Morgen hat uns ein kleines Vögelchen gezwitschert, dass du fertig bist.«

»So klein war das gar nicht.« Gerda verschränkte die Arme.

»Na gut, sagen wir, ein großer, dicker Vogel hat erzählt, dass du's heute anprobierst, und das konnten wir uns natürlich nicht entgehen lassen. Wie nennst du es? Dein Freiheitskleid? Oder war es das Kleid der Befreiung?«

Ich nickte stumm.

Befreiung. Das Wort verbreitete sich wie ein Lauffeuer in der Baracke.

»Glaubst du wirklich, dass wir hier rauskommen?«, fragte Sarah.

»Und ob wir das schaffen!«, rief Gerda und fegte die drückende Stille hinweg.

Der Gedanke ließ mich nicht mehr los. War es wirklich möglich, Birkenau zu verlassen?

»Raus! Raus! Alle raus hier!«

Eine Aufseherin hatte die Tür zur Wäscherei aufgerissen. Als die Mädchen, denen das Seifenwasser von den Händen tropfte, sich nicht sofort bewegten, schlug sie mit dem Griff ihrer Gerte auf sie ein. »Los, bewegt euch!«

Ich beobachtete alles vom Trockenplatz aus und versteckte mich hinter der aufgehängten Unterwäsche. Es war so weit. Seit Wochen fragten wir uns, ob wir hier jemals lebend rauskamen.

Horden von Gefangenen waren schon durch die rollenden Metalltore von Birkenau nach draußen gebracht worden. Wir hatten gesehen, wie sie sich in Bewegung setzten und sich von dem ständig näher kommenden Dröhnen schwerer Waffen entfernten. Jetzt schienen wir an der Reihe zu sein.

Wenn sie die Wäscherei leerten, würden auch die Aufseher gehen. Die Armen würden ja bestimmt nicht ohne saubere Socken weiterarbeiten wollen.

»Alle zum Appellplatz, ihr Ratten!«, schrie eine Aufseherin. »Schnell, schnell!«

Ich bewegte mich zwischen den Wäscheleinen und schaffte es, Blickkontakt zu einem der Mädchen am Ende der Gruppe herzustellen. Pech gehabt – es war Kratzbürste. Ich gab ihr zu verstehen, sie solle zu mir kommen.

Durch Unterhosen und Westen hindurch bahnte sie sich ihren Weg zu mir, gefolgt von Hyäne und ein paar anderen.

»Wir müssen zum Appellplatz«, keuchte Kratzbürste. »Oder sollen wir uns etwa verstecken?«

»Macht, was ihr wollt«, erwiderte ich. »So oder so braucht ihr was Wärmeres zum Anziehen.«

»Und woher sollen wir das nehmen?«, knurrte Kratzbürste. »Hast du vielleicht einen Zauberstab?«

Lässig nahm ich eine lange Unterhose von der Wäscheleine.

Es war beileibe kein Vergnügen, Nazi-Wäsche an der eigenen Haut zu spüren. Doch besser, als zu frieren. Ich nahm mir auch ein Paar Socken. Als die anderen Mädchen sahen, wie ich die wärmende Kleidung anzog, bevor ich wieder meinen Häftlingskittel überstreifte, zögerten sie nicht länger und taten das Gleiche.

Jetzt konnte mich niemand mehr aufhalten. Ich trug bereits mein rosa Kleid – ich hatte nicht gewagt, es unbeaufsichtigt in der Baracke zu lassen. Jetzt wollte ich noch mehr anziehen.

»Wer will ein bisschen einkaufen gehen?«, fragte ich.

»Bist du verrückt?«, kicherte Hyäne. »Du hast doch gehört, wir müssen zum Appell!«

Kratzbürste warf mir einen finsteren Blick zu. »Hast du die Aufseher in ihren Lastern nicht gesehen? Die fahren hier rum und erschießen die Häftlinge aus Spaß.«

Ich wusste das. Für die Aufseher war es ein perverses Spiel und wir waren die Beute.

»Wie ihr wollt«, sagte ich. »Ich geh jetzt zum Warenhaus, ob mit oder ohne euch. Sie haben uns alles gestohlen, als wir hierherkamen. Warum sollen wir uns nicht etwas davon zurückholen?«

Seit Jahren wurden die Gegenstände aus dem Warenhaus schon von Zügen abtransportiert. Jetzt, da die Ordnung zusammenbrach, kam es zu Plünderungen. Fast wären wir von zwei Lastern über den Haufen gefahren worden, auf dem sich verschlossene Kisten stapelten. Vermutlich Geld, auch Gold. Ich dachte an den Ring mit dem falschen Edelstein, den Carla mir gegeben hatte, und fragte mich, an welchem Finger er schließlich enden würde. An meinem bestimmt nicht.

Außerdem hätte ich lieber richtige Schuhe als einen falschen Edelstein.

Im »kleinen Laden« waren immer noch ein paar Leute. Ich glaubte, das Geräusch zersplitternden Glases zu hören. Ein aufdringlicher Geruch lag in der Luft ... vielleicht »Blaue Stunde«.

Der »große Laden« sah aus, als hätten ein paar wütende Monster dort Rugby gespielt. Kleidungsstücke und Schuhe lagen überall verstreut. Ich lief zu einem Kleiderhaufen und zog etwas heraus. Andere Plünderer machten mir die Sachen streitig. Ich erbeutete einen Wollmantel und einen Pullover. Der Mantel mit seinen gepolsterten Schultern sah richtig elegant aus. Er passte zwar nicht zu dem Schal und der Skimütze, die ich als Nächstes ergatterte, aber was machte das schon. Handschuhe zu bekommen, war gar nicht so einfach, also gab ich mich mit einem etwas seltsamen Paar zufrieden. Am schwierigsten verhielt es sich mit soliden Schuhen. Es fühlte sich falsch an, in die Schuhe eines unbekannten Menschen zu schlüpfen, aber das war jetzt nicht zu ändern. Ich griff mir ein paar gefütterte Stiefel und ein zusätzliches Paar Socken, um sie auszustopfen.

»Beeilt euch!«, rief ich den anderen Mädchen aus der Wäscherei zu. »Es riecht hier nach Rauch.«

Wir kamen an der Tür zusammen. Hyäne zeigte lachend mit dem Finger auf uns, weil wir so unförmig aussahen wie bunte Schneemänner. So albern es auch war, aber wir fielen alle in ihr Gelächter ein. Allerdings war mir nicht mehr zum Lachen zumute, als ich plötzlich pinkeln musste und bemerkte, wie viele Schichten Kleidung ich trug.

Kurz darauf watschelten wir zum Appellplatz, während aus dem Warenhaus die Flammen schlugen. Drei ineinander übergehende Baracken brannten mitsamt den Textilien bereits lichterloh. Da sie vom Diebesgut nicht mehr selbst profitieren konnten, hatten sie offenbar beschlossen, alles dem Erdboden gleichzumachen. Ich blieb stehen und betrachtete die Flammen, die am Himmel züngelten. Der Moment war gekommen, an dem ich Birkenau wirklich verlassen sollte.

»Hey, du willst ja wohl nicht weg, oder?« Eine Faust schlug gegen meinen Arm. Ich wirbelte herum. Es war Gerda in Begleitung zweier Freundinnen.

Ich erstarrte. Gerda konnte freundlich sein, wenn sie das wollte, doch sie war immer noch eine Blockälteste, und ich hatte jede Menge gestohlener Kleidung am Leib.

»Wir … wir … haben uns nur ein paar Sachen besorgt.«

»Ach nee! Wollte gerade dasselbe machen, ehe hier alles abfackelt. Wir bleiben hier in Birkenau. Die Aufseher laufen wie die Hasen. Wenn wir nicht erschossen werden oder in die Luft gejagt werden, ist es nur eine Frage der Zeit, bis die Befreier hier sind. Wenn's nach denen geht« – sie machte eine Kopfbewegung in Richtung Appellplatz, wo die Zebras zusammengetrieben wurden –, »bringen sie alle so weit weg wie möglich. Das wird ein Todesmarsch im Schnee, damit später keiner mehr was erzählen kann. Komm mit zur Baracke und versteck dich mit uns. Dann bist du dabei, wenn wir als freie Menschen hier rausspazieren.«

Ein verlockender Gedanke. Ich glaubte ihr, dass die Nazis nicht wollten, dass irgendjemand von uns überlebte. Außerdem sträubte sich etwas in mir, mich von Roses Geist zu verabschieden, indem ich das Lager verließ.

Dennoch schüttelte ich den Kopf. »Ich gehe ... ich muss nach Hause und meine Großmutter finden ...«

»Ja verstehe, hast ja schon dein Freiheitskleid an. Viel Glück, kleines Nähmädchen! Ich werde deine erste Kundin sein, wenn du deinen Laden aufmachst. Meine beiden Süßen hier sollen doch auch in Zukunft gut aussehen, oder?«

Sie kniff einer ihrer Freundinnen in die Wange, ehe sie beide mit sich fortzog. Ich lief zum Appellplatz.

Schneeflocken fielen wie kalte Sterne vom Himmel. Ein wunderschöner Anblick, hätte ich ihn durch das Fenster eines hübschen Hauses genießen können, in einen flauschigen Bademantel gekuschelt und mit gemütlichen Pantoffeln an den Füßen, in Gesellschaft von Rose und mei-

nen Großeltern. Und auf dem Tisch eine große Schüssel mit Vanillepudding, falls das nicht zu viel verlangt ist – ein bisschen Himbeersoße würde auch nicht schaden.
Rose, ich gehe jetzt. Ich muss aufbrechen.
Der Zählappell dauerte ewig. Dass die Aufseher uns nicht sofort erschossen, weil wir keine Häftlingskleidung trugen, zeugte davon, in welcher Verfassung sie waren. Wir waren froh über die verschiedenen Schichten Kleidung. Im Dunkeln hörte ich mehr, als dass ich sah, wie andere Zebras zitternd zu Boden sanken. Manche wurden wieder auf ihre Füße gezogen. Doch die meisten bewegten sich nicht mehr. Ich ertrug es nicht, genau hinzugucken. Schielend versuchte ich, die Schneeflocken anzuschauen, die auf meiner Nase landeten. Um mich herum knurrten die Hunde. Motorräder knatterten. Aufseher brüllten.

Jedes Zebra bekam ein kleines Stück Brot. Ein gellender Pfiff und los ging's. Erst langsam, dann immer schneller – wir waren auf dem Weg!

Wir liefen in Fünferreihen und in Gruppen von fünfhundert Menschen. Wir stolperten die Hauptstraße des Lagers entlang. Ich hatte Kratzbürste auf einer, Hyäne auf der anderen Seite. Fünf weitere Mädchen aus der Wäscherei waren direkt hinter mir. Bald erreichten wir das Eingangstor, über dem in einem Bogen aus Metall »ARBEIT MACHT FREI« stand. Als ich darunter hinwegschritt, dachte ich: *Passiert das jetzt wirklich?* Für so lange Zeit war Birkenau meine ganze Welt gewesen.

Außerhalb des Lagers würde mich nichts mehr an Rose

erinnern. Nichts außer dem roten Band. Ich hatte es in meinen Handschuh gesteckt und spürte es in meiner Handfläche.

Draußen vor dem Tor stand ein Mann in einer tadellosen Uniform und sah uns beim Verlassen des Lagers zu. Schneeflocken fielen auf seinen Mantel und seine Medaillen. Als ich ihn erkannte, wäre ich fast über meine eigenen Füße gestolpert. Es war der Mann, dessen Foto ich letzten Sommer in Madame H.s Haus entdeckt hatte. Ihr Ehemann, der Lagerkommandant persönlich!

Sah er auch Menschen oder nur Streifen?

Wir rannten nach draußen. Graue Gespenster in weißer Traumlandschaft. Wir rannten durch ein seltsames Land mit Zäunen und Häusern – richtigen Häusern. Geschlossene Fenster, vorgezogene Gardinen.

Wir rannten weiter. Wer das Tempo nicht mithielt, sank am Straßenrand zu Boden oder geriet unter die Schuhe der anderen. Kratzbürste jammerte in einer Tour: »Ich kann nicht. Ich schaff das nicht.« Ich sang im Stillen mein eigenes Lied: *Ich kann das. Ich schaff das.*

Wir rannten weiter. Die Sonne stieg, aber der Himmel wurde kaum heller. Es schneite immer noch. Die Kälte drang durch die Schichten meiner Kleidung. Nur das rote Band in meiner Hand wärmte mich wirklich.

Wir rannten weiter. Hyänes Zusammenbruch kündigte sich durch ein heiseres Kichern an – »Zeit für die Heia …« –, dann stürzte sie kopfüber und zog mich mit sich. Ich rappelte mich auf, ehe die Gerte eines Aufsehers uns fand.

»Steh auf, komm schon, lauf weiter«, sagte ich.

»Nur eine Minute«, keuchte die Hyäne. Ihr Gesicht war schneeweiß.

»Das geht nicht. Wir dürfen nicht stehen bleiben ...« Ich hakte mich bei ihr unter und schleifte sie regelrecht mit mir.

»Du hältst dich immer für so schlau«, beschwerte sich Kratzbürste. »Ich ... muss mich auch ausruhen. Mir knicken gleich die Beine ein, siehst du das nicht?«

»Die müssen noch viel länger durchhalten«, gab ich zurück. »Gib mir deine Hand ...«

Zwei andere Mädchen aus der Wäscherei schlossen zu mir auf. Ohne ein Wort packten sie Hyäne an beiden Armen und zogen sie mit sich.

Und wir rannten weiter.

Wer keine Schuhe hatte, litt am meisten. Leute, die Kleidung für bangloses Zeug halten, sind noch nie stundenlang barfuß durch den Schnee gelaufen. Ich freute mich so über meine neuen Stiefel. Wenn ich erst meine Modeboutique hatte, würde ich ebenso warme wie exklusive Kleidung entwerfen. Jede Menge wollene Unterwäsche für den Winter.

So hielt ich mich aufrecht – indem ich mir sagte, dass ich meinem eigenen Geschäft mit jedem Schritt näher kam. Wir schienen in Richtung Westen zu gehen, der Stadt der Lichter entgegen. Nur noch tausend Kilometer. Ich hoffte, ich würde die nicht komplett zu Fuß zurücklegen müssen.

Immer wieder mussten wir auf den Straßenrand oder in die Gräben ausweichen, wenn große Autos mit grellen Scheinwerfern an uns vorbeifuhren. Ein Auto wartete nicht darauf, bis wir zur Seite sprangen. Als es in die Horde von Zebras hineinfuhr, hechtete ich zur Seite, während sich die Mädchen aus der Wäscherei auf der anderen Seite in Sicherheit brachten. Auf dem Rücksitz sah ich einen Offizier mit Schirmmütze, eine Frau mit Pelzmantel und mehrere Kinder. Sie alle wirkten entsetzt. Gut so. Ich erkannte die Frau. Es war keine Geringere als Madame H. Die Besitzerin meines wunderschönen Kleids mit der Sonnenblume. Hatte sie es mitgenommen oder dagelassen? Wo war jetzt Roses magische Stickerei?

Dem Auto der Madame folgten Transportwagen voller Kisten und Koffer. Der Konvoi bespritzte uns alle mit kaltem Schlamm. Ich verlor die Wäschereimädels aus den Augen. Kratzbürste und Hyäne konnten überall in den Reihen der hochgezogenen Schultern und vom Schnee geweißten Köpfe sein.

Ich rannte weiter.

Als es endgültig zu dunkel zum Weiterlaufen war, trieben sie uns auf offene Felder und sagten, wir sollten schlafen. Auf gefrorener Erde. Am nächsten Abend dasselbe, nachdem wir tagsüber gerannt, gerannt, gestolpert und gerannt waren. Niemand hatte mehr ein Gesicht. Jeder sah nur seinen eigenen Frostatem und den Rücken derjenigen, die vor einem lief. Alles verschwamm vor meinen Augen. Wer stolperte und nicht schnell genug auf den Beinen war, wurde erschossen. Wer aus der Herde ausbrach und in panischer Flucht versuchte, über einen Acker zu rennen oder in eines der umliegenden Gebäude einzudringen, wurde erschossen.

In manchen Ortschaften warfen die Leute Brot auf die Straße, als wir an ihnen vorbeikamen. In anderen regnete es Glasscherben.

Mit jedem Schritt komme ich meinem eigenen Geschäft einen näher – das war mein Mantra.

Meine Hand schloss sich unentwegt um das rote Band. Ich hatte noch Hoffnung. Ich konnte dies überleben. Ich konnte es schaffen. Ich würde es schaffen. Weinen war sinnlos – die Tränen gefroren.

Ich rannte und rannte und rannte und stellte mir vor, wie mein Kleidergeschäft aussehen würde. Kilometer um Kilometer plante ich das Interieur und richtete im Geiste die Umkleidekabinen, den Ausstellungsraum, die Büros und Werkstätten ein. Ich kaufte Textilien und Besätze ein. Ich stellte Perlennäherinnen, Stickexpertinnen und Appreteurinnen ein. Ich hieß Kundinnen willkommen, skizzierte Entwürfe, kleidete Models ein und verdiente ein Vermögen.

Irgendwann war ich selbst zum Träumen zu müde.

In der zweiten Nacht legten sich einige Zebras auf die Erde und ließen sich vom fallenden Schnee bedecken – menschliche Schneewehen. Meine Gruppe hielt neben einem halb eingefallenen Kuhstall an. Ich steuerte direkt darauf zu und drängte mich an den anderen vorbei, die denselben Gedanken hatten wie ich. Der Boden war vereist, doch dicht aneinandergedrängt würden wir die Nacht vielleicht überstehen.

Ich zog einen Handschuh aus, aber nur so lange, wie ich brauchte, um das Stück Brot aus meiner Kleidung zu holen. Im nächsten Augenblick war der Handschuh verschwunden. »Hey!« Ich schlug mit der Hand aus. »Der gehört mir!« Die Diebin wehrte sich verbissen – ein Hai.

»Mina!«

Die Diebin atmete schwer. Sie hatte immer noch meinen Handschuh in den Fingern. »Ella? Du? Bist du immer noch am Leben?«

»Dir hab ich das jedenfalls nicht zu verdanken.«

Minas bittere Lache ging in abgehacktes Husten über. »Hab ja gesagt, dass du eine Überlebenskünstlerin bist. Genau wie ich.«

»Wo sind die anderen? Franka … Sarah …?«

»Woher soll ich das wissen? Die waren zu langsam, haben mich nur aufgehalten.«

Ich spürte die Wut in mir aufsteigen. »Das waren gute Freundinnen. Sie haben mir alles geschenkt, was ich brauchte, um das Kleid zu machen.«

»Ach ja, das berühmte Freiheitskleid. Sie haben sich ja für so klug gehalten, das hinter meinem Rücken zu machen. Natürlich wusste ich es die ganze Zeit. Und, wie schmeckt dir die Freiheit jetzt?«

»Gib mir den Handschuh!«, fauchte ich.

»Gib mir etwas Brot!«

»Was hast du mir immer eingeschärft? Denk nur an dich selbst! Stimmt doch, oder? Rose hast du ausgelacht, wenn sie ihr Brot geteilt hat. Und jetzt willst du, dass ich es mit dir teile?«

Mina sackte ein bisschen zusammen. Plötzlich war sie kein Hai mehr. Nicht mal eine Schneiderin, die an den besten Häusern gearbeitet hatte und von früh bis spät *Nadeln!* rief.

»Nichts für ungut«, sagte sie. »Ich sterbe vor Hunger und du hast Brot. Was würde deine geliebte Rose tun?«

Was würde Rose tun?
Rose würde die Geschichte von einer einsamen Insel erzählen, auf der es weiße Sandstrände und blubbernde heiße Quellen gab. Sie würde nichts als Worte benutzen, um warme Decken und heiße Getränke zu beschwören.
Ach, Rose, ich vermisse dich so sehr.

Mina schlang das Brot herunter, das ich ihr gab. Ich wusste, dass ihre Augen selbst im Dunkeln auf mich gerichtet waren und nach mehr verlangten. Meinen Handschuh hatte sie behalten. Die nackte Hand steckte ich in meinen Mantel.

»Kannst du mir nicht was von deiner Kleidung abgeben?«, bettelte Mina. »Du hast so viele Sachen und ich hab mir gerade noch irgendwas aus der Näherei mitnehmen können.«

Sie trug eine vornehme gehäkelte Strickjacke über ihrem Kleid und darüber einen ärmellosen Mantel – offenbar ein nicht fertiggestelltes Projekt. Da ich von meinem Kampf um die Kleidung immer noch blaue Flecken hatte, war ich nicht besonders scharf darauf, sie jetzt mit jemandem zu teilen.

Im Laufe der Nacht wurde Minas Husten schlimmer, als würde ihre Lunge zerreißen. Schließlich löste ich meinen Schal und gab ihn ihr.

Im fahlen Mondlicht erkannte ich, wie erbärmlich Mina aussah. Ihre Nasenspitze war dunkelblau, fast schwarz verfärbt. Eine Frostbeule. Sie trug etwas an den Füßen, doch es waren leichte braune Lederhalbschuhe, die von einer Schnur zusammengehalten wurden. Keine Socken. Ihre Beine waren kalt wie Marmor und so fleckig wie ihr Gesicht.

Sie wandte sich beschämt ab.

Morgen.

»Hoch! Hoch! Bewegt euch!«, schrien die Aufseher vor unserem Kuhstall. In einige der menschlichen Schneewehen kam Bewegung. Andere würden sich nie mehr bewegen.

Mina würde, auf sich allein gestellt, keine Chance mehr haben. Das wussten wir beide.

Was würde Mina tun?
Sich selbst retten und niemand sonst.
Was würde Rose tun?
Nichts. Sie war tot.
Also zählte nur eine Frage: *Was würde Ella tun?*

»Komm schon«, sagte ich schroff. »Wir müssen los.«

»Hoffentlich sieht mich niemand in diesem Aufzug«, stöhnte Mina.

Sie hatte sich meine Skimütze über ihr Kopftuch gezogen, trug meinen Pullover über ihrer Strickjacke und benutzte den Handschuh abwechselnd an beiden Händen. Wir rannten.

Am dritten Tag wurde mehr geschlurft als gerannt. Alle hatten glasige Augen. Kaum jemand konnte noch richtig die Füße heben. Auch die Aufseher sahen elend aus. Der Schnee, der an unseren Schuhen und Stiefeln klebte, machte die Schritte noch schwerer. Ich kämpfte mit mir. Konnte das nicht mehr verbergen. Mein Modegeschäft schien weiter weg als je zuvor, verborgen unter einem Nebel aus Hunger und Erschöpfung. Immer öfter waren Pistolenschüsse zu hören. Irgendwann musste den Aufsehern doch die Munition ausgehen.

Die Straße war voller Schlaglöcher, die teils vom Schnee verborgen wurden.

Plötzlich gerieten mehrere Zebras ins Stolpern, auch Mina. Dann ein leises Knacken. Ihr Gesicht erstarrte. Als sie stürzte, riss sie mich mit sich.

»Es ist gebrochen«, jammerte sie. »Mein Bein.«

»Ist bestimmt nicht so schlimm«, sagte ich und zog sie hoch. »Komm, wir müssen weiter.«

»Ich kann nicht!«, schrie sie.

»Du kannst hier nicht liegen bleiben, sonst erschießen sie dich!«, schrie ich zurück.

Ein Aufseher kam näher. Ich sah die schwarze Gestalt, deren Umhang weiß gesprenkelt war.

»Du kannst und du wirst!«, zischte ich durch zusammengebissene Zähne.

Ich packte sie unter den Achseln.

Ich lief los, während Mina humpelte, stöhnte und mich verfluchte. Sie war so schwer wie ein Sack Zement, nur viel schwieriger zu handhaben. Um sie abzulenken, erzählte ich ihr vom Modegeschäft, der Konditorei, der Buchhandlung und der Stadt der Lichter. Doch der Traum hatte seinen Zauber verloren, da es keine Rose mehr gab, die Kleider besticken, Kuchen essen und mir Bücher vorlesen konnte. Rose war nur noch ein Geist – eine Erinnerung. In den Tagen, in denen wir unter weißem Himmel durch weißen Schnee liefen, schien die ganze Welt zu verschwinden und nur noch eine ferne Erinnerung zu sein. Ich bewegte mich wie in Trance und verlor mich in Bruchstücken aus meinem Leben, die sich aneinanderreihten wie die Stücke einer Patchworkdecke ...

Großvater, der mir das Fahrradfahren beibrachte. Ich fiel vom Rad. Meine Großmutter, die mich die Teller abwaschen und Teigreste aus der Schüssel kratzen ließ. Mein erster Schultag. Mein letzter Schultag ...

Immer mehr Zebras taumelten an uns vorbei. Wir waren zu langsam geworden ... und blieben schließlich stehen.

»Mina, bitte ... geh weiter. Du weißt, was passiert, wenn ...«

Nicht weit hinter uns war eine Aufseherin.

»Du gehst«, stieß Mina keuchend hervor. »Geh ... lass mich ...«

»Was meinst du, wie gern ich das tun würde«, gab ich zurück und lieh mir ein paar Flüche von Gerda. »Aber das heißt nicht, dass ich es auch tun werde.«
Ich schaffte es, sie ein Stück weiterzuzerren. Dann schnappte Mina nach Luft. Ihre Augen weiteten sich. Sie sah die Aufseherin. Sie schrie auf, stieß mich weiter und fuhr herum. Die Kugel traf sie, nicht mich.

Sie traf Mina, nicht mich, streckte sie nieder, ich darunter. Ich schmeckte Schnee, schaffte es irgendwie, mich umzudrehen. Mina lag mit dem Rücken auf mir.
»Das ... passiert ... mir nicht«, hauchte sie. Ihr Atem rasselte. Ihr Blut war schrecklich rot und warm, als es ihre Kleidung durchtränkte. »Ich war ... an den besten ...«
Ein zweiter, ohrenbetäubender Schuss.
Minas Körper bäumte sich auf, dann lag er reglos da. Die Augen weit aufgerissen, in denen nur das Weiße zu sehen war.
Knirschende Stiefel näherten sich langsam. Ich versuchte mit aller Kraft, Mina von mir runterzuschieben, aber das war kaum möglich. Ein Schatten ragte über mir auf. Ich stieß verzweifelt gegen ihren leblosen Körper, spürte, wie mir das rote Band in der Hand etwas Kraft verlieh. *Ich werde hier nicht sterben*, dachte ich. *Ich werde leben. Es gibt noch so viel zu tun und zu erleben ...*
»Dachte ich mir, dass du das bist!«, kam eine kalte Stimme von weit oben. »Na, wie sieht's aus?«
Zuerst erblickte ich nur die Stiefel. Es waren robuste gefütterte Wanderstiefel. Blinzelnd erkannte ich eine dunk-

le Hose, einen schwarzen Umhang und zwei kleine harte Augen.

»Carla!«

»Tja ... was für ein lustiger Zufall, oder?«

Ächzend ging sie neben mir in die Hocke. Ihre Atemwolke roch nach Schweiß und »Blaue Stunde«.

»Was hast du da in der Hand? Ui, immer noch dieses nutzlose rote Ding?«

Carla zog an dem roten Band. Ich hielt es fest. Für einen Moment schienen wir hier im Schnee Händchen zu halten. Sie zog fester. Und ich umklammerte das Band so sehr, als wäre es das Leben selbst.

»Das gehört mir«, keuchte ich.

Carla leckte sich die rissigen Lippen und richtete sich auf. »Und meinen Ring trägst du nicht? Nun, ich wusste, dass du ihn verkaufst. Du undankbare kleine Ratte! Deinesgleichen weiß nicht, was Freundschaft ist.«

Dort stand sie und starrte auf mich herab. Eine Spur von Mitleid lag in ihrem Blick. Schneeflocken landeten auf ihrem schwarzen Umhang.

»Weißt du nicht, dass es keinen Zweck mehr hat weiterzulaufen? Es ist vorbei. Alles ist vorbei. Der Krieg ist verloren. Pippa ist tot. Ist gestern unter einen Laster gekommen. Musste sie erschießen, war besser so für die Arme. Wie kann es sein, dass *du* immer noch am Leben bist?«

Meine Lunge brannte, doch ich brachte ein Wort über die Lippen: »Hoffnung.«

Carla schnaubte verächtlich. »Es gibt keine Hoffnung mehr für dich. Du wirst verhungern oder erfrieren, je nachdem, was schneller geht. Dich zu erschießen, ist reine Barmherzigkeit.«

Sie trat einen Schritt zurück. Ihre Lederstiefel knirschten. Sie hob ihre schwarze Pistole und drückte ab. Mein Körper wurde zurückgeworfen.

Oh, wie lustig, dachte ich. *Was soll das bedeuten …?*

Alles ist gut, sagte Rose. *Ich warte auf dich.*

ROSA

Bestimmt war mein kalter Körper von jeder Menge gefrorenem Blut umgeben, doch ich kann mich an nichts erinnern. Als ich erwachte, fand ich mich unter einer weichen, mit rosa Blumen verzierten Bettdecke wieder. An der Wand hing ein blaues Rechteck, das sich als Fenster erwies. Ich hörte das Klirren von Porzellan.

»Magst du ein bisschen Tee haben?«, fragte eine warme Stimme.

Der Tod war eine seltsame Erfahrung. Jedenfalls war es wärmer, als ich dachte.

»Bleib ruhig liegen, ich bring ihn dir«, sagte die Stimme. Was mir sehr recht war, weil ich mich völlig kraftlos fühlte. Eine Tasse wurde an meine Lippen gehalten. Ich nippte schlürfend. Der Tee schmeckte milchig und erstaunlich süß.

»Das scheinst du gebraucht zu haben«, sagte die Stimme. Sie gehörte zu einer groß gewachsenen, stämmigen Frau, die eine pastellfarbene rosa Schürze trug. »Wir werden dich schon aufpäppeln. An deinen Knochen ist ja kein Fitzelchen Fleisch mehr. Meinem Kälbchen ging es genauso, das habe ich Tag und Nacht mit einem Löffel gefüttert und bald war es wieder auf den Beinen.«

»Sie ... haben einen Bauernhof?«

»Aber ja. Ich hab dich im Graben, direkt bei meinem Rübenacker gefunden. Dich und eine andere Frau, der nicht mehr zu helfen war. Bei dir dachte ich das auch, bis mein Hund an deiner Hand geleckt hat ... da hat sie gezuckt.«

In meinem wattigen Kopf tauchte eine Erinnerung auf.

»Mein Band. Haben Sie mein Band gesehen? Ich muss es finden!«

Ich schlug die Decke zur Seite, schob die Bäuerin weg und wollte meine Beine aus dem Bett schwingen, aber die beiden Streichhölzer, die an meinen Hüften befestigt waren, bewegten sich kein bisschen.

»Immer mit der Ruhe«, sagte die Bäuerin und hielt mich fest. »Wenn du diesen schmuddeligen Seidenfetzen meinst, den hab ich schon gewaschen, so wie all das andere Zeug, das du am Leib hattest.«

»Ich ... brauche es«, entgegnete ich und ließ mich in die weichen Kissen sinken. Sie breitete die Decke wieder über mich. »Ich bring es dir, keine Sorge. Aber erst mal zu den praktischen Dingen. Wie soll ich dich nennen?«

Aus alter Gewohnheit leierte ich meine Birkenau-Nummer herunter. Die Bäuerin zwinkerte.

»Wir wär's mit einem Namen?«, sagte sie freundlich. »Also ich bin Flora. Ich weiß schon, komischer Name, wenn man so schwergewichtig ist wie ich. Aber ich bin nun mal im Frühjahr geboren und meine Mutter hatte eine Vorliebe für Blumen. Gut, dass sie mich nicht Hortensie genannt hat, denke ich immer.«

Mein Name. Sie wollte wirklich meinen Namen wissen. Es war lange her, dass mich jemand während eines ganz normalen Gesprächs danach gefragt hatte.

»Ich bin Ella ... und ich nähe.«

Ich wollte nicht gleich wieder einschlafen. Ich wusste gar nicht, dass es möglich war, so lange und tief zu schlafen.

Als ich aufwachte, waren die Schuhe der Bäuerin nur Zentimeter von meinem Gesicht entfernt.

»Was machst du da unten, mein Mädchen?« Sie bückte sich und schaute unter das Bett, wo ich mich zusammengerollt hatte.

Es war mir so peinlich, aber der Fußboden fühlte sich nach allem, was ich erlebt hatte, natürlicher an als das weiche Bett.

»Ich ... ich wollte Ihre schöne Bettwäsche nicht schmutzig machen.«

»Ach, die ist schon alt und öfter geflickt, als ich mich erinnern kann. Ich glaube, ein Bad würde dir auch guttun. Vorhin konnte ich dich ja nur ein bisschen mit dem Schwamm sauber machen. Die Kugel muss einmal glatt durch dich durchgegangen sein. Du hast wirklich Glück gehabt.«

Plötzlich erinnerte ich mich an den Schuss. Den stechenden Schmerz in meiner Brust.

Ich tastete nach dem Verband, der sich um meine Rippen spannte.

»Ist alles blau verfärbt und wird eine ziemliche Narbe hinterlassen«, sagte Flora. »Also kein Tänzchen jetzt, sonst platzt die Wunde wieder auf.«

Tänzchen? Ach, sie machte einen Witz.

»Warum ...?«, begann ich zu fragen, ehe mir die Tränen kamen. »Warum helfen Sie mir? Haben Sie meine Häftlingskleidung nicht gesehen? Den Stern darauf?«

»Denk nicht daran, mein Mädchen. Ich habe einen Menschen gesehen, das ist alles. Jetzt geh zurück ins Bett und iss den Eintopf, den ich gekocht habe. Der sollte leicht genug sein, damit du ihn bei dir behältst. Dein Magen muss ja auf die Größe einer Erbse geschrumpft sein. Iss jetzt ... ich muss gleich das Vieh füttern.«

Einmal hat sie nach Birkenau gefragt.

»Man hat ja so einiges über diesen Ort gehört, über Gefangene ... Schornsteine ... doch ich konnte einfach nicht glauben, dass es wahr ist«, sagte sie mit gedämpfter Stimme.

»Das konnte niemand ... aber es ist wahr«, flüsterte ich zurück.

***

Für mich war sie eine Königin, diese arme Bauersfrau. Eine Königin mit geflickter Schürze. Jeden Morgen, wenn ich um 04:30 Uhr abrupt aus dem Schlaf fuhr, weil ich mit Kommandos, Trillerpfeifen und dem Zählappell rechnete, stapfte Flora schon im Schnee zum Stall, um ihrer einzig verbliebenen Milchkuh ein wenig Milch zum Frühstück zu entlocken. Danach fütterte sie das Schlachtvieh und erledigte noch hundert andere Dinge. Ich verbrachte viele Stunden allein, in denen sie auf dem Hof arbeitete oder in der Küche unter meinem Schlafzimmer war. Meistens schlief ich zusammengerollt auf einer Seite der Matratze, um dem anderen Mädchen Platz zu machen, das nicht da war. Wenn ich wach war, zählte ich Rosenknospen auf der Tapete und betrachtete die Wolken, die am Fenster vorbeitrieben. Auf dem Regal über dem Ofen standen ein paar Fotos.

»Meine Tochter«, sagte Flora, als sie sah, dass sich mein Blick auf das Porträt einer hübschen jungen Frau richtete. »Sie arbeitet als Krankenschwester und kümmert sich um verwundete Soldaten. Ich hoffe, das kann sie besser als melken. Statt zu arbeiten, hatte sie ihre Nase ständig in einem Buch vergraben. Mein lieber verstorbener Mann war genauso – lesen, lesen, lesen. Hier, magst du Geschichten?«

Ich schüttelte den Kopf. Keine Geschichte konnte so magisch oder traurig sein wie das eigene Überleben. *Oh, Rose, ich wünschte, du wärst hier und könntest die neueste Wendung der Geschichte miterleben.*

Doch es kam keine geflüsterte Antwort.

»Nimm dir ein Buch mit ans Bett«, sagte Flora. »Dann musst du nicht so viel grübeln. Ähm ... natürlich höre ich dich nachts schreien und weinen ... bestimmt Albträume, ist ja auch verständlich. War sicher eine harte Zeit für dich. Hier, versuch's mal mit diesem Buch. Meine Tochter hat es geliebt und mein seliger Mann ebenfalls.«

Sie gab mir ein kleines Buch mit aufgeplatztem Rücken. Es erinnerte mich an ... nein, es war tatsächlich ein Buch, das ich schon einmal gesehen hatte. Und ich wusste auch genau, wo – im Warenhaus von Birkenau, wo der junge Aufseher es ins Feuer geworfen hatte, nachdem Rose ihm erzählt hatte, ihre Mutter habe es geschrieben.

Rose und ihre albernen Geschichten. Die mir erzählt hatte, dass sie als Fürstin auf einem Schloss gelebt habe und ihre Mutter eine berühmte Autorin sei. Nachdem

Flora gegangen war – ein Kuhstall mistet sich nicht von allein aus –, beschloss ich, vielleicht doch einen Blick in das Buch zu werfen.

Ich schlug es auf. An den Namen der Autorin oder des Titels konnte ich mich nicht erinnern. Es war die Widmung, die mich plötzlich kerzengerade im Bett sitzen ließ, Wunde hin oder her.

»Für meine geliebte Tochter Rose, von der ich große Dinge erwarte.«

Hoffnung. Die Hoffnung starb zuletzt.

Allein im Bett strich ich über mein rotes Band. Birkenau hatte ich hinter mir gelassen – ein so grauenvoller Ort, von dem ich kaum glauben konnte, dass er wirklich existiert hatte. Vor mir lag … das nächste Kapitel.

Eines Abends entschied ich, dass ich genug Zeit im Bett verbracht hatte. Genug mit dem Löffel gefüttert worden war. Genug Albträume gehabt hatte. Ich schlug die Bettdecke zur Seite und fand meine Kleidung. Sie lag gewaschen, gebügelt und zusammengefaltet auf einem Stuhl.

Ich konnte es kaum ertragen, die gestreifte Häftlingskleidung zu berühren. Meinetwegen konnte Flora Putzlappen daraus machen und den aufgenähten Stern, den ich so lange getragen hatte, verbrennen. Zumindest hatte ich lange Unterhosen und warme Socken und natürlich mein Freiheitskleid. Abgesehen von dem Einschussloch, das man ganz gut stopfen konnte, hatte es den schrecklichen Marsch durch den Schnee ziemlich gut überstanden. Was zeigte, wie hoch die Qualität des Stoffs war. Wie meine Großmutter zu sagen pflegte: *Qualität macht sich immer bezahlt. Bei billigem Mist zahlt man nur drauf.*

Das Kleid würde ihr gefallen, da war ich ganz sicher. Ich schlüpfte behutsam hinein und strich über jeden der fünf aufgestickten Knöpfe. Jetzt war ich tatsächlich frei. Zunächst einmal stand es mir frei, die Treppe runterzugehen – eins nach dem anderen. Ich hielt mich an dem Geländer fest.

Eine grau-weiß getigerte Katze schaute vom Herdfeuer auf, als ich in die Küche schlurfte. Flora stand an der Spüle und schrubbte kleine, runzelige Kartoffeln. Ihre billigen Kleider saßen schlecht an ihrem Körper, doch hätte ich sie gegen keines der Models in der Stadt der Lichter eingetauscht.

»Hallo?«

Flora zuckte zusammen, als sie meine Stimme hörte.

»Sieh mal einer an … da hat sich aber jemand in Schale geworfen. Was für ein schönes Kleid! Das dachte ich mir schon, als ich es gewaschen habe. Echte Qualitätsware, so was bekommt man nicht überall zu kaufen.«

»Kann ich dir helfen?«

Sie hielt inne. War es nicht gewohnt, dass sich jemand in ihre Dinge einmischte. »Du kannst die Kartoffeln hier waschen. Ich mach einen Auflauf.«

Das war eine simple Arbeit.

Ich ließ mir Zeit, damit die Wunde nicht wieder zu bluten begann.

Während der Auflauf im Ofen war, wusch und trocknete ich Geschirr ab. Flora schlang sich ein Tuch um den Hals und zog sich den Mantel an, um nach draußen auf den Hof zu gehen.

»Kann ich helfen?«, fragte ich noch einmal.

»Draußen? Ich fürchte, dass dich der erste Windstoß umweht. Holzhacken oder so kommt nicht infrage. Kannst du dir irgendwas anderes vorstellen?«

Mein Gesicht wurde von einem breiten Grinsen auseinandergezogen. »Hast du Nadel und Faden?«

Der Winter ging zu Ende. Ein alter Mann auf einem Fahrrad überbrachte uns die Nachricht, dass der Krieg nicht mehr in diese Gegend zurückkehren würde. Er sei zwar noch nicht endgültig vorbei, sein Ende jedoch nah.

»Was für ein Glück«, sagte Flora. »Ich will auch keine Panzerspuren auf meinen Äckern haben.«

Zeit, diese Neuigkeit zu feiern, blieb uns kaum. Eine der Kühe war trächtig und kurz davor, ihr Kälbchen zur Welt zu bringen. Ich fand mich also neben Flora im Kuhstall wieder und zog das Neugeborene mithilfe eines Seils mit den Hufen voraus ans Tageslicht. Ich starrte den glänzenden Körper an, der nur aus Zunge und Beinen zu bestehen schien. Die Mutter leckte es ab und das Kälbchen wurde immer lebendiger.

Flora wischte sich die Hände an ihrer Hose ab. »Du wirst mich bald verlassen, oder?«

Wie konnte sie das wissen? »Ich bleibe so lange, wie du mich brauchst.«

»Du musst gehen … aber denk dran, dass du hier immer willkommen bist, ob mit oder ohne Krieg.«
»Ich bin dir so unglaublich dankbar für alles. Es ist nur … dass ich irgendwann … nach Hause muss.«
»Natürlich musst du das, mein Mädchen.«

Wovon ich die Heimreise bezahlen sollte, war eine andere Frage. Ich hatte weder Geld noch Zigaretten. Ein Blick in Floras abgenutzten Atlas zeigte mir, dass ich mehrere Hundert Kilometer von zu Hause entfernt war. Sie hatte mir erklärt, welcher Fleck auf der Karte der nächste Ort von hier war, und von dem aus hatte ich eine Linie zu meiner Heimatstadt gezogen. Und obwohl doch das ganze Gebiet befreit sein sollte, war es schwer vorstellbar, dass ich allein und ohne eine Münze in der Tasche den gesamten Weg zurücklegte.

Man muss die Dinge nehmen, wie sie kommen, hatte meine Oma immer gesagt, und etwas anderes blieb mir wohl nicht übrig.

An diesem Abend saß ich am Küchentisch und begutachtete den Mantel, mit dem ich Birkenau verlassen hatte. Ich musste ihn ein wenig umarbeiten, denn obwohl wir hier keineswegs in Saus und Braus lebten, legte ich immer noch an Gewicht zu. Ich öffnete also nacheinander die Nähte, um ihn weiter zu machen. Plötzlich schoss mir ein Gedanke durch den Kopf und ich erinnerte mich an meinen ersten Ausflug zum Warenhaus. Hatte dieses Maulwurfmädchen nicht gesagt, dass die Leute oft Schmuck und Geld in ihre Kleider einnähten?

Ich fand das Geld – ein ganzes Bündel davon – in den Schulterpolstern zwischen Büscheln aus Pferdehaar. Mit Schaudern dachte ich an das Schicksal dieser namenlosen Frau, die ihre Ersparnisse hier eingenäht hatte. Ihr Weitblick war mein Glück.

Ich ließ ein paar Scheine unter meinem Kopfkissen zurück, damit Flora sie später finden würde. Ich ertrug die Vorstellung nicht, wie sie sich bei mir bedanken würde, wenn ich ihr das Geld persönlich überreichte. Selbst eine ganze Schatztruhe voller Gold und Juwelen – wie aus einer von Roses Geschichten – hätte ihr nicht das vergelten können, was sie mir gegenüber gezeigt hatte: Menschlichkeit und Mitgefühl.

Ich schrieb ihr eine Nachricht: »Für Flora. Von Ella. Du hast mir das Leben gerettet.«

***

Als der Tag des Abschieds gekommen war, lieh mir Flora eine Haarbürste für die zarten Wellen, die inzwischen meinen immer noch recht kahlen Kopf bedeckten. Ich zog mein Freiheitskleid an, schnürte meine Stiefel und knöpfte meinen Mantel zu. Flora trug eine ihrer hübschen neuen Blusen, die ich für sie genäht hatte, und eine neue Arbeitshose, die ebenfalls auf mein Konto ging. Sie reichte mir ein Päckchen mit belegten Broten und Butterkeksen.

»Hast du dein Band?«

Ich nickte. Brachte kein Wort heraus.

»Na dann ... viel Glück, Ella.«

Steif und unbeholfen stand ich da. Wandte mich zum Gehen. *Was würde Rose tun?*, fragte ich mich. Ich drehte mich wieder zu Flora und umarmte meine neue Freundin lange, innig und dankbar. Dann machte ich mich auf den Weg.

Ich verabschiedete mich von der Katze, den Kühen, den Hühnern, dem Hofhund und von Mina. Mina hatte ihre letzte Ruhe unter einem kleinen, grasbewachsenen Hügel gefunden, auf dem Gänseblümchen blühten. Auf einem einfachen Holzkreuz standen ihr Name und das Datum ihres Todes.

Erhobenen Kopfes lief ich über den Rasen. Zeit, nach Hause zu kommen. Die Welt lag vor mir und wartete auf mich.

Zunächst spazierte ich zum nächsten Dorf. Von dort aus ging ich zur nächsten Stadt, weil es keine Transportmöglichkeit gab. Von hier aus fuhren Busse in verschiedene Richtungen, und es herrschte ein unübersichtliches Gewimmel von Leuten, die redeten und einkauften, zu Fuß, mit dem Fahrrad oder mit dem Auto unterwegs waren, als wäre alles wie immer. Sie mochten das so empfinden. Ich hingegen fühlte mich wie ein kleines Kind, das vieles zum ersten Mal sah. Hier ein Lebensmittelgeschäft. Dort ein Bäcker. Und vor mir im Schaufenster mein Spiegelbild. Ein hoch aufgeschossenes, ernstes Mädchen mit engem Mantel und festen Stiefeln. Ein wenig Rosa blitzte auf, als ich weiterging.

Es war kaum zu glauben, dass dies alles zur selben

Zeit existiert hatte, als ich in der Asche, dem Staub und Schlamm von Birkenau gelebt hatte.

Ich nahm den Bus zur nächsten Stadt. Dann den Zug. Stieg zweimal um. Setzte mich in die Straßenbahn. Schließlich trugen mich meine Stiefel durch altbekannte Straßen bis zu dem Haus, in dem ich gewohnt hatte.

Wie seltsam verändert alles schien, obwohl eigentlich alles beim Alten war. Es war ein Jahr her, als ich zum letzten Mal durch diese Haustür gegangen war. *Ich bin's, Ella! Ich bin wieder zu Hause!*, hätte ich am liebsten gerufen.

Die Tür war abgeschlossen. Ich drückte auf die Klingel. Keine Antwort. In den Fenstern war nichts zu sehen. Als ich hineinspähte, entdeckte ich die vertrauten Küchenstühle, die stets verdächtige Geräusche von sich gaben, wenn man sich auf sie setzte, sowie den Küchenschrank, in dem nicht mehr Großmutters geschliffene Gläser, sondern nur alte Zeitungen waren.

Eine Frau, die nebenan den Hof fegte, blickte misstrauisch zu mir herüber. »Da kannst du klingeln, so viel du willst. Ist niemand zu Hause.«

»Ich wollte nach meinen Großeltern schauen ...«

»In dem Haus da? Da wohnen zwei junge Ärzte, sonst niemand.«

»Erinnern Sie sich nicht an mich? Ich bin Ella. Hier war mein Zuhause.«

Sie kniff die Augen zusammen. »Davon weiß ich nichts.«

»Aber meine Großeltern ... wo sind sie geblieben? Hat man sie nach ... Birkenau gebracht?« Ich hasste den Geschmack dieses Namens in meinem Mund.

Die Nachbarin zog sich hinter ihren Besen zurück. »Du glaubst ja wohl nicht all diese Schauergeschichten! Birkenau, ha!«

Bei der Zeitschriftenhändlerin erging es mir nicht viel besser. Hier war ich in meinem alten Leben fast jeden Tag vorbeigekommen, um verschiedene Kleinigkeiten zu kaufen. Tabak für meinen Großvater, Zeitschriften für mich und meine Großmutter. Die Regale waren inzwischen weniger gut gefüllt. Hinter der Kasse stand immer noch dieselbe nervöse Hamsterfrau mit den klimpernden goldenen Ohrringen.

»Sie wünschen, bitte?«

»Ich bin's, Ella. Ich bin wieder da!«

Sie musterte mich von Kopf bis Fuß. Für einen Moment kam ich mir wieder wie ein Häftling mit gestreifter Kleidung und plumpen Holzschuhen vor. Fast hätte ich meine Nummer gesagt.

»Ella? Das gibt's doch nicht. Du warst doch noch ein Schulmädchen. Du bist Ella? Ich hätte dich wirklich nicht wiedererkannt. Wie groß du geworden bist ... und gut schaust du aus. War der Krieg gar nicht so schlimm für dich, oder? Leute wie ihr fallt sowieso immer auf die Füße, hm?«

Das gab mir den Rest, doch ich widerstand dem Drang, auf dem Absatz kehrtzumachen und einfach davonzulaufen. Mädchen in Freiheitskleidern flohen nicht vor ihrem Feind.

»Ich suche nach meinen Großeltern. Wissen Sie, wo sie sind?«

Die Hamsterin kehrte ihre Handflächen nach oben. Ihre Armreife klirrten. »Oh, die sind weggezogen. Vielleicht Richtung Osten, keine Ahnung. Ich kann ja nicht wissen, wo all meine Kunden abgeblieben sind. Schließlich geht der Krieg erst allmählich vorbei. Übrigens ... da fällt mir ein, dass sie mir noch etwas Geld schulden. Warte mal, hier steht's in meinen Büchern ... für Tabak und eine Zeitschrift. Gut, dass du vorbeigekommen bist. Du hast doch genug Geld dabei, oder?« Sie nannte mir die Summe.

Für ein paar Sekunden konnte ich kaum atmen, geschweige denn sprechen, so wütend war ich. Dann, während ich die Hamsterin unentwegt anstarrte, holte ich mein wertvolles Geld heraus. Ich zählte alles bis auf die letzte Münze ab und beglich die Rechnung auf Heller und Pfennig. Ich erwiderte ihren Blick mit Verachtung und wandte mich zum Gehen.

Als ich den Laden verließ, hatte sie das Geld immer noch nicht an sich genommen.

Meine Birkenau-Stiefel trugen mich über den Asphalt zu meiner alten Schule, vorbei an der Stelle, an der ich vor einem Jahr festgenommen worden war. Für eine Weile stand ich einfach da, überwältigt von all dem, was sich seit diesem Moment ereignet hatte. Mein Verbrechen? Der Grund, warum sie mich geschnappt und geradewegs in die Hölle befördert hatten? Ihren hasserfüllten Regeln zufolge war ich nicht Ella, war kein Mädchen mehr, keine Enkelin, kein Mensch – ich war nur noch Jüdin.

Ich spürte die Erinnerung an die Riemen meiner Schultasche.

Doch ich war kein Schulmädchen mehr. Ich musste mich entscheiden, wohin ich wollte und was ich als Nächstes tun würde. Ich nahm den nächsten Zug.

Die Stadt der Lichter war voller Blumen.

Es war ein Blumenstand auf dem Bahnhof, an dem ich ankam, mit Eimern, in denen die Farben explodierten. Blühende Pflanzen schossen aus den Rissen und Ritzen der ramponierten Gebäude mit ihren Einschusslöchern. Auch auf den Kleidern der Menschen waren wundervolle Blumenmuster zu sehen, die der Welt verkündeten: *Es ist Frühling! Die Stadt ist befreit und der Krieg so gut wie vorbei.*

Ein märchenhafter Turm, weitaus höher als alle Gebäude der Stadt, streckte sich in den Himmel. Er war mit Fahnen geschmückt. Bei so viel Pracht und Kühnheit musste ich an Henryk denken.

Welch eine Energie in der Luft lag! Ich wusste, dass dies genau der richtige Ort für mich war. Der perfekte Ort, um ganz neu anzufangen. Rose hatte die Stadt der Lichter einst als schlagendes Herz der Modewelt bezeichnet. Ich spürte ihren Puls. Die Stadt breitete sich in alle Richtungen vor mir aus und wartete darauf, von mir entdeckt zu werden. Keine von Roses erfundenen Gutenachtgeschichten, obwohl ich mir in Birkenau nicht hatte vorstellen können, dass solch ein märchenhafter Ort tatsächlich existierte. In der realen Welt trug die Stadt der Lichter den Namen Paris. Doch dieser simple Name wurde der Stadt nicht gerecht. Ganz anders hingegen der Name Auschwitz. Zwei Silben von so ungeheuerlichem Grauen, dass sie jedem nur mit tiefem Schaudern über die Lippen kamen.

Trotz all der Blumen und Fahnen und hübschen Kleider wurde ich die Erinnerung an Birkenau nicht los. Sie fraß sich in meinen Bauch, wenn eine Frau den Vögeln Brotkrumen zuwarf und ich daran denken musste, dass ich in meinem ausgehungerten Zustand in Birkenau nach jedem Brösel gelechzt hatte.

Sie war da, wenn ich in einem Geschäft Werbung für »Blaue Stunde« sah. Dann zog sich alles in mir zusammen, weil mir der Gestank von Carlas Parfüm in die Nase stieg.

Sie war da, wann immer ich Streifen sah.

***

Die Leute sahen mich in meinem rosa Freiheitskleid und lächelten. Ich lächelte nur selten zurück. Immer wieder fragte ich mich beim Anblick fremder Menschen: *Wer wärst du in Birkenau gewesen?* Aber natürlich war es schön, wieder hübsch auszusehen, mit frisch gewaschenen Haaren und gut angezogen.

Ich hatte weit über tausend Kilometer zurückgelegt, um genau an diesem Tag an genau diesem Ort zu sein. Heute vor einem Jahr hatte ich Rose kennengelernt. Wir hatten die Schneiderei von Birkenau betreten und waren Minas schneidendem Blick begegnet. Heute war der Tag, da war ich ganz sicher. Hatte Rose mich nicht an diesen Tag erinnert, bevor sie starb?

Heute vor einem Jahr hatte ich für Carla ein grünes Kleid geschneidert. Carla, die auf mich geschossen hatte. Ich zerbrach mir den Kopf, warum sie das getan hatte. Wollte sie mich damit aus meinem Elend befreien oder mich vor anderen, noch viel skrupelloseren Aufsehern schützen? Ich würde es nie erfahren. Jetzt, da der Krieg zu Ende ging, würden sie ihre Uniformen ausziehen und ihre Rangabzeichen verbergen. Falls Carla den Todesmarsch von Birkenau überlebt hatte, hielt sie sich jetzt irgendwo versteckt und erinnerte sich an ihre goldenen Zeiten mit maßgeschneiderten Kleidern, Schokoladenkuchen und dem Duft von »Blaue Stunde«.

Heute war der Tag, an dem Rose und ich uns treffen wollten. Falls wir voneinander getrennt würden, das hatten wir uns geschworen, wollten wir uns in einem Park unter einem blühenden Apfelbaum treffen. Jetzt musste ich alles, was wir gemeinsam geplant hatten, alleine tun.

Ich ging mit schnellen Schritten. Fragte einen Kofferträger am Bahnhof. Er kratzte sich am Kopf und strich sich über sein stoppeliges Kinn. »Ein Park mit einem Apfelbaum? Und gegenüber eine Bäckerei, eine Buchhandlung und ein Friseur, sagen Sie?«

»Ein Modegeschäft gibt's da auch noch«, ergänzte ich.

»Von dem weiß ich nichts, aber ich glaube, ich kenne den Park und die Bäckerei …«

»Hallo, du Schöne! Hübsches Kleid!«, rief eine Stimme. Ein uniformierter junger Mann schaukelte mit einem Fahrrad an mir vorbei, der Korb völlig überladen. »Kann ich dich mitnehmen?«

Ich schüttelte errötend den Kopf.

»Wie du willst«, sagte er.

Genau, ich kam schon allein zurecht. Niemand gab mir Befehle. Niemand sagte mir, wo ich schlafen sollte, wann ich aufstehen musste und wann ich mich vor anderen in den Staub zu werfen hatte. Jetzt aß ich, wann es mir gefiel und solange mein Geld reichte, und schlief, wo immer sich die Gelegenheit fand – in Flüchtlingsunterkünften, auf den Sofas freundlicher Einheimischer, die sich meiner erbarmten, sogar auf Bahnhofsbänken. Manche Leute machten auch einen Bogen um mich, wenn sie hörten, dass ich keine Familie hatte, oder vermuteten, wo ich herkam. Andere teilten das Wenige, das sie hatten, mit mir. Das waren diejenigen, die meine Reise erträglich machten.

»Wir wussten ja nicht ...«, sagten sie. »Das hätten wir nie für möglich gehalten.«

Ich sprach mit den Menschen – oder ich blieb stumm. Auf meiner Reise von Floras Hof nach Hause und hierher war ich anderen Überlebenden begegnet. Wir erkannten einander sofort. Worte waren überflüssig. Wir mussten nur unsere auf den Unterarm tätowierten Nummern zeigen. Wenn wir uns trafen, blieben wir für eine Weile beieinander. Wir erwähnten die Namen von Leuten, die wir aus Birkenau kannten, und von anderen, die wir suchten.

Über meine Großeltern wusste niemand etwas.

Ich erreichte den Park. Das musste der richtige Ort sein. Es gab keinen Zaun, nur Metallpfosten, weil man die eisernen Gitterstäbe anscheinend zu Bomben oder Panzern oder was immer für den Krieg erforderlich gewesen war, verarbeitet hatte. Was für eine Vorstellung – ein frei zugänglicher Ort ohne jede Absperrung. Kein Stacheldraht weit und breit. Keine Wachtürme. Keine Aufseher.

Auf der anderen Straßenseite reihten sich Geschäfte aneinander, so wie Rose es beschrieben hatte. Eine Konditorei (geöffnet), ein Hutladen, eine Buchhandlung und ein Friseur (geschlossen) sowie ein Modegeschäft. Tatsächlich war es ein leeres Modegeschäft ohne Firmenschild und mit einer einzigen kopflosen Schaufensterpuppe.

Mein Herzschlag beschleunigte sich. Wie oft hatte Rose von diesem Ort erzählt, und sie hatte die Wahrheit gesagt. Und wie dumm ich gewesen war, ihr nicht zu glauben. Wie bequem, mich für klüger und sie für eine Spinnerin zu halten.

Meine Stiefel brachten mich über die Straße, wobei ich Autos, Lastwagen und Fahrrädern auswich. In der offenen Tür des Modegeschäfts kniete eine Frau. Sie trug gelbe Putzhandschuhe und polierte mit ruhigen Bewegungen den Boden. Das erinnerte mich daran, wie ich den Boden im Ankleidezimmer der Schneiderei geputzt hatte. Für eine Sekunde bildete ich mir ein, dass es Rose war. Als sie mich bemerkte, drehte sie sich zu mir um.

Es war nicht Rose. Wie hätte es Rose sein können?

Es war eine Frau in den Fünfzigern oder Sechzigern mit grauen Haaren und faltigem Gesicht. Hinter ihrem

Ohr steckte eine nicht angezündete Zigarette und in ihrer Schürze, an die sie einen Zweig mit rosa Blüten befestigt hatte, ein zerfleddertes Taschentuch. Ihre Stimme war erstaunlich sanft und kultiviert, als sie zu sprechen begann.

»Kann ich Ihnen helfen?«

Ich schüttelte den Kopf und lief dem Park entgegen.

Nachdem es in der Nacht geregnet hatte, war der Rasen leuchtend grün. Das Gras war mit Butterblumen übersät. Ich dachte an Roses alberne Idee, dass man jemandem eine Butterblume unters Kinn halten konnte, um herauszufinden, ob diese Person Butter mochte oder nicht. Ich pflückte eine Butterblume, doch ich hielt sie mir nicht unters Kinn. Ich wusste sowieso, dass ich Butter mochte.

Es gab auch Gänseblümchen. Carla hatte mich gefragt, ob ich schon mal die Blüten eines Gänseblümchens abgezupft hatte, um herauszufinden, ob mein Schwarm mich liebt. *Er liebt mich ... er liebt mich nicht ... er liebt mich ...*

Ich ließ die Gänseblümchen stehen.

Spazierte gepflegte Wege entlang, kam an einem Springbrunnen vorbei und gelangte zur Mitte des Parks, wo die Blüten eines Apfelbaums durch die Luft segelten, genau wie Rose gesagt hatte. Eine weitere ihrer Geschichten hatte sich als wahr erwiesen. Ich wünschte, ich hätte besser zugehört, als sie noch am Leben war.

Ich hielt das Band bereit. Nachdem es inzwischen mehrfach gewaschen war, sah es mehr rosa als rot aus. Ich wollte es um den Ast eines Baums wickeln, wie wir es vor langer Zeit in Birkenau geplant hatten. Statt unser gemeinsames

Überleben zu feiern, würde es ein stilles Gedenken an ein Mädchen sein, dessen unendliche Sanftheit und Güte sie für mich mehr zu einer Heldin machten als alle Helden, die in der Stadt der Lichter zu Statuen geworden waren.

Als ich unter dem Baum stand, tupften die herabfallenden Blüten mein Kleid weiß und rosa. Ich strich über das Band und fühlte mich wegen dieser persönlichen Geste plötzlich verlegen, weil so viele Leute um mich herum waren. Beobachteten sie mich? Würden sie lachen oder – schlimmer noch – mir neugierige Fragen stellen?

Ein alter Mann spazierte mit einem Hund vorbei – einem wuscheligen Hirtenhund, der einen Ball im Maul hatte und so ganz anders war als die Wachhunde der Aufseher im Lager. Ein groß gewachsener Mann hielt eine klein gewachsene Frau im Arm. Sie lachten, und sie drehte ihren Mund zu ihm, um sich küssen zu lassen. Eine elegante junge Dame saß auf einer der Parkbänke, ihre Knie und Fußgelenke sorgsam zusammengehalten, im Schoß eine zierliche Handtasche und auf dem Kopf ein fast lächerlich kleines rosa Hütchen, unter dem ihre kurzen Locken hervorlugten. Sie schaute unentwegt zu mir herüber.

Ich wandte ihnen allen den Rücken zu, fand einen niedrigen Ast, schlang das rote Band darum und machte eine Schleife.

Ein Schatten fiel auf das Gras.

Die elegante junge Frau stand plötzlich neben mir, ihr Kopf ein wenig zur Seite geneigt, wie ein Eichhörnchen, das eine Nuss begutachtete. Wir starrten uns an.

Sie drückte ihre Handtasche so eng an sich, dass ich glaubte, die Riemen müssten jeden Moment reißen. Ihre Stimme war kaum mehr als ein Flüstern.

»Ella?« Dann lauter: »Ella, die Schneiderin! Oh, du bist es! Meine liebste Ella!« Sie ließ ihre Handtasche fallen und schlang ihre dünnen Arme um mich. »Du bist hier! Du bist tatsächlich gekommen!«

Langsam legte ich die Arme um sie. Langsam wurde mir klar, dass es die leibhaftige Rose war, die mich wundersamerweise umarmte. Nicht nur im Traum oder als flüsternde Stimme. Und nicht mal ansatzweise das bibbernde und hustende Knochenbündel, das ich auf einer dreckigen Pritsche in Birkenau zurückgelassen hatte. Das war die lebendige Rose in der realen Welt.

Zitternd nahm ich ihre Hände.

Auch sie waren real. Ich berührte ihr Gesicht, ihre Haare, ihre Lippen. Alles echt. Noch immer hatte es mir die Sprache verschlagen.

»Oh, Ella«, sagte sie. »Du kannst dir nicht vorstellen, wie glücklich ich bin, dich zu sehen!«

Ich konnte nur nicken, immer noch sprachlos.

Meine Eichhörnchen-Rose plapperte dafür munter drauflos.

»Ich hab meiner Mama gesagt, dass du eine echte Überlebenskünstlerin bist. Wenn es irgendjemand schafft, aus Birkenau heil herauszukommen, habe ich gesagt, dann bist du das. Du bist ja so blass, Ella … alles okay mit dir? Willst du dich hinsetzen? Meine Beine fühlen sich auch wie Wackelpudding an. Komm, wir setzen uns aufs Gras.

Ach nein, dein hübsches Kleid kriegt nur Flecken. Wie wunderschön es ist, hast du das selbst entworfen? Ich wusste, dass du es bist, als du quer durch den Park gelaufen bist. Aber dann bin ich wieder unsicher geworden, bis du das rote Band hervorgezogen hast.«

Es flatterte über unseren Köpfen, ein rosarotes Band zwischen den weißen Blüten.

Erleichterung, Erstaunen, Glückseligkeit. All diese Gefühle schossen mir als Tränen aus den Augen, liefen mir über die Wangen und tropften auf mein rosa Kleid.

»Geht es dir gut, Ella? Sag doch was!«

Ich holte tief Luft, stieß ein kurzes Lachen aus und machte eine kleine Verbeugung.

»Darf ich …? Darf ich um diesen Tanz bitten?«

Rose sah verwirrt aus, dann erinnerte auch sie sich an unseren ersten Tag im Ankleidezimmer, als wir mit Putzhandschuhen an den Füßen den Fußboden poliert hatten. Statt ihrer ungleichen Birkenau-Schuhe trug sie jetzt hübsche Schnürstiefel aus Leder. Diese Kleinigkeit allein erfüllte mich mit unsagbarer Freude.

»Nun«, entgegnete sie lächelnd, »wenn du so lieb fragst … es wäre mir ein Vergnügen!«

Auf dem leuchtend grünen Rasen tanzten wir den freisten und fröhlichsten Frühlingswalzer aller Zeiten. Nach einer Weile musste ich so lachen, dass ich Schluckauf bekam und wir noch mehr kichern mussten.

»Du musst unbedingt meine Mama kennenlernen«, sagte Rose plötzlich und hielt inne.

Vom Schluckauf unterbrochen schaffte ich es zu fragen: »Deine Ma... Mama ... sie lebt noch?«

»Fünf Sekunden Luft anhalten, das ist das zweitbeste Mittel gegen Schluckauf«, antwortete sie. »Nein, nicht reden jetzt ... Das beste Mittel ist, einen lebendigen Frosch zu verschlucken.«

»Ist es nicht!«, prustete ich vor Lachen. »Das hast du dir ausgedacht.«

»Und, Schluckauf weg? Meine Mama hat mir diesen Trick beigebracht. Und ja, sie ist bester Gesundheit und freut sich, dich kennenzulernen. Ich hab sie schon in den Wahnsinn getrieben, weil ich ständig von dir erzählt habe und ganz sicher war, dass du heute kommen würdest. Sie meinte, ich sollte mir nicht zu große Hoffnungen machen ... aber hier bist du!«

»Hier bin ich!«

Erneut schloss mich Rose in die Arme. »Ich hab immer gewusst, dass du eine Überlebenskünstlerin bist, Ella. Aber Mama haben sie auch nicht kleingekriegt. Lass dir mal von ihr erzählen, wie sie als politischer Häftling im Gefängnis saß. Hört sich unglaublich an, doch jedes Wort ist wahr. Als sie schließlich freigelassen wurde, hat sie mich in einem Krankenhaus gefunden ... ach, was soll's.«

Sie zuckte die Schultern, als würde mich die Geschichte nicht interessieren.

»Ich dachte, du wärst tot. Dass alle, die im Krankenbau waren, durch den ... du weißt schon.«

Rose schlug sich die Hände vor den Mund. »Du dachtest wirklich, dass ... Oh, Ella, nein! Es tut mir so leid, dass ich dir nicht mehr Bescheid sagen konnte. Sie haben den Krankenbau geleert und uns in Richtung Westen geschickt, keine Ahnung, warum. Es war irgendein irrer Plan, der verhindern sollte, dass wir befreit werden. Alles ging so schnell, ich konnte dir nicht mal mehr eine Nachricht zukommen lassen. Aber zumindest habe ich dir das rote Band dagelassen.«

Ich drückte ihre Hand. Tränen liefen mir das Gesicht hinunter. Ich brachte es nicht übers Herz, ihr zu erzählen, dass ich an jedem einzelnen Tag um sie geweint hatte.

»Rose?« Als wir das Modegeschäft erreichten, schirmte die Frau ihre Augen mit den gelben Putzhandschuhen vor der Sonne ab.

Rose und ich brachen gleichzeitig in Gelächter aus.

»Also wir putzen den Boden ganz anders.«

»Mama, das ist Ella!«, rief Rose. Ob du's glaubst oder nicht. Ella, das ist meine Mutter …«

Roses Mutter riss sich die Handschuhe von den Fingern und knotete ihre Schürze auf. »Komm rein, Ella. Ich freu mich so, dich kennenzulernen. Jetzt braucht meine Tochter auch keine Geschichten mehr über dich zu erzählen.«

Plötzlich kam mir der Gedanke, dass Rose womöglich auch die Wahrheit gesagt hatte, als sie sagte, sie sei eine Gräfin. Dann wäre auch ihre Mutter eine Adelige. Fast hätte ich einen Knicks gemacht.

»Das muss gefeiert werden!«, rief ihre Mutter. »Vielleicht bietest du deiner Freundin einen Stuhl an, ehe sie umkippt, Rose-Schatz. Seid ihr hungrig? Natürlich seid ihr das! Sind wir das nicht ständig nach dieser entbehrungsreichen Zeit? Ich geh mal rüber zum Bäcker und bring ein paar Zuckergusstörtchen mit – was soll der Geiz. Und Paupers Champagner für alle! Das ist Limonade«, fügte sie augenzwinkernd hinzu. Sie küsste erst Rose, dann mich, warf der ganzen Welt einen Handkuss zu und tänzelte aus der Ladentür.

Ich wünschte, ich hätte auch eine Mutter. Vielleicht teilte Rose ihre ja mit mir.

Später, nach rosa Zuckergusstörtchen und Limonade, war es an der Zeit, Informationen und Fragen auszutauschen. Teilweise sprachen wir alle durcheinander. Rose hatte meine Medizin förmlich verschlungen, sonst hätte sie die lange Reise wohl kaum überstanden. »Du wärst echt stolz auf mich gewesen. Ich hab nicht mehr als die Hälfte der Vitamine abgegeben«, prahlte sie.

Rose war in einem Kohlewagen der Eisenbahn zu einem anderen Gefangenenlager gebracht worden ... dann nacheinander zu zwei weiteren Lagern, eines überfüllter und chaotischer als das vorherige, bis sie schließlich befreit worden war.

»Mit Panzern und Fahnen und allem Drum und Dran«, erklärte Rose. »Ich hab dem nächstbesten Soldaten einen Kuss gegeben, um ihm zu danken. Er hat die Nase gerümpft, der Arme, ich war ja völlig verdreckt. Aber er hat sich nicht gewehrt. Kannst du dir vorstellen, wie es ist, endlich wieder normale Kleidung zu tragen? Klar kannst du das. Ich kann mich immer noch nicht an den BH gewöhnen. Meine Träger rutschen immer runter. Aber genug von meiner Odyssee, erzähl lieber von dir.«

»Also ich hab keinen Soldaten geküsst«, sagte ich mit gespielter Enttäuschung.

»Ich meinte ja auch, wie du aus dem Lager gekommen bist, du Dummchen.«

»Zu Fuß«, war alles, was ich dazu sagte. »All die anderen hab ich aus den Augen verloren, mit Ausnahme von Mina.«

»War ja klar, dass sie es schafft.«

»Hat sie nicht. Jedenfalls nicht sehr lange. Sie … sie hat noch versucht zu verhindern, dass ich erschossen werde, ehrlich wahr!«

»Gott sei Dank!«, rief Rose entsetzt.

Es war noch nicht an der Zeit, ihr von Carla und dem Schuss zu erzählen, der mich fast getötet hätte.

Roses Mutter erklärte, dass man der Bäuerin, die mich vor dem Tod im Schnee bewahrt hatte, ein Denkmal setzen sollte.

»Dafür werde ich Flora zu einer Figur in meinem nächsten Roman machen«, fügte sie hinzu und hob ihr Limonadenglas zum Gruß. »Die Welt braucht Geschichten von wahren Heldinnen. Vor allem von solchen, die sich mit Kühen auskennen. In dieser Hinsicht hab ich nicht die geringste Ahnung.«

Ich lachte.

»Und ich hab wirklich gedacht, Rose hätte sich das alles nur aus der Nase gezogen … dass Sie eine Autorin sind und sie selbst eine Gräfin ist und Sie früher auf einem Schloss gelebt haben.«

Roses Mama schien fast ein wenig beleidigt zu sein. »Aber natürlich stimmt das alles, meine Liebe, wie konntest du daran zweifeln?«

»Ella hat's nicht so mit Geschichten, Mama«, erklärte Rose. »Daran müssen wir noch ein bisschen arbeiten.«

»Oh, bitte kein Wort von Arbeit«, entgegnete ihre Mutter. »Hast du gesehen, wie gründlich wir diesen Laden geputzt und auf Vordermann gebracht haben? Na, was meinst du?«

»Ja, wie findest du ihn, Ella?«, rief Rose und sprang auf. »Das hier vorne wird wahrscheinlich der Verkaufsraum und die besten Kleider kommen ins Schaufenster. Bis es so weit ist, dachte ich, stellen wir unsere Nähtische hier auf und lassen uns von den Passanten bei der Arbeit zusehen. Mama hat auf dem Markt eine gebrauchte Nähmaschine entdeckt. Wir können zusammen hingehen und sie kaufen.«

Ich lächelte. »Eine neue Betty.«

»Eine neue Betty!«

Rose wurde ernst. »Hast du irgendwas von deinen Großeltern gehört?«

»Nein, bis jetzt nicht. Sie waren nicht mehr in ihrem Haus. Ich hab überall nach ihnen gefragt …« Rasch fügte ich hinzu: »Aber ich werde weitersuchen.«

»Und wir werden dir dabei helfen«, sagte Roses Mutter. »Wir haben viele Verbindungen und werden alle Hebel in Bewegung setzen. Wenn es irgendeine Möglichkeit gibt, dann werden wir sie auch finden, das verspreche ich dir.«

Rose spähte schweigend zu ihrer Mutter hinüber. Ich vermutete, dass ihr Vater noch nicht wiederaufgetaucht war – und das vielleicht auch niemals tun würde. Für dieses traurige Kapitel ihrer Geschichte würde später noch Zeit sein.

Es war beinahe überwältigend, in dem leeren Geschäft zu sitzen und mit Worten an einer gemeinsamen Zukunft zu stricken, bestickt mit unseren Träumen. Wir redeten, bis das Tageslicht schwand und die Straßenlaternen angezündet wurden, deren Schein so viel sanfter war als das grelle Licht der Scheinwerfer im Lager.

»Es ist wirklich eine Stadt der Lichter, nicht wahr?«, sagte Rose. »Du wirst es hier lieben ... das hoffe ich zumindest.«

Ich drückte ihre Hand. »Ich liebe sie jetzt schon. Ich kann nur immer noch nicht richtig glauben, dass du hier bist ... dass es diesen Laden gibt. Irgendwie sind das zu viele Wunder auf einmal. Es wird bestimmt großartig werden ...«

»Deine erste Aufgabe wird darin bestehen, ein Duplikat dieses wundervollen rosa Kleids anzufertigen, das du trägst«, sagte Roses Mutter. »Wo hast du es gekauft?«

»Das habe ich selbst gemacht«, antwortete ich stolz, obwohl mir all die Mängel, die es hatte, allzu bewusst waren. Und gelegentlich spürte ich ein Prickeln, als läge ich immer noch auf dem Stroh meiner Pritsche.

Rose lächelte. »Ich habe doch gesagt, wie gut sie ist, Mama. Weißt du noch, Ella, als du gleich am ersten Tag

Mina gegenübergetreten bist und gesagt hast: *Ich bin geübt im Zuschneiden und in der Anfertigung von Musterentwürfen. Ich entwerfe eigene Modelle. Eines Tages werde ich meinen eigenen Modesalon haben.«*

»Wenn wir den Stoff kriegen, kann ich ein paar Frühjahrsentwürfe anfertigen«, bot ich an. »Dann kann jede Kundin ihr eigenes Freiheitskleid haben – so nenne ich meins nämlich.«

Rose nickte. »Und danach brauchen wir natürlich eine Sommerkollektion, ehe die Herbstmode Einzug hält.«

»Na ja, wir fangen wohl erst mal als Änderungsschneiderei an«, versuchte ich, ihre Euphorie ein wenig zu bremsen.

»Na klar, aber man wird doch noch träumen dürfen«, verteidigte sich Rose. »Wir fangen klein an und denken groß. Wart's ab. Die Leute sind ihre trostlosen grauen Sachen aus den Kriegstagen doch schon leid. Die sehnen sich alle nach schicker neuer Kleidung.«

Ich musste lächeln, wenn ich mir Rose umgeben von Büchern und völlig versunken in ihre Stickereien vorstellte.

Ich wandte mich an ihre Mutter. »Entschuldigen Sie, wenn ich frage, aber wie können Sie es sich eigentlich leisten, hier ein Geschäft zu mieten? Ich meine, das ist eine tolle Lage und …«

»Aber wir mieten doch nicht«, entgegnete sie so perplex, als hätte ich sie eines Mordes angeklagt. »Das Geschäft gehört euch. Das ist natürlich nichts im Vergleich zu den Immobilien, die wir vor dem Krieg besessen haben. Die hat alle das Militär übernommen, als mein Mann und ich verhaftet wurden. Unsere Sommerresidenz ist für immer verloren, die Stadthäuser und das Ferienhaus am Meer ebenfalls. Dies ist das einzige unserer Geschäfte, das ich retten konnte. Aber was soll's, ihr Süßen. Jetzt sind wir hier und wir sind am Leben. Ihr Mädchen könnt nähen und ich werde Tag und Nacht schreiben. Mein Name und mein Ruf dürften immer noch einiges wert sein. Und wenn du die Entwürfe machst, Ella, dann werden die jungen Mademoiselles uns die Kleider schon bald aus den Händen reißen und wir in Champagner baden.«

Sie lachte über ihre eigene Extravaganz.

»Und den Ring haben wir auch noch«, sagte Rose.

»Welchen Ring?«, fragte ich.

»Na den, den du für mich am Krankenbau abgegeben hast ...«

»Den Ring? Ich war sicher, dass ihn diese Ente von einer Pflegerin sofort verhökern und das Geld behalten würde. Sie hat ihn dir echt gegeben?«

»Ja klar. Bevor der Krankenbau geleert wurde, war sowieso keine Zeit mehr, um irgendwas einzutauschen.«

Wer hätte das gedacht? Dabei war ich es ja gewohnt, dass im Lager Engel und Teufel Seite an Seite lebten. Und das Entlein hatte sich überraschend als Englein erwiesen.

»Aber glaub ja nicht, dass wir für diesen falschen Klunker viel Geld kriegen werden«, sagte ich.

»Falscher Klunker?«, schaltete Roses Mutter sich ein.

»Hübsch gemacht, aber nur Glas, fürchte ich.«

Roses Mutter hob die Hand. »Ich habe in meinem Leben so viele Edelsteine besessen, dass ich echte von falschen unterscheiden kann, Liebes.«

Rose beugte sich zu mir und flüsterte: »Außerdem haben wir ihn vom Juwelier um die Ecke prüfen lassen. Er ist echt.«

Ich versuchte, mir Carla als Engel vorzustellen, doch es war unmöglich.

»Und Sie haben auch keine Bedenken, ihn zu benutzen, obwohl er gestohlen wurde?« Mich plagte immer noch das schlechte Gewissen, weil ich das Geld benutzte, das in den Mantel aus dem Warenhaus eingenäht gewesen war.

Roses Mutter runzelte die Stirn. »Wir können ja nicht wissen, wer ihn einst besessen hat. Und wenn dieser Ring uns die Chance eröffnet, nach unseren Vorstellungen zu leben und zu arbeiten, dann soll es so sein. So, meine Lieben, und jetzt werde ich die nette Frau von nebenan dazu bringen, uns ein paar zusätzliche Wolldecken zu leihen. Im Obergeschoss werden wir heute zu dritt schlafen.«

Das Zimmer im ersten Stock des Modegeschäfts mit seinen kahlen Holzdielen, den nackten Glühbirnen und leeren Fenstern kam mir an diesem Abend wie der reinste Palast vor. Rose und ich teilten uns eine der beiden Matratzen, als wären wir wieder in Birkenau, doch war es tausend Mal komfortabler hier. Wir lagen nebeneinander, hielten Händchen und grinsten uns an.

»Erzähl mir, welches Kleid zu diesem Ort passen würde«, forderte Rose mich wie üblich auf.

»Lieber nicht. Das wäre ein glitzerndes Ballkleid, dessen Schönheit dich blenden würde.«

»Dann trage ich halt eine Sonnenbrille.«

Wir schwiegen, und ich nahm mir vor, jede Sekunde dieses kostbaren Moments zu genießen.

»Es tut mir so leid«, flüsterte ich plötzlich.

Rose strich mir eine frisch gewachsene Haarsträhne aus dem Gesicht. »Was tut dir leid?«

»Dass ... dass ich mich oft so schlecht benommen habe. Dass ich so egoistisch und gemein war.«

»Daran kann ich mich gar nicht erinnern«, entgegnete sie mit einem Lachen. »Du warst stark ... und du hast mich angetrieben.«

Ich schüttelte den Kopf. »Nein, du hast mich angetrieben.« Dann, noch leiser als zuvor: »Woher wusstest du, dass ich kommen würde? Wie konntest du überhaupt wissen, dass ich überlebt habe?«

Rose antwortete ebenso leise: »Weil alles andere unerträglich gewesen wäre.«

***

Zwei Tage später stieg ich auf eine Trittleiter, um das Schild über unserem Schaufenster zu malen. Wir hatten ewig über den Namen gestritten. Ich wollte »Rose & Ella«. Rose war für »Ella & Rose«. Schließlich einigten wir uns auf »Das rote Band«, geschrieben mit schnörkeligen Buchstaben.

Der Krieg ging zu Ende. Wir feierten mit einem Berg von Zuckergusstörtchen. Natürlich war die Welt nicht geheilt, sondern voller Wunden. Alte Feindschaften wurden am Leben gehalten und neu begründet. Kaum war der Frieden da, schuf man neue Fronten und teilte die Menschen wieder in WIR und DIE ANDEREN.

Unser Weg der Heilung bestand darin, Gerdas Rat zu befolgen und zu leben.

Wir nähten, lachten und liebten und hatten jeden Tag weniger Angst, erneut auf einer Liste zu landen. Dennoch fürchtete ich manchmal, wenn die Ladentür sich öffnete, es könnte ein Aufseher mit Gerte und Pistole sein. Hin und wieder hoffte ich darauf, eine Freundin möge eintreten. Vielleicht würde Gerda ja eines Tages ihr Versprechen einlösen und meine Kundin werden. Oder Franka, Sarah und B für Birgit tauchten plötzlich auf und suchten nach einem Arbeitsplatz.

Trotzdem wurde ich andere Listen so schnell nicht los. Ich durchforstete sie Tag für Tag. Sie hingen an Bahnhöfen, Gotteshäusern und Flüchtlingsunterkünften. Eines Tages, früher oder später, so hoffte ich, würde ich die Namen meiner Großeltern darauf finden. Denn dies waren Listen der Überlebenden, und man durfte die Hoffnung nicht aufgeben, oder?

Nachwort

»Das rote Band der Hoffnung« ist eine erfundene Geschichte. Wie in Roses Geschichten mischen sich in ihr Dichtung und Wahrheit. Die Wahrheit besteht darin, dass der Ort Birkenau wirklich existiert. Er steht für das Vernichtungslager Auschwitz-Birkenau, dessen Überreste sich im heutigen Polen befinden. Während des Zweiten Weltkriegs wurden viele Millionen Menschen vom nationalsozialistischen Regime – unterstützt von weiten Teilen der Bevölkerung – nach Auschwitz-Birkenau und in andere sogenannte Konzentrationslager verschleppt. Die systematische Verschleppung und Entwürdigung sowie der Völkermord an den europäischen Juden wird als Holocaust (hebräisch: Shoa) bezeichnet. Die Nazis betrachteten ihre Opfer als »Untermenschen«. Die Todeszahl derer, die durch Hunger und Krankheit zugrunde gingen oder ermordet wurden, ist unfassbar hoch: schätzungsweise 11 Millionen Menschen, darunter 1,1 Millionen Kinder. Im Lagerkomplex Auschwitz wurden über eine Million Menschen ermordet.

Inmitten dieses Horrors ließ die Frau des Lagerkommandanten, Hedwig Höß (die im Roman Madame H. heißt), einen Teil ihrer Privatgarderobe von Häftlingen anfertigen. Zunächst geschah das in einem Raum ihrer luxuriösen Villa, die sich unmittelbar außerhalb des Lagers befand. Im Jahr 1943 gründete sie dann eine Werkstatt, die dreiundzwanzig Schneiderinnen beschäftigte, die modische Kleider für die Aufseherinnen sowie für die Frauen der Offiziere anfertigten. Diese Maßschneiderei befand sich im Keller eines SS-Verwaltungsgebäudes außerhalb des Hauptlagers von Auschwitz und wurde als Obere Nähstube bezeichnet.

Hedwig Höß beschrieb das Leben in ihrem Privathaus, in dem ihr Häftlinge als Hausangestellte dienten, als »Paradies«. Sie nahm einen ihrer jüngeren Söhne zur Anprobe mit, bis dieser eines Tages von einer Schneiderin erschreckt wurde, die ihm ein Maßband wie eine Schlinge um den Hals legte, als seine Mutter nicht hinschaute.

Nach dem Krieg wurden Hedwig Höß und ihre Kinder gefangen genommen und sie wurde im Frankfurter Auschwitz-Prozess befragt, während ihr Mann Rudolf als Kriegsverbrecher zum Tode verurteilt und auf dem Gelände des Konzentrationslagers Auschwitz erhängt wurde. (Eine ihrer Töchter arbeitete nach dem Krieg in einer jüdischen Modeboutique in Washington, nachdem sie für den spanischen Modeschöpfer Cristóbal Balenciaga gemodelt hatte.)

Im Interesse der Übersichtlichkeit meines Romans habe ich die Geografie des Lagerkomplexes vereinfacht. Ich habe versucht, mich auf tatsächliche Begebenheiten zu stützen und die geschehenen Gräueltaten nicht zu verschweigen. Dennoch bin ich mir darüber im Klaren, dass meine Worte nicht annähernd den ganzen Horror und das Leid derer, die dort gefangen waren, wiedergeben.

»Das rote Band der Hoffnung« spielt grob in den letzten beiden Kriegsjahren. Im Sommer 1944 gab es immer noch jüdische Massentransporte nach Auschwitz, obwohl bereits die Räumung des Lagers vorbereitet wurde. Im Oktober kam es zu einem Aufstand von Häftlingen, der schnell niedergeschlagen wurde. Im Januar 1945 wurden verbliebene Gefangene auf sogenannte Todesmärsche Richtung Westen geschickt. Einige wenige Tausend blieben im Lager und wurden am 27. Januar 1945 von Soldaten der Roten Armee befreit.

Die Beschreibung des sogenannten Warenhauses in meinem Roman (das von den Nazis als »Effektenlager« oder »Kanada« bezeichnet wurde) ist nicht übertrieben. Von den riesigen Ansammlungen von Kleidung, Schuhen und anderen persönlichen Gegenständen zeugt immer noch das Staatliche Museum Auschwitz-Birkenau. Doch hat nur ein geringer Teil der persönlichen Habe, die den Opfern bei ihrer Ankunft gestohlen wurde, den Brand des Lagers überstanden. Dieser wurde von den Nazis im Angesicht ihrer Niederlage gelegt, um ihre Verbrechen zu vertuschen und Beweismaterial zu vernichten.

Ella, Rose, Mina und Carla könnten in dieser oder ähnlicher Form in Auschwitz gelebt haben, doch sind sie meiner Fantasie entsprungen. Während ich für meinen Roman recherchierte, habe ich vieles über die tatsächlichen Schneiderinnen von Auschwitz herausgefunden, die eine Gruppe von treuen Freundinnen mit einer leidenschaftlichen und mutigen Anführerin waren (anders als die Mina in meiner Geschichte). Doch das wäre der Stoff für ein weiteres Buch …

In der tatsächlich existierenden Näherei haben slowakische, französische, polnische und tschechische Frauen gearbeitet. Die meisten von ihnen waren Jüdinnen, es gab aber auch sogenannte politische Häftlinge. Die Lager waren gegründet worden, um bestimmte Bevölkerungsgruppen auszubeuten und zu ermorden. Zu diesen Feinden der Nazi-Ideologie gehörten die Juden (unabhängig von Nationalität und religiöser Praxis), Homosexuelle, Sinti und Roma, Zeugen Jehovas, Menschen mit geistiger und körperlicher Behinderung und viele mehr.

Die riesige Mehrheit der in Auschwitz Ermordeten waren europäische Juden. Das darf niemals vergessen werden. Ich habe zwanzig Jahre lang verschiedenste Quellen zum Leben während des Zweiten Weltkriegs ausgewertet und die Aussagen vieler Zeitzeugen zur Kenntnis genommen. Auch hatte ich das Glück, mit Eva Schloss sprechen zu können, die in den sogenannten Effektenlagern »Kanada« gearbeitet hat und später Otto Franks Stieftochter wurde, Anne Franks Vater, deren Tagebuch als historisches Dokument aus der Zeit des Holocausts Weltruhm erlangte. Es hat mich tief bewegt, Eva Schloss in die Augen zu blicken, im Wissen darum, dass hier jemand persönlich erlebt hatte, was wir anderen Geschichte nennen.

Es war mir ein tief empfundenes Bedürfnis, in »Das rote Band der Hoffnung« eine bestimmte Zeit lebendig werden zu lassen, die so und nicht anders existiert hat. Aus dem Grauen der Realität ist eine fiktive Geschichte entstanden.

Hassverbrechen sind leider nicht auf die Vergangenheit beschränkt, und wir alle leisten ihnen Vorschub, wenn wir die Welt in WIR und DIE ANDEREN unterteilen. Aus Hass wird Gewalt, und Gewalt tötet uns alle – auf die eine oder andere Weise.

Wenn wir Humanismus und Solidarität als heroischen Akt begreifen, können wir uns dem Hass und der Gewalt entgegenstellen.

So hoffe ich.

Natürlich magellan©

FSC MIX
Papier aus verantwortungsvollen Quellen
FSC® C083411
www.fsc.org

Wir pflanzen Bäume
Für unsere Umwelt
www.magellanverlag.de

FAIR PRODUZIERT
www.magellanverlag.de

Hergestellt in Deutschland
Gedruckt auf FSC®-Papier
Lösungsmittelfreier Klebstoff
Drucklack auf Wasserbasis

1. Auflage 2021
© 2021 Magellan GmbH & Co. KG, 96052 Bamberg
Alle Rechte der deutschsprachigen Ausgabe vorbehalten
Text Copyright © 2017 by Lucy Adlington
Published by arrangement with Intercontinental Literary Agency, London.
All rights reserved.
Die Originalausgabe erschien 2017 unter dem Titel
»The Red Ribbon« bei Hot Key Books.
Aus dem Englischen von Knut Krüger
Umschlaggestaltung: Christian Keller
unter Verwendung von Motiven von shutterstock / goldnetz /
Michal Chmurski / Roman Pyshchyk / stockphoto-graf / Picsfive
Druck: CPI, Leck
ISBN 978-3-7348-5057-8

www.magellanverlag.de